I0535011

PESCIROSSI
NARRATIVA

PESCIROSSI

MICHELE GIOCONDI

UN'OMBRA PIÙ BIANCA DEL PALLIDO

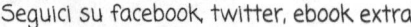
Seguici su facebook, twitter, ebook extra

L'opera è totalmente frutto della fantasia. Ogni riferimento a fatti, nomi, personaggi, contesti, situazioni è del tutto casuale e immaginario.

© 2014 goWare
in accordo con Thèsis Contents Agenzia Letteraria, Firenze-Milano

ISBN 978-88-6797-258-6

Copertina: Lorenzo Puliti
Redazione: Serena Di Battista

goWare è una startup fiorentina specializzata in digital publishing
Fateci avere i vostri commenti a: info@goware-apps.it
Blogger e giornalisti possono richiedere una copia saggio
a Maria Ranieri: mari@goware-apps.com

A Carla ed Elisa

I

Il sole pallido illuminava debolmente i tetti della città. Un piccione si posò sul davanzale della finestra del commissariato. Camminò dondolando per pochi istanti poi, all'improvviso, riprese il suo volo.

Oltre quel vetro, all'interno di una stanza ampia e luminosa, si svolgeva un dialogo serrato tra il direttore generale del Tesoro, venuto a concordare i tagli di spesa nella polizia, per la cronica necessità di alleggerire il bilancio pubblico, e il questore di Firenze, che cercava di salvare ad ogni costo il commissariato di piazza del Duomo.

«...Noi, in piazza del Duomo, abbiamo una struttura che è un gioiello, signor direttore, sembra più un salotto che un commissariato di polizia. Chi dovesse malauguratamente capitarci, anche per chiedere informazioni, assistenza o consigli, riporterà sicuramente con sé un'immagine di Firenze di tutto rispetto.»

E dicendo così il questore Mastellone con i suoi capelli argentati, gli occhiali d'oro sul bel volto da barone napoletano e una mente pronta e lucida come poche, muoveva in cerchio la mano con grande sicurezza, quasi traducesse in gesti il proprio discorso.

Una carriera come la sua, del resto, trascorsa anche nei servizi segreti e con mansioni delicatissime, quelle di cui parlano raramente i giornali, non si improvvisa dall'oggi al domani. E questo gli dava quell'autorevolezza per trattare alla pari con il suo interlocutore, e contraddirlo se necessario.

«A Firenze arriva la crema della società! Noi con quel commissariato copriamo tutti gli alberghi del centro, gente che spende migliaia di euro a notte, quando bastano. Poi c'è tutta la colonia di stranieri delle campagne, solo nel Chianti ci sono migliaia di inglesi; spesso, quando succede qualcosa, vengono qui: non vanno nei commissariati di paese. Non si può sottovalutare tutto questo, signor direttore. Stiamo aperti 24 ore su 24, per 365 giorni all'anno: qui ci sono sempre 6 uomini a ogni turno, fra i quali c'è chi sa parlare in inglese, francese, tedesco e spagnolo. Lo dirige il commissario Ristori, un fiore all'occhiello della nostra polizia. E lei ce lo vuole chiudere.»

Il questore pareva un fiume in piena, ma sapeva di avere un osso duro davanti.

«E non dimentichi poi che dal commissariato si accede, con un secondo ingresso, nell'appartamento riservato alle autorità, la cui entrata principale è nel palazzo accanto, un'antica dimora nobiliare trasformata in residence a cinque stelle, ristrutturata finemente con materiali pregiati. Uno entra nel residence e sale al terzo piano nell'assoluto anonimato: accede così all'appartamento nella massima discrezione e sotto la nostra totale protezione. Questo nostro gioiellino è stato utilizzato più volte dal prefetto, dal sindaco, dal cardinale, da vari ministri per loro incontri, per colloqui riservati, per alte e delicate incombenze di Stato. Il nostro è l'immobile in assoluto più vicino alla Basilica, dista solo pochi metri.»

Il direttore del Tesoro ascoltava impassibile, senza lasciar trapelare alcuna emozione, con gli occhi attenti e incuriositi di vedere fin dove il questore si sarebbe spinto.

«Signor questore, io devo tagliare per lo meno 50 uomini solo a Firenze, e 1200 in tutt'Italia, e metterli a disposizione del ministro degli Interni per le emergenze varie. E poi devo chiudere, solo a Firenze, due sedi che ci costano d'affitto oltre un milione l'anno. E questa è la prima: non dimentichi che qui paghiamo 50 mila euro al mese di affitto fra commissariato e appartamento riservato adiacente. Alla seconda sede devo ancora pensare, forse la sede del circolo sottufficiali e chissà anche lì quante proteste.»

Aveva le sue buone ragioni anche il direttore del Tesoro, più basso e tarchiato del questore, meno signorile e autorevole, almeno nell'aspetto, ma con uguale prontezza e acume.

«Per le emergenze varie, 50 uomini? Ma noi siamo sempre in emergenza, signor direttore!»

Questi parve non raccogliere la provocazione: «Sa come succede oggi, signor questore. La televisione parla di un'emergenza a Torino, che so, gli scontri con i No Tav o dell'assassinio di un benzinaio da parte di extracomunitari. Il ministro, prima che ci siano speculazioni politiche o interrogazioni parlamentari o, peggio ancora, inchieste giornalistiche che lo additino come responsabile, ci manda 200 uomini in più, con postazioni mobili, quelle sui gipponi, che stanno sul posto giorno e notte, in modo che la gente, e chi fa opinione pubblica, li veda bene. Passata la fase critica, che oggi vuol dire fino a quando ne parlano televisioni e giornali, gli uomini vengono tolti e mandati dove c'è una nuova emergenza. Questo è il nuovo piano del ministro, e questi uomini glieli devo trovare io.»

Il questore Mastellone piegò leggermente la testa in un vago cenno di assenso. Non era certo assurda questa prassi da parte di chi doveva reggere il ministero degli Interni. A qualcosa di simile aveva pensato anche lui nel suo piccolo, nel governo cittadino dell'ordine pubblico: tenere a disposizione una ventina di uomini da giostrare per le emergenze! Ma non poteva cedere ora al direttore del Tesoro e dargli il suo assenso a questi benedetti tagli, senza nemmeno resistere un po'. E poi aveva ancora una sua carta segreta alla quale non avrebbe fatto ricorso che in ultima istanza, ma a questo punto non poté fare a meno di gettarla sul tavolo.

« Vuole tagliare 50 uomini? Ebbene, glielo dico io come fare...»

Il direttore del Tesoro non ebbe particolari reazioni, ma stava molto attento a dove il questore volesse parare. Anche lui, del resto, era un uomo esperto, sapeva bene come destreggiarsi nelle trattative, anche nelle più lunghe ed estenuanti. Non era certo un burocrate sprovveduto. E poi ne aveva viste tante.

«Nei commissariati di quartiere eh!?»

Lo prevenne, sperando quasi che la trattativa scivolasse su quel campo, in cui sarebbe stato più facile trovare un accordo. Il direttore infatti sapeva che nei quartieri stava aumentando la presenza dei vigili urbani e dei carabinieri di zona, cosa che avrebbe consentito di ridurre le forze di pubblica sicurezza.

«No, lì ci mancano gli uomini e i mezzi: caso mai vanno rinforzati i servizi, non indeboliti. Con una microcriminalità così diffusa, furti, scippi, spaccio e quant'altro, si corre il rischio che la protesta esploda, che si facciano ronde private, chi controllerebbe più la situazione? Ci sono state manifestazioni, ne hanno parlato i giornali, il sindaco ha scritto al ministero, è intervenuto pure il cardinale, per stigmatizzare l'assenza dello Stato nelle periferie. Sono stati promessi uomini, sedi e mezzi. Lì non si può tagliare, anzi! È sulle scorte ai politici che bisogna tagliare, signor direttore.»

Lo disse dopo un attimo di pausa, quasi a dare maggior rilievo alla cosa e far capire che non c'erano alternative.

Ma su quel tasto il direttore aveva avuto ordine preciso di non cedere, neanche di iniziarla una trattativa, nemmeno alla lontana salvo gravissimi casi, esaminati appositamente uno per uno, come recitano sempre le "disposizioni" del Palazzo.

«Le scorte ai politici» e qui la pausa del questore fu ancora più lunga della precedente. «Abbiamo politici di mezza tacca, che stanno lì non si sa ancora bene a fare cosa, perché li votano, certo...»

Il direttore del Tesoro accennò a un lievissimo sorriso, si stava forse instaurando una reciproca comprensione fra i due alti funzionari dello Stato?

«Veda, signor questore, io potrei anche pensarla come lei e se lei stesse come me, a Roma ne vedrebbe di cose da far rizzare i capelli. Ma io ho avuto un ordine tassativo: niente tagli alle scorte. So anch'io che lì si potrebbero recuperare centinaia e centinaia di uomini, ma lì non si può tagliare niente. Si figuri se a Roma lo permetterebbero!»

«Lo sa meglio di me, signor direttore, le scorte non servono a niente, anche quando devono proteggere grandi personalità: se li vogliono eliminare, li eliminano lo stesso. Pensi all'onorevole Moro, a Falcone e Borsellino, solo per fare qualche esempio.»

Il dialogo comunque stava addolcendosi: ognuno cominciava a mettersi nei panni dell'altro, a capirne i problemi, le necessità. E a cercare infine una via d'uscita dignitosa per tutti.

«Ma una soluzione ci sarà, signor direttore. Le pare che non si trovi fra noi?»

Era giunto il momento topico dell'incontro, quello che prelude a un accordo, e i due l'avevano capito perfettamente. Avevano tanta esperienza.

«Signor questore, mi consenta di essere franco con lei. Questi tagli vanno fatti. E li faranno. L'unico modo per evitarli, scaricandoli da qualche altra parte, è un notevole movimento d'opinione, del quale coloro che poi decidono a Roma non possono non tener conto, specie ora a pochi mesi dalle elezioni. Capisce a cosa mi riferisco?»

«Certo, signor direttore. Solo la presenza della questione sui mass media potrebbe spostare altrove questi tagli. Ma siamo in grado noi di provocare un movimento di opinione tale da interessare giornali e televisioni?»

«Sia pure in modo un po' brutale, il nocciolo della questione è proprio questo.» ammise il direttore generale.

«E allora sappia che questo interesse da parte dei media ci sarebbe già stato, se non fossimo intervenuti noi a raffreddare un po' la questione.» E tirò fuori dalla sua borsa di pelle un fascio di lettere, in fotocopia, per mostrarle al suo interlocutore. «Veda un po' se la gente qui è sensibilizzata abbastanza su questi temi. Sono lettere indirizzate al principale quotidiano cittadino. Il giornalista che cura la rubrica ce le ha passate, dicendoci chiaro e tondo che non sapeva fino a quando avrebbe potuto evitare di pubblicarle. Temo che se a queste si dovessero aggiungere le proteste per il taglio del nostro commissariato del Duomo e per le riduzioni del personale, la cosa diventerebbe esplosiva.»

Il direttore prese la prima e iniziò a leggerla con una malcelata sensazione di sufficienza.

«Questa è per la paventata chiusura della stazione dei carabinieri di una frazione nell'Appennino tosco-romagnolo. È firmata da tutti i cittadini del posto. Come vedrà è un coro di suppliche perché la stazione rimanga aperta.».

Caro direttore,

Le scriviamo fiduciosi nel suo intervento, affinché la postazione dei carabinieri di ... non chiuda.

Siamo un paesino di frontiera, gli immigrati sono sempre di più. I furti ormai non si contano neanche più: spariscono anche i panni stesi ad asciugare.

In questo stato di cose, vogliono chiudere la stazione dei carabinieri. Volete abbandonarci? Non venite poi a chiederci di pagarvi le tasse; ci costringete a venir via. Chi vorrà più stare in montagna in balia dei delinquenti! E poi, quando la montagna frana dicono che è perché non ci vive più nessuno. La invogliate proprio bene la gente a rimanerci!

«E di lettere di questo tipo ne arrivano a decine. Il giornalista ci fa capire che se la pressione popolare rimane su questi livelli, lui sarà obbligato a fare una bella inchiesta su come viene gestita la sicurezza nel nostro paese, su come vengono impiegati gli addetti delle forze dell'ordine, su quanti uomini sono destinati alle scorte ai nostri politici. È ben introdotto nell'ambiente, farebbe alla svelta a ottenere le informazioni che gli occorrono per scrivere un bell'articolo».

«E con un servizio documentato sugli uomini impiegati nelle scorte ai politici, utilizzate poi come sappiamo, o salta il ministro, o scoppia un mezzo putiferio» interloquì il direttore generale del Tesoro. «Non so se a questo ci ha pensato signor questore. Non dimentichi che siamo sotto elezioni.»

«Ma noi non vogliamo, signor direttore, che l'inchiesta esca. Come questore poi non ci farei neanche io una gran bella figura! Forse la sola richiesta di notizie e di dati sulla questione delle scorte potrebbe mettere il fuoco al sedere ai nostri politici, e indurli a fare i loro tagli da qualche altra parte! Ai loro stipendi, per esempio, che sappiamo bene essere i più alti d'Europa, mentre quelli delle forze dell'ordine sono i più bassi!»

Il direttore del Tesoro lasciò trapelare un lieve moto di approvazione: come si faceva a essere contrari a queste considerazioni? Ma si controllò bene, il suo compito adesso era un altro.

«Ah! Se dovesse scoppiare davvero una protesta popolare contro questi tagli e contro le scorte ai politici, saremmo obbligati a tagliare altrove.»

«E allora!»

«Ma io, signor questore, devo avere dei dati oggettivi e reali da presentare, come una minaccia incombente cui possa far riferimento nella mia relazione per giustificare i mancati tagli.»

«Più reale di queste lettere e delle tante altre che arrivano?»

«Non basta, signor questore, io devo allegare alla mia relazione i gravi motivi che non mi consentono di procedere.»

«Un'inchiesta giornalistica può bastare?»

«Sì, può bastare, ma deve essere suffragata da riscontri oggettivi e veritieri. I miei superiori controlleranno se davvero la stampa sta per affrontare questo argomento.»

«Su questo non temo smentite. Che la stampa si stia per occupare dell'argomento è un dato reale, che finora, le ripeto, non è esploso solo per i nostri buoni uffici.»

«Ma se poi lo scandalo delle scorte scoppiasse per davvero, fra quattro mesi ci sono le elezioni: chi se la piglia la responsabilità di tutto questo casino, lei signor questore?»

L'obiezione del direttore era ben fondata, tuttavia si stava convincendo anche lui che davanti al fuoco di sbarramento del questore, la strada da battere era davvero indurre i responsabili della finanza pubblica a "tagliare" da qualche altra parte.

Il questore nel frattempo, portandosi le dita alle labbra, aspirava la sigaretta appena accesa col suo Dupont d'oro, senza muovere minimamente la testa: segno inequivocabile che quest'ultima stava lavorando sodo.

«Potrebbe bastare la richiesta di un giornalista di acquisire i dati delle scorte ai politici, per realizzare un articolo?» domandò in modo delicato, quasi fosse una supplica. Mai stravincere, ma vincere con sensibilità, richiedendo la collaborazione dello sconfitto per non farlo apparire tale. Era una regola a cui aveva sempre cercato di attenersi, e alla quale non voleva certo derogare ora.

«Sì, potrebbe essere sufficiente.»

«Allora come si potrebbe procedere, signor direttore?»

«...Io conto di finire il giro tra alcuni giorni. Poi ci sarà la stesura materiale delle proposte. Si va pertanto a un dieci, quindici giorni da ora. Se nel frattempo la stampa dovesse indagare seriamente su questo argomento, io potrei giustificare bene l'impossibilità di procedere ai tagli.»

Non si capiva se il direttore del Tesoro parlava al questore o solo a se stesso.

Mastellone, gira e rigira, ce la stava facendo, ma solo se nel frattempo fosse decollata sui media una poderosa campagna. Altrimenti i tagli sarebbero stati quelli annunciati. E chissà, forse il prossimo anno ne sarebbero seguiti altri ancora, vista la drammatica situazione finanziaria del paese.

Ma fra un anno! E in questo benedetto paese un anno è una distanza siderale; chi avrebbe potuto mai programmare qualcosa per il prossimo anno, quando si navigava a vista ogni giorno?

«In tutti i casi, signor questore, io non posso non far presente nella mia relazione che la richiesta del taglio del commissariato di piazza del Duomo, assai utile dal punto di vista finanziario, appare problematica per le esigenze di carattere sociale e di ordine pubblico, che mi sono state fatte presenti dal questore di Firenze. Sarà poi chi di dovere a prendere una decisione definitiva.»

2

Al commissario Ristori piaceva lavorare in questa struttura che lui aveva contribuito a rendere efficiente e funzionale: "un commissariato di eccellenza", come lo aveva definito in più di un'occasione qualche amministratore della città, quasi per attribuirsene almeno in parte il merito.

Erano poi di buon livello anche gli uomini che vi erano stati assegnati, fra i quali il commissario Ristori, un funzionario con 30 anni di onorata carriera, e il vicecommissario Tommaso Di Salvo che, fin da quando erano ragazzi, Ristori chiamava Salvo.

Il commissariato permetteva a Ristori di tenere sempre sotto controllo il suo territorio, la parte centrale della città, quella più bella e conosciuta in tutto il mondo, il cuore pulsante di Firenze, unico e irripetibile: piazza del Duomo, piazza della Signoria, tutto il centro, dal piazzale Michelangelo alle Cascine, dalla Fortezza da Basso a piazza Beccaria, da Santa Croce a Santo Spirito.

Il commissariato poi era sempre aperto, 24 ore al giorno, e questo gli dava la piacevole sensazione di un focolare sempre acceso, nel quale trovare rifugio in ogni momento della giornata, ora che, passati i 50 anni, tanti interessi e tante amicizie stavano sfumando.

L'idea di un "servizio al cittadino aperto 24 ore al giorno" non era né superflua, né inutile, come erano spesso le ristrutturazioni dei questori che si alternavano e che consistevano in una sorta di "facite a'mmuina" di memoria borbonica. Stavolta l'esigenza era reale e la soluzione escogitata andava nella giusta direzione, cioè di rendere funzionale ed efficiente il servizio di pubblica sicurezza per un bacino di utenza cittadina, nazionale e internazionale, di basso come di altissimo livello. Il nuovo questore che aveva pensato e messo in piedi il commissariato non era certo l'ultimo arrivato: una solida fama di persona intelligente e preparata non si acquista per caso.

«Ha avuto una buona idea il nuovo questore» Ristori e Salvo se l'erano ripetuto più volte.

Rappresentare la polizia fiorentina non era comunque uno scherzo e comportava tanti obblighi, come garantire sempre un servizio all'altezza della città ed essere in ogni momento tirati a lucido, sia come uomini che come mezzi e come struttura.

E lo stesso concetto stava ribadendo ora il questore, mentre riassumeva rapidamente al commissario Ristori il risultato del suo incontro con il direttore generale del Tesoro.

«Più di questo non sono riuscito a ottenere. Se vogliamo mantenere in vita il nostro commissariato, caro Ristori, occorre che chi decide a Roma senta forte la pressione della città e capisca che, eliminandolo, ne deriverebbero guai ben peggiori, anche per loro.»

Il commissario aveva manifestato qualche perplessità sul risultato ottenuto dal questore, ma lui aveva ribadito: «Non è poco. Poteva andare peggio! Muovendosi con intelligenza ci si può fare» non nascondendo ovviamente, né minimizzando le difficoltà dell'impresa.

«Non sarà facile, signor questore! Qui si tratta di imbastire una storia che deve servire d'avvertimento ai nostri politici, e indurli a più miti propositi, senza che la protesta esploda per davvero. Non vorrà che noi diventiamo quelli che guidano la contestazione contro i potenti, contro il palazzo. Abbiamo già chi lo fa egregiamente questo lavoro.»

Lo sapeva bene Mastellone e le perplessità certo non gli mancavano: bloccare la stampa quando ha fiutato una pista giusta. Figurati! Non ci era riuscito nemmeno il presidente degli USA Nixon nel caso Watergate. Ma nemmeno accettare la chiusura del commissariato così su due piedi, senza neanche provare a resistere. No, neanche questo andava bene.

«E se poi la stampa, invece di fermarsi dopo aver dato l'avvio a un'inchiesta per lanciare un avvertimento ai potenti, va avanti per davvero con questa storia? Una campagna giornalistica su questo tema non sarebbe certo peregrina, avrebbe molto seguito fra i lettori.»

Quello che pensava il commissario Ristori, sembrava ciò su cui stava riflettendo anche il questore. Che spesso si muovessero all'unisono, del resto, non era un mistero.

«Si potrebbe sentire il Betti. È un giornalista con grande seguito, fidato e leale, se gli si dice fin dove spingersi, non ci tradirà. Ne abbiamo avuto più di una prova, le sembra Ristori?»

«Sicuramente, signor questore, ma se la cosa sfugge di mano pure a lui... Che so, occorrerà l'annuncio di un'inchiesta. Ma poi si può tornare indietro e non farne più niente, dopo che si è lanciato il sasso?»

«Eh! Sì, il problema è proprio quello.» disse Mastellone perplesso. Anche a lui, quello che durante il colloquio col direttore generale del Tesoro era parso semplice, ora appariva molto più complesso del previsto, pieno di rischi, scivoloso, finanche cervellotico.

«Sì» ribadì il questore «il rischio è proprio che questa inchiesta parta per davvero. E se poi viene fuori che siamo stati noi, la questura addirittura, a dare l'imbeccata alla stampa, stiamo freschi.»

Mastellone non riuscì a soffocare del tutto un sorriso forzato.

«È un sottilissimo gioco di avvertimenti, minacce, messaggi cifrati, quasi in stile mafioso. Ma forse una soluzione si può trovare» nel momento in cui il questore sembrava più arreso, era il commissario a lanciare segnali di speranza «forse parlandone con il Betti si può trovare la strada adatta, la formula giusta per dire e non dire.»

Il questore non aveva coraggio di ammetterlo forse neanche con se stesso, figuriamoci poi al commissario, ma cominciava a pensare che sarebbe stato meglio lasciar fare al direttore i tagli che voleva. Lui con una carriera quarantennale alle spalle, invischiarsi in una questione così delicata, per cosa poi? Per mantenere in piedi un commissariato in piazza del Duomo a Firenze. Rischiare di rovinarsi la reputazione quasi fosse stato un pivellino qualunque alle prime armi che cade in una trappola così banale. Ma figurati! Lui, con la sua esperienza, che aveva superato situazioni ben più complesse e rischiose, anche nei servizi segreti, dove c'era davvero da finire stritolati, ora scivolava su questa buccia di banana quasi alla fine della sua onorata carriera? Ma neanche per idea! Si era forse fatto prendere la mano? Errore madornale nel suo ambiente: roba da farsi ridere dietro da tutto il ministero dell'Interno.

E lui, poi, che era sempre il primo a notare negli altri questi "incidenti di percorso", come li definiva, adesso ci cascava. Proprio lui che si divertiva a sottolineare le penose ritrattazioni o le altrettanto squallide smentite dei vari potenti per aver detto la tal cosa, per aver preso il tale impegno, per non aver mai alluso alla tale persona, usando artifici dialettici, giravolte concettuali, escamotage raffinatissimi, adesso si faceva beccare con le mano nel barattolo della marmellata!

«Sì, Ristori, parli col Betti. Si accerti in maniera inequivocabile che il giornalista non ci tiri in ballo in nessun modo e in nessuna circostanza. Gli parli senza alcun testimone, in modo diretto, ovviamente non al telefono, lontano da luoghi e persone che potrebbero poi collegarci a questa vicenda. Anzi non lo chiami neanche al telefono per prendere un appuntamento con lui. Lo vada a incontrare quando rientra a casa la sera e nessuno sa che deve vedersi con lei. Andiamoci coi piedi di piombo, la massima cautela.»

Ristori annuiva e seguiva le parole del questore Mastellone con grande attenzione. Non era certo il caso di lasciarlo solo o spiazzato in questa faccenda. Non lo aveva mai fatto del resto, neanche in presenza di un superiore meno stimato di lui, come talvolta gli era capitato. La sua lealtà era assoluta, al cento per cento, e il questore sapeva che di lui poteva fidarsi ciecamente.

«Se solo vedesse che non si può controllare né evitare lo scoppio di un eventuale scandalo, è meglio lasciar perdere tutto e abbandonare subito ogni iniziativa.»

Sì, ancora una volta i due si trovavano perfettamente in sintonia. Non che a loro importasse dello scandalo in sé, anzi. A entrambi non sarebbe parso vero che tanti di quei politici chiacchieroni, dediti solo alla conservazione della poltrona e alla cura dell'immagine, lo prendessero in quel posto. Ma far esplodere loro il caso, no: questo non potevano permetterselo.

«Ci penso io, signor questore. Tutto sarà a prova di qualsiasi testimone, nella riservatezza più assoluta.»

Mastellone sapeva di potersi fidare del suo commissario, del suo impegno morale, prima ancora che gerarchico. Del resto aveva in più occasioni verificato la professionalità del commissario Ristori, che capiva al volo le situazioni e sapeva cogliere anche i risvolti umani delle faccende, cosa non frequente nel suo ambiente. L'avrebbe fatto con qualche altro commissario quello che stava portando avanti con Ristori? La risposta non era difficile.

I due si lasciarono consapevoli che la cosa era più ardua di quanto non fosse apparsa in un primo momento, ma si sarebbe comunque potuta gestire e risolvere positivamente.

3

Ho spento già la luce
Son rimasto solo io
E mi sento il mal di mare
Il bicchiere però è mio
Cameriere lascia stare
Camminare io so...

'Ma da dove viene questa musica?' pensò il commissario Ristori dentro la sua auto, mentre aspettava che il Betti tornasse a casa, la sera tardi, dopo una giornata di lavoro passata al giornale.

Strano sentire questa canzone che 40 anni fa aveva spopolato, sia nella versione inglese sia in quella italiana: *A whiter shade of pale* ("Un'ombra più bianca del pallido") dei Procol Harum o *Senza luce* dei Dik Dik.

'Sarà probabilmente qualche trasmissione sui favolosi anni Sessanta, ormai le fanno spesso.'

Doveva provenire da quella finestra lì, al primo piano.

Chissà perché, ma l'immagine che gli si fissò nella mente fu quella di Laura, che lui stringeva forte a sé, mentre ballavano nella cantina semibuia come si faceva una volta tra i giovani. Il suo seno che aderiva al suo corpo, quel visino che gli si incuneava all'altezza del collo, piegandosi un po' in giù, la fronte appoggiata alla sua bocca, i suoi capelli profumati di ambra, e lui che la stringeva forte forte a sé, mentre ballavano lenti al ritmo di quella che era la loro canzone preferita.

L'aria fredda sai mi sveglierà
oppure dormirò...

'Com'è dolce questa canzone' pensò Ristori. 'Quanti ricordi! Se dovessi scegliere una canzone sola, sceglierei proprio questa. Laura! come ne ero innamorato... Chissà dove sarà adesso. E con chi. Ma guarda stasera cosa dovevo sentire.'

Se non fosse dovuto stare con gli occhi bene aperti, li avrebbe chiusi tanto volentieri, avrebbe appoggiato il capo al poggiatesta dell'auto e si sarebbe gustata fino in fondo quella melodia. Sarebbe ritornato indietro nel tempo, nella cantina semibuia di Marco dove si facevano le feste da ballo ai suoi tempi.

'Mi sembrava di vivere solo per quel momento. Non pensavo che a lei... a 16 anni! Poi con la fine delle superiori ci siamo persi di vista, la nostra storia finì e ognuno andò per la sua strada. Ma a nessuna come a lei ho voluto poi così bene.'

> *Guardo lassù*
> *La nooootte*
> *Quanto spazio intorno a me.*
> *Sono solo nella strada*
> *Insieme a te*
> *Insieme a te...*

La canzone stava finendo, ma l'emozione era intensa. Ristori avrebbe voluto dilatare quei momenti, cullarsi ancora in quei ricordi. E invece doveva stare lì attento a che apparisse il Betti, a cui doveva chiedere quel "favore". E ora che dalla fase dell'ideazione si stava passando alla realizzazione pratica del piano, gli sembrava tutto sempre più assurdo: dare inizio a un'operazione che rischiava di far scoppiare un casino che poteva schizzare quintali di fango anche sul questore Mastellone, uno dei pochissimi se non forse l'unico per il quale nutriva una profonda stima. Non ebbe il tempo di pensare a molte altre cose, perché vide scendere dall'autobus e venire avanti, dondolando pesantemente per la massiccia corporatura, la persona con cui doveva incontrarsi.

Ristori scese dall'auto e gli andò incontro, mentre intorno le finestre delle case erano chiuse e si percepiva la quiete e il silenzio delle strade secondarie di Firenze nelle ore serali. Anche la finestra da cui fino a poco fa proveniva la musica dei suoi anni giovanili, ora era chiusa.

Gli si presentò di fronte, si salutarono cordialmente, si conoscevano da oltre 20 anni: Ristori gli fece capire che voleva fare altri due passi con lui, senza salire in casa. Le strade lì intorno, poco frequentate e scure salvo qualche rettangolo luminoso nelle facciate, gli sembravano il luogo adatto per parlare discretamente senza che nessuno li disturbasse.

«Abbiamo un lavoretto da fare.»

«Abbiamo chi?»

«Abbiamo e basta!» fece imperioso Ristori, quasi a indicare che di più non gli era concesso far sapere. «Ma prima di andare avanti, però, devi giurarmi che di questa storia non farai mai parola con nessuno. È una cosa che ci sta a cuore, molto delicata. Se non mi sai garantire l'assoluta discrezione, non inizio neanche.»

«Va a pigliartelo nel culo!»

Oramai si conoscevano da tanto tempo, si fidavano l'uno dell'altro, non c'era molto da menare il can per l'aia.

«Abbiamo bisogno di far credere che stiamo indagando su una questione: in realtà è solo una finta per inviare un messaggio trasversale.»

«Quindi c'è qualcuno o qualcosa di grosso dietro di te.»

Ristori non poteva alludere al fatto che ci fosse addirittura il questore dietro di lui, per cui decise di assumersi la responsabilità di tutto, sapendo che il Betti non l'avrebbe bevuta.

«No, non c'è nessuno. Non andare a ficcare il naso dove non devi.» Il Betti fece una leggera smorfia, come se non avesse ancora capito.

«E allora perché usavi il plurale come fa il papa?»

Il commissario sbuffò in segno di fastidio: era inutile insistere ancora su quell'argomento. Meglio passare al nocciolo della questione.

«Occorre far credere che stiamo indagando sulle scorte ai politici, non di quelli nazionali, ma di quelle mezze calzette locali che nessuno sa chi sono né che fanno, ma si tengono fior di scorte di poliziotti, che naturalmente vengono sottratti al normale servizio. Politici che nessuno rapirebbe o colpirebbe mai, tanto sono insignificanti. E se comunque qualcuno li volesse rapire o fare fuori, non sono certo quelle scorte a impedirlo. In questo modo, ci sono centinaia e centinaia di uomini che vengono distolti dal loro servizio. E poi vogliono tagliare i mezzi e gli uomini a noi che lavoriamo sul serio.»

«Comincio a capire.»

«Qui a Firenze, solo per farti qualche nome, ce l'hanno l'onorevole Pizzetti, l'onorevole Simoncini, l'onorevole Cerauto. Solo loro si portano via 15 uomini, quando bastano, per accompagnare la moglie a fare la spesa o il figlio in discoteca.»

«E volete che sia io a lanciare il sasso?»

«No, ecco il punto: noi non vogliamo che l'inchiesta parta per davvero, ma solo far credere che questo scandalo potrebbe scoppiare da un momento all'altro.»

«Quindi cosa dovrei fare?» Si vedeva che la cosa cominciava a stuzzicare il Betti. Soprattutto gli interessava sapere cosa c'era ancora dietro. Perché se non fosse stata questione della massima importanza, pensava tra sé il giornalista, figurati se il commissario Ristori, che tutti sapevano molto legato al questore, si sarebbe mosso a quest'ora, al buio e di nascosto. Non poteva venire al giornale dove mi trovava tutto il giorno?

«Dovresti cominciare a preparare il materiale per un'inchiesta, per un bell'articolo: un qualcosa che blocchi sul nascere questa storia dei tagli. Per esempio, andare in prefettura e chiedere l'elenco dei politici che godono di questo servizio scorte, quanti sono, quanti poliziotti vi sono assegnati e così via. Noi vogliamo lanciare un messaggio trasversale: se ci tagliate i fondi per il commissariato o se ci riducete gli uomini e poi mantenete le scorte ai politici, sappiate che può scoppiare un gran casino. Non so se capisci...»

«Capisco, capisco. Ma, non potrei farlo per davvero questo servizio? Ne avevo già una mezza idea.»

La voce del Betti cominciava a farsi un po' pesante: a camminare gli veniva l'affanno quasi subito. Trascorreva troppo tempo davanti al desk, come accade sempre più spesso ai giornalisti, si muoveva poco e poi tutto quel mangiare, tutti quei chili in più. Uno dei pochi tratti che faceva a piedi era quello da casa alla fermata dell'autobus, 150-200 metri: proprio da dove l'aveva visto arrivare poco prima il commissario.

«No, non si vuole che scoppi per davvero lo scandalo. Noi siamo l'istituzione, la forza pubblica, la giustizia. Noi vogliamo solo continuare a lavorare in pace. Non dimenticarlo.»

Il Betti trattenne un moto di riso, non senza nasconderne lo sforzo.

«Vogliamo solo che a Roma si sappia che un giornalista del tuo livello sta cominciando a informarsi su cose che è meglio non vengano fuori. Così, chi di dovere potrà giustificare il mancato taglio del commissariato. Inoltre, qualcuno in alto, molto in alto, ci chiederà di darci da fare per evitare che la stampa si occupi di queste cose. Capisci? Così ci mostreremo anche abili nell'essere riusciti a bloccare un'inchiesta che sarebbe potuta diventare pericolosa e destabilizzante.»

«Ho capito tutto,» fece il Betti deciso «però mi fai venire voglia di occuparmene davvero di questa storia.»

«No, questo non lo puoi fare. Ricorda che con noi certe cose non si fanno.»

«Sì, sì, lo so. Peccato però. Mi inviti a pranzo e mi metti davanti dei piatti succulenti a patto però che non li tocchi...

E poi, questo vostro modo di agire mi sa tanto di messaggio mafioso, di sottile ricatto.»

'Oddio non è che il Betti ci sia andato lontano' pensò il commissario.

«Sai che potevamo andare da altri giornalisti, che in cambio di qualche notiziola in anteprima avrebbero fatto questo e altro. Ma io voglio lavorare con te. So che sei una persona seria, uno che capisce, che sa agire e che sa anche tacere, quando è il momento.»

Stavano ripercorrendo a ritroso la strada, diretti verso la casa del giornalista.

«Però mi sembra che spariate a una zanzara con il cannone. Orchestrate tutto sto casino per evitare qualche taglio. Non c'è un altro modo? Non vi basta dirglielo chiaro e tondo di tagliare da altre parti, di non rompere i coglioni a voi ma a qualcun altro? Possibile che si debba ricorrere a questi sistemi?»

Ristori ascoltava con un lieve sorriso fra le labbra, non per evidenziare la sua sottile superiorità su un ingenuo interlocutore, ma per stupirsi che uno come lui si meravigliasse ancora del fatto che le cose più difficili da realizzare in questo benedetto paese sono proprio quelle più semplici, sensate e ragionevoli.

Un treno interruppe per un po' la conversazione; dopo, ognuno apprezzò di nuovo il fresco profumo della sera, quello che si può percepire in una città inquinata come Firenze. Ma quella strada, dove passava la ferrovia, era meno inquinata di altre, grazie al poco traffico e alla scarpata d'erba che delimitava la strada costeggiata dagli alberi, da cui proveniva un sottile profumo di vegetazione.

«Non ci fare scherzi eh!? Poi mi hai dato la tua parola.»

«Ritorna a prendertelo nel culo. Dimmi piuttosto come rimaniamo.»

«Mi faccio vivo io appena si è deciso come e in quali tempi operare.»

4

L'indomani per il pranzo, chiamalo pranzo poi il piatto unico d'insalata, pomodori e mozzarella, che di solito prendeva, con l'aggiunta di volta in volta di qualche altro ingrediente che lo rendesse più appetitoso, il questore Mastellone non andò al solito ampio bar nei pressi della questura, dove faceva capo la quasi totalità dei suoi uomini. Andò al bar-ristorante-pizzeria di piazza del Duomo, a 20 metri di distanza dal commissariato che volevano chiudere. Era uno dei tantissimi locali del centro adattati alle esigenze dei turisti, con i piatti ritratti in fotografia, il prezzo accanto e la possibilità di consumarli anche nelle ore più strane. La cucina era accettabile, così come i prezzi. La varietà dei piatti e la vicinanza al commissariato lo avevano eletto a struttura culinaria del commissariato. Tanto che Vitaliano, il gestore, praticava loro dei prezzi di favore.

Lì, in un tavolo discreto e appartato, in un angolino con le spalle al muro e la vista verso lo stretto marciapiede che girava intorno al Duomo, sempre affollato di turisti e di passanti, lo stava aspettando il Ristori, da solo.

Dopo aver esaurito le formalità di rito e aver ordinato il pranzo, molto leggero anche per il commissario, si soppesarono i pro e i contro dell'operazione. Le perplessità rimanevano, ma si convenne di andare avanti.

Si studiarono anche i tempi, e si decise che la cosa doveva partire subito, altrimenti c'era il rischio che i tagli diventassero immediatamente esecutivi, e dopo non ci sarebbe stato più nulla da fare. L'indomani stesso pertanto il Betti avrebbe dovuto richiedere al prefetto un colloquio, con la procedura d'urgenza, con priorità assoluta su altre interviste, cosa che non gli sarebbe stata negata, dati i rapporti intercorrenti tra due «istituzioni» della città, come la prefettura e il suo maggiore quotidiano.

I risultati del colloquio col prefetto e i dati acquisiti nel frattempo sarebbero quindi confluiti in un bel servizio giornalistico. Questo, avrebbe dovuto dire il Betti al prefetto, sarebbe uscito nell'edizione del lunedì di due settimane dopo, quando il quotidiano sovrabbondava di notizie sportive, e una bella inchiesta sulle scorte ai politici, avrebbe riequilibrato il giornale. Del resto accadeva sempre così. Per evitare che in quel giorno i lettori che di calcio ne avevano le scatole piene, comprassero un altro quotidiano, o non lo comprassero affatto, si pubblicava sempre qualche bel servizio su questo o quell'argomento.

Il fatto poi che il "pezzo" giornalistico uscisse dopo una decina di giorni dall'intervista del Betti al prefetto, doveva servire come momento di riflessione, e dare il tempo a chi di dovere di evitare il taglio.

Per gli altri dettagli, Mastellone lasciava ampio margine di manovra al commissario Ristori, mentre terminava un pasto che, a dire il vero, nella parte finale era andato troppo al di là delle sue consuete abitudini. Si era infatti concluso con un bel frittino di paranza.

«Solo un assaggio per voi, eccellenza, solo un assaggino» gli aveva detto il gestore del ristorante Vitaliano «e con questo limoncello di Sorrento fatto artigianalmente dalla mia famiglia, che è proprio di quelle parti, non ve ne accorgete nemmeno».

E gliel'aveva fatto servire dalla moglie Marilete, una splendida brasiliana di 30 anni, curatissima, con unghie e labbra rosso fuoco, e un reggiseno sempre troppo compresso, che non riusciva mai a contenere una terza abbondante. Se l'era portata dietro qualche anno fa da Belo Horizonte, dove era andato per aprire un ristorante, ma poi non ne aveva fatto nulla. Era invece tornato con Marilete, che non si sapeva di cosa vivesse là, ma adesso faceva l'estetista in un salone di bellezza nei paraggi, e all'ora di pranzo veniva a dare una mano al marito.

«No, un ristorante così non possiamo sottrarci dal frequentarlo, se non altro per la simpatia e il calore della signora. Sarebbe un vero delitto! Basterebbe questo per mantenere in vita il nostro commissariato.»

Scherzò a bassa voce il questore, forse per mostrarsi sereno e tranquillo con il commissario e dissipare quel certo senso di fastidio che lo prendeva quando ripensava a mente fredda al rischio che l'operazione comportava e alla necessità che tutta la storia si concludesse alla svelta.

5

Il Betti, dopo la telefonata del commissario Ristori che gli annunciava la decisione presa, aveva deciso di chiedere subito un appuntamento alla segreteria della prefettura, per raccogliere dati precisi e attendibili per una prossima inchiesta giornalistica sulle scorte.

La mattina successiva, il giornalista fece prima un'intervista a un assessore regionale, considerato da tutti in fase ascendente e candidato alla carica di deputato e poi, chissà, di sottosegretario se non addirittura... via, non poniamo limiti alla provvidenza! Poi, conclusa l'intervista nel palazzo del Consiglio regionale, aveva attraversato la strada e si era arrampicato a fatica sui due piani di scale dello splendido palazzo Medici Riccardi, che ospitava la prefettura di Firenze.

Si era quindi presentato alla segreteria, avanzando la regolare domanda di intervista. In virtù del fatto di essere un giornalista assai conosciuto del quotidiano locale, aveva evitato fastidiose attese in anticamera, facendo presente al segretario del prefetto, che curava queste incombenze, che la richiesta era urgentissima. Pertanto aveva ottenuto un appuntamento per il giorno dopo, nel pomeriggio, al rientro di "sua eccellenza" da Roma.

Il segretario non aveva potuto nascondere del tutto un'ombra di fastidio, quando aveva conosciuto l'argomento dell'intervista. Una questione, l'aveva subito capito, delicata, scivolosa, rischiosa, che già era costata il posto a un ministro dell'Interno. C'era solo da rimetterci, mai da farci una bella figura. Meno si andava a stuzzicare quel vespaio, meglio era.

«O non potrebbe chiedere una bella intervista sul mostro di Firenze, vicenda sulla quale il prefetto, ai suoi tempi, indagò; o sulla splendida stagione della Fiorentina, di cui il prefetto è un sincero e affezionato tifoso, o sul disinteresse dei giovani verso il mondo della politica, o sui rapporti fra le istituzioni cittadine. Qualsiasi altro argomento insomma. Cosa vuole andare a stuzzicare le scorte ai politici?! Ma via!»

Davanti alle perplessità del giornalista sugli argomenti consigliati, aveva poi aggiunto: «Anzi, guardi, glielo suggerisco io un bell'argomento, sul quale le anticipo tutto il tempo e la disponibilità del signor prefetto: "Stato e Chiesa a Firenze". Un ricordo e una testimonianza sull'opera degli ultimi cardinali fiorentini, da Dalla Costa a Florit, da Benelli a Piovanelli, da Antonelli, tutti che finiscono in "elli"» aveva chiosato con un ritorno di buon umore alla prospettiva di evitare quell'intervista al prefetto «fino all'attuale Betori, osservati dal palazzo delle istituzioni per eccellenza, la prefettura, con i ricordi e le osservazioni dei vari prefetti che si sono succeduti in quei decenni.»

Aveva poi preso un attimo di tregua, prima di aggiungere qualche altro elemento che convincesse il Betti ad abbandonare l'idea iniziale.

«E con qualche chicca, con qualche aneddoto inedito: un bellissimo servizio al quale il signor prefetto darà tutto il suo contributo con entusiasmo. Lo potreste suddividere anche in più puntate, una per cardinale: Dalla Costa e lo Stato, Florit e lo Stato, e così via, narrando ricordi e aneddoti relativi, da quando il cardinale Dalla Costa fece chiudere le finestre della Curia al passaggio di Hitler, e i risvolti che ne nacquero con l'allora prefetto, fino alla sua scomparsa e alla successione di Florit. E di quest'ultimo potrebbe raccontare i momenti del dissenso, da padre Balducci a Don Milani e a Don Mazzi: come furono vissuti e gestiti dall'altra sponda, dagli occupanti di questa carica e della prefettura.»

Il segretario pareva un fiume in piena. E lasciava intuire una buona conoscenza dell'argomento che stava proponendo al Betti in sostituzione di quello richiestogli. Che cercasse di far bella figura, di mostrare la sua cultura in materia, o di evitare al suo superiore una bella rogna, come quella che si prospettava con questa intervista sulle scorte? Chi lo sa!

Fatto sta che cercava in ogni modo di deviare l'argomento verso qualcosa di meno compromettente.

«Le prometto che ci penserò, l'idea non mi dispiace affatto» ammise il Betti.

«E allora lasciamo perdere la storia delle scorte!»

«Eh! Purtroppo non si può. Lo sa meglio di me. Quando si riceve un ordine... Ormai c'è questa in programma sul giornale.»

«Ma a chi vuole che interessi! Cosa crede poi che le dica il signor prefetto! Lasci perdere!»

«Magari! Il fatto è che il problema è sentito, la richiesta da parte dei lettori è forte.»

«Vada a sentire a Roma!»

«Ci andrò, ci andrò, ma prima devo passare dalla nostra città. Non è colpa mia, mi creda. Farei più volentieri quel servizio che lei ha avuto la cortesia di suggerirmi. Anzi lo farò sicuramente.»

Il segretario del prefetto non poté nascondere un leggero moto di delusione, subito mascherato, come aveva imparato a fare nei lunghi anni di servizio.

«Ora mi scusi, ma devo scappare in redazione a preparare il pezzo con l'intervista appena fatta all'assessore. Esce nell'edizione di domani. L'incontro con il prefetto allora è confermato per domani sera?»

«Se insiste tanto, ma non mi dica che non l'avevo avvertita.»

Il questore provava un fastidio crescente per essersi opposto un po' troppo apertamente all'ipotesi di chiudere il commissariato di piazza del Duomo. E poi ad aver imbastito una storia che, più ci pensava, più gli pareva rischiosa. Un funzionario del suo livello non lo fa mai. Forse si era lasciato prendere un po' troppo la mano. Forse si era sentito troppo sicuro di sé, anche in virtù dei suoi trascorsi nei servizi segreti e delle delicate missioni svolte ai più alti livelli, e aveva sottovalutato la questione.

'Mi sono esposto troppo' pensava tra sé. 'Chissà dove va a finire la cosa. Se poi parte per davvero l'inchiesta, se poi vengono fuori problemi, complicazioni, speculazioni? Di Ristori mi posso fidare. A quel giornalista ci pensa lui, da lì non dovrebbero venire problemi, ma chi può dirlo fino in fondo?'

Ma la cosa gli tornava in mente di quando in quando, in mezzo alle sue ben più alte e gravi incombenze istituzionali; non era tale da fargli perdere il sonno, come altre volte gli era capitato, ma al momento gli suscitava un certo disagio. Avrebbe forse dovuto essere più arrendevole? Aveva fatto male a esporsi così?

6

L'indomani mattina verso le 10, quando si svolse la prima riunione di redazione per impostare l'edizione del giorno dopo, il Betti risultò assente.

«Verrà più tardi, aspettiamo ancora un po'» aveva sentenziato il segretario di redazione, il buon Pistolesi. «Arriverà più tardi.»

Poi, via via che i minuti, i quarti d'ora, le mezzore passavano e del Betti non c'era traccia, i colleghi cominciarono a preoccuparsi.

«L'hai chiamato a casa?»

«L'hai chiamato sul cellulare?»

Erano tutte domande alle quali il Pistolesi rispondeva con una scrollata di spalle, quasi a dire: 'No, aspettavo che me lo dicessi tu!'

Poi le richieste si erano fatte più pressanti: «Hai sentito a casa?»

«E chi» rispondeva il segretario di redazione «se vive solo?»

«I vicini, qualche amico, una donna?»

Un altro azzardò, per l'ennesima volta: «L'hai chiamato al cellulare?»

«Oh bella. Non ci avevo pensato. Meno male che me l'hai detto. Aspetta che lo chiamo!» fece il segretario di redazione tra l'irritato e il divertito.

Ogni tanto si affacciava il direttore del giornale a sentire se c'erano notizie del Betti, subito richiamato da uno squillo di telefonino, da un dispaccio d'agenzia o da una qualche incombenza.

Trascorsa un'altra mezzora, dato che non era mai successo che il Betti facesse così tardi senza avvertire, ci si decise a mandare qualcuno a casa, a vedere un po' cosa fosse successo.

«Vado io» si offrì il segretario di redazione «vi chiamo appena so qualcosa. Tieni il tuo cellulare libero Marchioni, disse al suo vice. Vado in motorino; fra una mezzora vi chiamo.»

E infatti, passato il tempo previsto, il Marchioni ricevette la telefonata del segretario di redazione: «Ha chiamato? Si è fatto vivo?»

«Nulla di nulla!»

«Qui non sa nulla nessuno, a casa non risponde, il telefono suona a vuoto. La cassetta della posta è ancora piena, o non l'ha ritirata ieri sera quando è rientrato, cosa che mi sembra assai improbabile, o non è rientrato o è andato a dormire da qualche altra parte.»

«Ma non ha detto nulla, non ha fatto sapere nulla?»

«Pare di no. Qui non sa nulla nessuno. Non è mai successo. Che faccio? Passami il direttore!»

Quest'ultimo si era da poco unito al gruppetto della redazione.

«Che faccio, direttore, chiamo i pompieri?»

«Hai sentito i vicini, nessuno sa nulla?»

«C'è qui con me la dirimpettaia. Non sa nulla. Non l'ha sentito rientrare, ma non lo sente quasi mai quando rientra la sera. Lei dice di andare a letto molto presto, e quello è il primo sonno, quello più intenso. Più strano le sembra che il Betti non abbia ritirato la posta. La sua cassetta, dice, è piena di posta tutti i giorni, ma la sera quando rientra, la ritira sempre.»

«Chiamare i pompieri però mi sembra prematuro. Hai provato con quelli che stanno agli altri piani: se qualcuno sapesse qualcosa?»

«Vado subito. Lei intanto» disse rivolto alla dirimpettaia «continui, per cortesia, a suonare di tanto in tanto. Che non si fosse preso una doppia dose di sonniferi!». Pochi minuti dopo richiamò al giornale.

«Nulla di nulla. Qui non sa nulla nessuno.»

«Far venire i pompieri, per poi accorgersi che non è in casa, mi sembra poco opportuno. Facciamo la figura dei coglioni» disse a voce alta il direttore.

«Far venire un fabbro, senza tanto rumore?» azzardò il Pistolesi dal suo cellulare.

«Forse è meglio, ma vediamo prima se qualcuno sa qualcosa! La sorella o i parenti?»

«Stanno in provincia di Grosseto e non ho il numero.»

«Qui a Firenze chi si potrebbe sentire?»

«Conoscenti e colleghi ne ha a bizzeffe, ma amici veri, quelli da sentire in simili circostanze, non saprei.»

«Quel commesso della libreria?» azzardò il direttore del giornale, riferendosi a una celebre libreria del centro dove il giornalista capitava spesso e dove aveva finito per stringere amicizia con un commesso.

«Ecco, lui potrebbe sapere qualcosa. Lo chiamo subito.»

«Orazio, sono il Pistolesi, ciao, scusami se ti disturbo. Non ci riesce trovare il Betti, sai nulla?»

«L'ho visto ieri mattina, mi ha detto che doveva fare un'intervista all'assessore, e dopo aveva un appuntamento in prefettura, ma si è fermato una decina di minuti. Si è fatto due chiacchiere, ma non saprei dirti nient'altro.»

«Direttore» richiamò il segretario di redazione dalle scale del condominio del giornalista «il Betti sembra sia sparito, nessuno sa nulla. Il cellulare l'ha sempre staccato. O si chiama un fabbro o torno in redazione e aspettiamo che si faccia vivo lui!»

«E se stesse male, se gli fosse venuto, facendo le corna, che so, un infarto, un ictus, o qualche altro malanno e sta lì in casa senza potersi muovere?»

«Ma in quel caso la sera, al rientro, avrebbe preso la posta. Come mai è ancora nella cassetta? Comunque chiamo il fabbro. Forse sarà bene che faccia intervenire anche un'ambulanza, qualora ce ne fosse bisogno!»

Il segretario di redazione non poteva smentire la sua fama di efficienza e di prontezza, specie davanti al direttore.

«Che si fa?» domandò il direttore rivolto al gruppetto di giornalisti nella redazione. «Il Pistolesi fa aprire la porta da un fabbro? Speriamo non gli sia successo nulla. Sì, vai...»

Non passarono che pochi istanti che il segretario di redazione, ricordando il numero della ditta che si occupava di questi interventi, grazie alla musichetta e al ritornello della pubblicità, chiamò a nome del giornale il fabbro, chiedendo che giungesse il prima possibile.

Chiusa la comunicazione con la ditta, il segretario telefonò alla vicina sede della misericordia: «Fra poco, potremmo avere bisogno di un'ambulanza, stiamo per entrare in casa di un collega che non risponde al campanello, può darsi che stia male, potete venire?»

«Se c'è bisogno noi veniamo anche subito.»

Ma non ce ne fu bisogno. Il fabbro aprì la porta e constatarono che non c'era nessuno in casa.

Il segretario di redazione decise allora di rientrare al giornale, dove alle consuete occupazioni di sempre, che in quelle ore della mattina per fortuna erano meno frenetiche di quelle serali, si stava aggiungendo quella di sapere dove diavolo fosse finito il Betti. Occupazione che, a dir la verità, non risultava delle più angoscianti, né delle più stressanti, perché il darsi da fare per qualcosa, la cui responsabilità non ricade mai e in nessun caso su di te, è sempre meglio che impegnarsi su qualcosa che ti vede protagonista. La lontana minaccia di qualcosa di grave, poi, un pericolo incombente, una scomparsa, un'improvvisa malattia o chissà cos'altro, creava unità e solidarietà in redazione, dove di solito dominavano antagonismi e rivalità.

Il pensiero della scomparsa del Betti non abbandonava la redazione, fra un comunicato stampa, una riunione, una decisione da prendere, una telefonata, un incontro da programmare, un'intervista da effettuare.

Nel frattempo, il segretario di redazione aveva contattato la sorella che viveva in provincia di Grosseto, ultima erede di una gloriosa famiglia che in Maremma aveva vissuto la propria storia.

Lì, i Betti erano già noti al tempo del Risorgimento, quando uno di loro, allora considerato una testa calda, sarebbe passato alla Storia, per aver partecipato ai moti del '48, alla battaglia di Curtatone e Montanara, e una decina d'anni dopo, o poco più, per aver preso parte alla spedizione dei Mille. Poi, qualche altro membro di quella apprezzata famiglia si era distinto nelle lotte di fine secolo, e altri avevano dato il proprio contributo di sangue alla prima guerra mondiale.

Già al tempo della seconda guerra mondiale la famiglia si era assai ridotta, ma non al punto in cui si trovava agli inizi del terzo millennio, allorché della famiglia Betti rimanevano solo Gian Andrea, figlio del leggendario Ottavio, e una sorella, Diomira, che si era sposata e aveva due figli.

«Sposati, metti al mondo più figli che puoi, tu hai un buon lavoro, tu sei intelligente, non ti manca nulla, vuoi che siano quei due ceppiconi di Diomira a far proseguire la razza? Non vedi che sono due imbecilli, come il loro babbo.

Certo poteva pigliare anche di meglio la Diomira. Quante volte gliel'ho detto che quel fidanzato mi sembrava un fannullone, sempre al bar a bere e a non far nulla.

Sposati Gian Andrea! Sposati!» gli diceva spesso la mamma, ma Gian Andrea non si era mai voluto sposare, preso com'era dal giornale. E poi anche la mamma se n'era andata. E da quel momento nessuno più in famiglia gli aveva detto di sposarsi, così la sua eredità sarebbe finita alla sorella e a quei due nipoti buoni a nulla. E proprio per parlare di problemi d'eredità il Betti era andato in Maremma alcuni giorni prima.

«Da domenica non s'è più sentito. Ma è sempre così, non può mica venire tutte le domeniche qua. Che gli è successo, non lo trovate? E dove è andato?»

Gli aveva risposto la sorella quando il Pistolesi l'aveva chiamata per sapere se avesse notizie di lui.

«Ma non avete un numero, una persona da contattare in caso di bisogno?»

«Io ho tre numeri telefonici, uno deve essere quello del telefonino, uno quello di casa e uno quello del giornale. Ma li dovete avere anche voi quelli.»

«Sì, certo. Se avesse notizie, ci richiami subito al giornale.»

«Porca miseria, ma cosa gli sarà successo. Ci eravamo visti domenica scorsa, per parlare di certe questioni d'eredità. Io non ci capisco nulla, non ho studiato come Gian Andrea. Lui sì che le capiva queste cose.»

«Va bene, va bene, grazie!»

«Questi non sanno nulla» disse il segretario di redazione al direttore che gli si era avvicinato per avere notizie, «Speriamo che si faccia vivo per la riunione di stasera, almeno!»

La riunione della sera, quella delle 17, è la più importante. È lì che si realizza il quotidiano dell'indomani. Nel nostro giornale era stata preceduta da numerose telefonate fra direttore, vicedirettore, segretario di redazione, capiservizio, giornalisti e collaboratori vari sulla scomparsa del Betti, che qualcuno già cominciava a definire "povero".

«Bisognerà avvertire qualcuno, la polizia, che so, il questore, lanciare qualche allarme.»

«Ma possibile che sia sparito così. Ieri sera è venuto via dal giornale alla solita ora, più o meno, non ci sono stati problemi particolari né in redazione né in tipografia. Anche in portineria me l'hanno confermato, saranno state le 21,30 quando è uscito, più o meno come sempre. Ha preso l'autobus, il solito, quello delle 21,45. E poi?»

Il segretario di redazione s'interruppe. Anche lui era un buon amico del Betti: provenivano dalla stessa terra, era di un paesino in Maremma poco distante da quello del Betti.

«Fatemi andare all'Ataf. A quell'ora c'è poca gente sul bus, l'autista lo rintracciano subito: forse si ricorda qualcosa, forse ha visto qualcosa.»

All'Ataf lo accolsero subito con la massima considerazione. Il giornale a Firenze era pur sempre un'istituzione.

«Vorrei sapere che autista guidava ieri sera il 14, quello che passava dai viali verso le 21,45.»

«Si trova subito. Ha detto il 14, no!?» E l'impiegato si mise a digitare al computer.

«C'era, c'era... il Manetti.»

«Abbiamo bisogno di contattarlo immediatamente!» disse il segretario di redazione.

«Un attimo, guardo se è in servizio» e si rimise a digitare sul computer. «No, non c'è, ha fatto servizio nel primo pomeriggio, ha staccato alle 16.»

«Dove lo trovo?»

«Abbiamo il numero di telefono di casa e del cellulare.»

«Mi dia il cellulare, è questione della massima importanza.»

Fu facile mettersi in contatto con l'autista del bus che la sera prima il Betti aveva preso per tornare a casa: era al circolo del tennis dei dipendenti delle ferrovie.

«La raggiungo subito, una quarto d'ora al massimo. Vengo per una questione importantissima, mi aspetti lì.»

«Sì, sì, io sono al campo numero 3, non mi sposto, mi trova subito.»

L'autista dell'autobus ricordò con facilità il Betti, visto la sera prima: la sua corporatura massiccia, l'essere rimasto in piedi per tutto il tragitto, nonostante la vettura fosse semivuota. Ricordò anche che era sceso alla sua solita fermata. Non c'era nessuno ad aspettarlo. E poi più niente.

«È sparito nei 150-200 metri che vanno dalla fermata del bus a casa sua» fu la conclusione ovvia del segretario di redazione alle richieste dei giornalisti appena rientrato in sede; aveva i capelli leggermente scomposti dal casco appena tolto e ravviati alla bell'e meglio con la mano, mentre con l'altra cercava di appendere il giaccone di goretex all'attaccapanni, già pieno di soprabiti. Lo spezzato marrone, con i pantaloni di velluto più chiari, era ancora quasi perfetto, così come il nodo della cravatta e la stiratura della camicia, nonostante la indossasse dalle 9 del mattino.

7

La notizia della scomparsa del Betti creò nella città notevole clamore. Il giornalista era molto conosciuto a Firenze. Non vi era nato ma vi lavorava da sempre, da quando aveva iniziato la professione di giornalista. Si era sempre occupato di cronaca cittadina, della quale era divenuto nel tempo caposervizio, ma non disdegnava anche incursioni nella politica interna se non addirittura in quella estera. Faceva parte di numerose istituzioni cittadine e di altrettanti, o forse più, premi letterari: a volte come direttore della giuria, altre come semplice membro. Era a conoscenza di tutti i personaggi, le autorità, le istituzioni, i meccanismi, i problemi e i segreti della città. Lavoratore instancabile, si può dire vivesse al giornale e per il giornale, dato che vi trascorreva ininterrottamente dalle 9 di mattina alle 9 di sera, e talvolta anche oltre. I lettori lo conoscevano e lo stimavano, al pari dello stesso direttore, e quando alcuni anni prima era stato nominato direttore un giornalista di dubbie qualità, che aveva ottenuto quella carica forse per meriti extra giornalistici, in molti avevano storto la bocca preferendo il Betti.

Nonostante avesse ricevuto più volte proposte da altri quotidiani, anche più prestigiosi, aveva sempre declinato l'offerta per non lasciare la sua città. Sicuro di sé, alto, non proprio fotogenico nella sua opulenza fisica, ma a proprio agio anche sotto i riflettori, sapeva riempire e padroneggiare lo schermo con estrema facilità. Se avesse voluto, avrebbe potuto trovare un'ottima sistemazione anche alla Rai, ma, si schermiva lui, l'ottima sistemazione l'aveva già al giornale, dove si trovava bene e si sentiva appagato. La sua famiglia era ormai quella, dato che non ne aveva una propria. Con il tempo, nessuno escludeva che potesse divenirne anche direttore, finalmente, e per meriti reali.

Era logico che la sua scomparsa creasse commozione in città, senza calcolare l'alone di mistero che la notizia, apparsa pur senza clamore e in veste minimalista il primo giorno, stava suscitando, essendo di per sé clamorosa.

«Il Betti scomparso!»

«Come scomparso? Rapito, sequestrato, scappato, suicidato? Che vuol dire scomparso?» aveva domandato il questore al segretario di redazione, quando questi, su invito del direttore del quotidiano, si era recato a portare la notizia al massimo responsabile dell'ordine pubblico cittadino.

«Avete sentito, controllato da amici, parenti, conoscenti?»

«Scomparso, signor questore, da ieri sera nessuno ne sa più nulla.»

«Ma come scomparso? Avete avuto notizie, segnalazioni, avvisi: che ne so, qualche indicazione?»

«Niente di niente, signor questore.» Il segretario di redazione sembrava quasi irreale nel suo candore, mentre allargava un po' le braccia.

«Sequestrato, forse. Avete provato al telefonino?»

Stava per ribattere "No! Aspettavamo che ce lo dicesse lei", ma si limitò a un più deferente: «Si figuri. Niente. Nulla. Sparito. È da stamani che cerchiamo dappertutto e in ogni modo. Siamo andati a vedere negli ospedali, dai vicini, dagli amici. Abbiamo telefonato alla sorella in Maremma. Nulla di nulla. Abbiamo sentito anche l'autista dell'Ataf. È tornato a casa con l'autobus come sempre: poi, più nulla.»

Il questore fece intervenire il proprio vice per informarlo della nuova rogna.

«O è una scomparsa volontaria o involontaria» fu la lapalissiana intuizione del vice questore, il dottor La Rosa, al termine del breve resoconto del segretario di redazione.

«Noi opteremmo per la involontaria» intervenne con altrettanta logica il segretario di redazione «altrimenti ce l'avrebbe detto che voleva andarsene. Ma non ce n'era motivo. A me ieri, proprio verso quest'ora, aveva chiesto se stasera sarebbe venuta anche mia moglie alla cena dal Latini, in occasione del premio di cui era membro della giuria. Aveva voglia di vederla: si conoscono fin da ragazzi. Uno che vuole scappare non parla certo così. E poi scappare da chi e da che cosa? Lui qui stava benissimo: il giornale era tutto per lui, era il sogno della sua vita!»

«Attiviamo, a questo punto, le procedure previste in questi casi» intervenne il questore, invitando il suo vice a proseguire con i dettagli dell'operazione, e si allontanò tirando fuori dal taschino il proprio cellulare.

Il vicequestore stava intanto chiedendo al segretario di redazione tutti i dati per iniziare la ricerca: l'indirizzo, i numeri telefonici, i nomi dei parenti e degli amici, dei collaboratori e di coloro che potevano avere avuto a che fare con lui. I nomi furono una decina solo al giornale e molti altri nella città. Insomma tutto quello che si fa in queste circostanze. Fu richiesta anche una foto del giornalista da dare a tutte le pattuglie della polizia.

«Tanto per avviare le indagini» disse il vicequestore.

Leggermente rabbuiato, ma non così da darlo a vedere, il questore stava chiamando il commissario Ristori per comunicargli che voleva vederlo di persona, appena si fosse liberato di alcuni impicci. Lo avrebbe richiamato per dirgli quando uscire. Erano d'accordo che si muovessero a piedi, ognuno dal proprio ufficio, e si incontrassero più o meno dalle parti di piazza San Marco, in una libreria antiquaria dove non c'era quasi mai nessuno, sotto la discreta protezione del vecchio libraio che, per riserbo, usciva e sostava all'ingresso, lasciandoli confabulare in pace. Era l'espediente cui ricorrevano quando c'era qualcosa di grosso e non volevano parlarsi al telefono.

«È sparito il Betti.»

«Come sparito?» esclamò il commissario Ristori rimanendo immobile e fissando in faccia il suo interlocutore.

Il questore allargò le braccia: «Sono appena venuti dal giornale a fare la denuncia.» E proseguì sintetizzando al massimo la vicenda.

«E allora?»

«Non lo so: aveva dato il via al Betti per la storia del commissariato, vero?»

«Certo, signor questore, ci sono andato la sera del nostro primo incontro, cioè due giorni fa. Per l'esattezza lunedì sera. L'ho aspettato lì, sotto casa sua, mentre percorreva il tratto fra la fermata del 14 e la sua abitazione.»

«E lì è sparito, ieri sera» lo interruppe il questore.

«Le disse quando si sarebbe mosso per l'inchiesta sulle scorte alla prefettura?»

«Sì, certo, martedì ci siamo visti a pranzo al ristorante sotto il commissariato, gli ho dato il via libera martedì sera e lui mercoledì mattina ha incontrato il segretario del prefetto e mi disse che avrebbe formulato ufficialmente la richiesta di un'intervista al prefetto sulle scorte.»

«Siamo certi che l'incontro e la richiesta di dati sulle scorte sia stata avanzata davvero?»

«Mi disse di sì. Immagino di sì. Forse al giornale sanno qualcosa» insinuò Ristori «ma chiediamo se a loro signori risulta che il Betti stesse raccogliendo i dati per un'inchiesta giornalistica sulle scorte ai potenti della città? A chi fosse stata concessa e a chi no?»

«No, certo» concordò il questore «a quel passo ci si arriverà caso mai con l'inchiesta ufficiale. Per il momento ho detto al mio vice, il dottor La Rosa, di prendere i primi provvedimenti, ma sarà lei, caro Ristori, a effettuare le indagini» lo disse con un tono che non lasciava trapelare molti dubbi sulla stima che nutrisse nei confronti del suo vice.

«Ci sarà ovviamente da indagare sugli ultimi contatti del giornalista e lì verrà fuori la storia delle scorte.»

«Non è detto, signor questore, perché l'inchiesta non si era ancora messa in moto. Al momento ci sarebbe solo la richiesta di un'intervista al prefetto, avanzata al suo segretario. Niente di più. Ma a questo punto mi sembra eccessivo un rapimento o, Dio non voglia, addirittura un omicidio.»

«In ogni caso, anche se è prematuro parlarne, perché il Betti potrebbe ricomparire da un momento all'altro, se sono stati i poteri forti messi in allarme dalla prossima inchiesta, temo che non si arriverà a nulla: spero non ne nascano contraccolpi inauditi. Non dimentichiamo che la scorta, poi negata al povero professor Biagi a Bologna, fece dimettere l'allora ministro dell'Interno. Forse sono intervenuti preventivamente per bloccare sul nascere l'inchiesta.» Pensava ancora ad alta voce il questore, quando prese sottobraccio il suo fido Ristori. Uscirono dalla libreria, non senza lanciare uno sguardo di compiaciuto ringraziamento al vecchio libraio, e si avviarono verso piazza Santissima Annunziata.

A quell'ora della sera, la piazza era frequentata da pochi passanti, per lo più gente frettolosa che voleva tornare a casa al più presto. Alcune nomadi sostavano ai piedi della statua al centro della piazza, mentre una di loro, con i capelli unti perfettamente divisi a metà e raccolti in due trecce nere, gli zoccoli ai piedi e la sigaretta in mano, litigava con le altre due a voce alta in una lingua incomprensibile. Faceva parte del gruppetto che stazionava sempre all'ingresso della chiesa a chiedere l'elemosina.

«Se sono stati i servizi segreti, sarà difficile che si arrivi a qualcosa» asserì con calma e senza possibilità di smentita il questore. «Già troppi sono stati i casi di delitti irrisolti, misteri, insabbiamenti e quant'altro che hanno contrassegnato la nostra storia. E quelli che conosciamo sono solo la punta di un iceberg.»

«Ma non sarà che montiamo un caso troppo presto? Lui ha avanzato la domanda di informazioni sulle scorte ieri mattina e ieri notte lo rapiscono: e poi cosa faranno, lo uccidono?»

«Certo, noi andiamo subito alla peggiore delle ipotesi, forse perché ci sentiamo in qualche modo coinvolti in questa scomparsa» e accese un'altra sigaretta col suo accendino d'oro, coprendo con la mano il poco vento che dalla piazza si insinuava nelle strette vie del centro cittadino. «È questo che non mi convince. Mi sembra una reazione eccessiva, esagerata. Non si elimina uno per un'inchiesta giornalistica. Oddio» si corresse subito dopo il questore «non sarebbe la prima volta!».

Quando si avvicinavano al centro della piazza, intorno al monumento equestre del granduca Ferdinando I, scorgevano il cupolone, irradiato da una nuova illuminazione, che conferiva un'aureola di grandiosa imponenza al più bel tempio della cristianità. E dall'alto della sua straordinaria perfezione pareva stridere vistosamente con le tante meschinità del presente.

Si poteva tranquillamente passeggiare su e giù, senza timore di essere uditi, e poi, se si incrociava qualcuno, era fin troppo semplice abbassare la voce o zittirsi un attimo, lasciarlo passare e riprendere il discorso.

«Sì, ma forse stiamo esagerando davvero: ipotizzare l'intervento di eventuali apparati deviati dello Stato è al momento prematuro, oltre che eccessivo. Sarebbe come usare il tritolo per abbattere una baracca di lamiera. Ma che ne sappiamo noi di cosa c'è sotto. Se questa inchiesta sulle scorte li preoccupasse più di quanto noi non immaginiamo. Che dietro ci sia qualcos'altro?» il questore avanzava l'ipotesi peggiore, la più inquietante. «Più improbabile mi sembra l'ipotesi di un rapimento per riscatto. Ma di questo non parlerò domani alla conferenza stampa. Lì lascerò aperte tutte le ipotesi. Del resto cosa si può fare in queste condizioni? Farò intervenire anche i carabinieri, il RIS di Parma, per vedere se trovano qualcosa a casa o al giornale. Ma non le nascondo, caro Ristori, che quello da cui spero di avere più lumi di tutti è proprio lei.»

Per il questore si era fatta l'ora di rientrare, mentre il commissario avrebbe avvertito a casa che non sarebbe tornato per la cena o l'avrebbe fatto molto tardi: che non lo aspettassero. La moglie Carla e la bambina, Elisa, come continuava a chiamarla lui anche ora che era all'università, erano abituate a questi improvvisi annunci e non ci avrebbero fatto caso più di tanto.

«Indaghi a tutto campo, con la massima attenzione. Se sono quelli di cui si parla, non c'è da scherzare. Lei ha la massima libertà d'azione. Riferirà solo a me. Ci vediamo comunque domani sera, sperando naturalmente che, nel frattempo, tutto si sia risolto e che il Betti sia ricomparso. Non mi comunichi niente per telefono, se non le notizie generiche. Meglio parlarsi a quattr'occhi.»

8

L'indomani, la notizia della scomparsa del Betti ebbe sulla stampa maggiore rilievo. Fu segnalata anche nei Tg regionali. Se il primo giorno, infatti, si era data la notizia con una certa circospezione, lasciando intendere che era ancora presto per sbilanciarsi in ipotesi criminose, e non si poteva ancora escludere un allontanamento volontario o una qualche emergenza che avrebbe potuto tenerlo lontano, il secondo giorno non potevano più sussistere dubbi: il celebre giornalista doveva essere stato rapito. Chissà, forse addirittura ucciso.

C'era chi individuò un'analogia con il caso dell'economista Federico Caffè, se non addirittura di Ettore Majorana, anche loro scomparsi senza che se ne fosse saputo più niente. Uno come lui, che lavorava al giornale a tempo pieno e spesso anche nei giorni liberi, che dormiva più volentieri nella foresteria del quotidiano che a casa e aveva non si sa bene quanti mesi di ferie arretrate, uno che quando si allontanava dal giornale si teneva costantemente in contatto con la redazione, possibile che fosse sparito senza dire nulla?

«Sì, rapito, forse ucciso. E perché? E da chi? Per chiedere un riscatto a chi? Alla sorella, che viveva di una pensioncina di 1200 euro al mese, compenso dei 35 anni trascorsi a lavorare al comune? Al giornale, che era la sua vera famiglia? Ma si può chiedere un riscatto a un giornale, magari intimandogli di non rivelare a nessuno la notizia del rapimento? Ma via!»

Questi erano i discorsi che intavolavano al giornale e in questura, e probabilmente anche i tanti lettori del quotidiano.

«E se lo avessero ammazzato, chi e con quale scopo l'avrebbe fatto? Rapire poi uno come il Betti, in quei maledetti 150-200 metri di marciapiede dalla fermata dell'autobus a casa, sotto altri tre palazzi di dieci appartamenti l'uno. Mettere a forza, dentro un auto o un furgone, un uomo di 130 chili, senza che nessuno se ne accorga? Ma!? È un mistero.»

Era questa la conclusione prevalente dei tantissimi che ne parlavano. Un altro dei tanti misteri di Firenze, come quello del mostro, o dei tanti, troppi delitti irrisolti che facevano della culla dell'Arte uno dei luoghi con il maggior tasso di criminalità impunita.

«Non è forse il nostro un paese di misteri?» disse il questore Mastellone mentre parlava con Ristori nella "dependance" del commissariato di piazza del Duomo, cioè nell'appartamento attiguo. Quello riservatissimo e a prova di attentato, che il direttore del Tesoro voleva chiudere insieme al commissariato e dal quale, forse, era partito tutto.

Inutile nasconderlo: da galantuomini quali erano, avvertivano una sottile inquietudine per aver esposto il giornalista a un'operazione al limite della correttezza istituzionale, e che forse aveva determinato questa misteriosa scomparsa.

«Oggi sono apparso su tutte le televisioni locali e nazionali e domani apparirò su tutti i quotidiani. Non posso nemmeno più comprare le sigarette dal tabaccaio che mi chiedono notizie del Betti.»

«Noi auguriamoci solo che non sia partito tutto da qui» replicò Ristori allargando le mani con sincero e profondo disappunto. «A questo punto, comunque, partiamo subito con le indagini a 360 gradi, succeda quello che succeda. Una ventina di telefoni sono già sotto controllo e, se dovesse venir fuori qualcosa, si saprebbe subito.»

Il questore si alzò un attimo, andò alla finestra, scostò una tenda e vide sotto di sé il via vai dei passanti. Aprì il serramento, che aveva il vetro antisparo, antitermico e antirumore, che rendeva la dependance silenziosa e isolata dai rumori esterni e dalle possibili minacce, e fece entrare un po' d'aria. Da lì il cupolone li sovrastava imponente, sembrava quasi li schiacciasse. Per ammirarlo occorreva allontanarsi di almeno 50 metri, e le sue pareti, pur ancora annerite dallo smog di decenni di traffico, invitavano a spostare l'attenzione, dai problemi contingenti, al trascorrere del tempo e all'eternità.

Guardò nuovamente verso il basso i passanti, che si muovevano a quell'ora forse più rapidi che in altre. I tanti uffici avevano già chiuso i battenti e fra poco lo avrebbero fatto anche i negozi. Non i ristoranti, dove iniziava proprio allora la fase più redditizia della giornata.

«Certo che è bello questo posto. Ma arrivare a un omicidio per questo, santo Dio!» il questore tornò a sedere. «Allora come ci muoviamo, caro Ristori?»

Sapeva bene che a quell'ora il commissario aveva già predisposto un suo piano.

«Intanto sto prendendo contatti col dottor La Rosa per acquisire le prime risultanze delle sue indagini: il controllo dei telefoni, il vaglio delle testimonianze dei conoscenti, la eventuale localizzazione del suo cellulare da parte della rete telefonica. Nello stesso tempo passerei in rassegna tutti e tre i blocchi dei condomini dove abita il Betti. A un primo piano, per esempio, c'è un inquilino che tiene spesso la finestra aperta. Io stesso l'altra sera, mentre lo aspettavo, sentivo uscire della musica dalla sua finestra. Domani mando il mio vice Di Salvo a interrogarli uno per uno con la massima discrezione, assicurando che in nessun caso verrà tirato in ballo il nome dell'inquilino, anche se dovesse fornire notizie importanti.»

Era il minimo che si potesse fare, in questa situazione c'era poco da spremersi le meningi.

«Un setaccio silenzioso, anonimo, senza destare allarmismi, come Di Salvo sa fare alla perfezione. In casi analoghi è stato anche invitato a prendere qualcosa, un bicchierino, un dolcetto, un caffè; una signora insisté che rimanesse addirittura a pranzo con lei, si figuri un po'.»

Inutile annuire, tanto scontata appariva la mossa del commissario. Il volto del questore si fece invece più attento quando il commissario accennò ad altre eventuali misure.

«Infine, e questa è una mossa che potrebbe rivelarsi utile solo se avremo un po' di fortuna» e il commissario avvicinò una cartina della città al bracciolo della poltrona del questore «da via Lami, dove abitava il Betti, si esce in tre direzioni: verso via dello Statuto,» e la indicò sulla piantina «verso via Vittorio Emanuele, qua in alto dove si arriva percorrendo altre strade secondarie, e verso via XX Settembre con la successiva svolta verso viale Milton. Gira e rigira, chi vuole uscire da quella via deve passare da queste direttrici. Ebbene, in ognuna ci sono delle telecamere. Con i filmati di quelle telecamere, ripresi dal momento in cui il Betti è sceso dall'autobus in poi, si riesce a vedere le auto che transitano, se ne riprende il numero della targa e, se il lunotto è pulito, anche quante persone sono a bordo e qualche movimento dentro l'abitacolo. Non di tutte però.» Si fermò un po', lasciando trapelare l'incertezza che questa misura comportava. «Perché, se passa un autobus o un camion davanti alle cineprese, le vetture in transito sono coperte. Il grosso delle auto però si riprende: io calcolerei che se ne possa visualizzare un 70-80%.»

«Per questo ha detto che ci vuole fortuna e anche pazienza? Immagino che saranno state migliaia le auto in transito in quelle strade in quella mezzora, o poco più» azzardò il questore.

«Mah!, io penso siano 1500-2000: 20 al minuto in ognuna delle tre direttrici. Complessivamente sono 60 al minuto, moltiplicato per 30 minuti, fa appunto dalle 1800 alle 2000 auto.»

«Certo non sono poche!»

«Ma nemmeno tantissime. Con i software che ci sono ora al Viminale, una volta comunicati i numeri delle targhe, loro te li rimandano subito con accanto i nomi dei proprietari e gli indirizzi. Inoltre» e qui il tono di voce del commissario Ristori si fece più sicuro «si possono scartare tutte le auto con il solo guidatore, che io reputo essere oltre la metà. E, se si ha un po' di fortuna, se cioè le riprese sono ben chiare, si può vedere anche dentro l'abitacolo, quanti sono e forse, ma non voglio azzardare troppo, si potrebbe riconoscere anche alla lontana una certa sagoma del Betti: un omone di 130 chili, una figura alta, massiccia. Alla fine, da questo screening quante auto resteranno: un centinaio? Non mi meraviglierei che fossero anche meno. Inoltre incrociando i nominativi dei proprietari di auto con i nomi dei conoscenti o dei colleghi del Betti, o di qualcuno schedato, o di qualche nostra conoscenza, qualcosa potrebbe venir fuori.»

«Certo sarà un lavoro certosino, sempre nell'ipotesi che non sia stato caricato su un furgone, nel qual caso non sapremmo niente.»

«A quell'ora sono piuttosto rari i furgoni, quelli che circolavano li potremmo esaminare uno per uno, vedere di chi sono e perché viaggiavano a quell'ora. Piuttosto si potrebbe essere verificato un caso che al momento non ho preso in considerazione: una volta rapito il giornalista, il mezzo potrebbe non essere andato via subito, ma aver atteso più della mezzora nella quale facciamo il controllo delle vetture transitate. Se, per ipotesi, fossero andati via alle tre di notte, non ne sapremmo niente. Ma allargare ancora il numero delle auto da sottoporre al controllo ci esporrebbe a un lavoro molto più lungo. Lo faremo se non troviamo nulla in questa prima fase. I filmati di tutta la notte li conserviamo noi.»

«E se poi fosse fuggito volontariamente?» insinuò il questore.

«Noi lavoriamo all'ipotesi di un allontanamento forzato. Se voleva andar via chi gli avrebbe impedito di farlo liberamente, senza ricorrere a questo escamotage? E poi me l'avrebbe detto l'altro giorno, quando ho parlato con lui per mettere in piedi quella» stava per dire "messinscena" dell'intervista al prefetto sulle scorte, ma evitò di farlo, anche se per trovare la parola giusta esitò un attimo «quel nostro progetto sulle scorte.»

«Sì, sì» intervenne il questore «ma mi raccomando, anche se so che l'avvertimento è inutile, eviti qualsiasi contatto con la stampa, con i mass media e direi anche con i colleghi della questura. Crei, all'interno del suo commissariato, un gruppetto di addetti a questo caso. Quanti? »

«Quattro mi sembra il numero giusto. Io, il mio vice Di Salvo, e due agenti esperti, come Russo e Guarducci.»

«Ecco, quattro persone e basta, che lavorino solo a questo caso, senza che gli altri agenti del commissariato vengano messi al corrente. È un'indagine molto delicata. Non si sa chi abbiamo di fronte. Ci potrebbero essere infiltrati anche fra le persone più vicine a lei, anche dentro il commissariato. Massima segretezza, discrezione, riservatezza. Lei riferirà poi sempre e solo a me. Se mi dovesse capitare di avere qualcuno accanto, un politico, il prefetto, il sindaco, un giornalista e dovessi chiederle come procedono le indagini, perché non potrei sottrarmi dal farlo, lei mi risponda in modo generico, che si seguono tutte le piste, che si indaga a 360 gradi, che ancora non abbiamo escluso alcuna eventualità. Roba del genere, insomma. Comunque non dovrebbe capitare, perché per le occasioni ufficiali utilizzerò il dottor La Rosa.»

Mastellone concluse la frase senza nascondere un lieve accenno di sfiducia nei confronti del suo vice questore. Quanto avrebbe preferito il commissario Ristori in quel ruolo. Ma neanche lui poteva fare tutto quello che voleva. Subito dopo squillò il suo telefonino riservato e segretissimo. Era il suo segretario che gli comunicava che il direttore del quotidiano cittadino chiedeva di conferire con lui, non per una intervista, ma per una doverosa comunicazione sulle indagini.

«È sempre in linea il direttore del giornale?»

«Sì, signor questore.»

«Me lo passi allora al numero del commissariato di piazza del Duomo.»

«Signor questore» si sentì dopo pochi istanti «mi scusi se la disturbo, ma avrei da riferirle alcune notizie sul Betti. Non so se possano essere utili all'indagine. Preferirei comunicargliele però di persona.»

«Quando vuole direttore anche subito. Mi può trovare in questura, o se le fa più comodo, ci possiamo vedere qui al commissariato in piazza del Duomo dove sono adesso.»

«Mi scusi, signor questore, ma al momento non mi è possibile: sa, per il giornale queste sono ore cruciali e non mi posso allontanare neanche per mezz'ora.»

Sempre gentile e misurato, il direttore era una persona di alto livello culturale e autore di validi saggi. In città era un'autorità indiscussa, a cui due baffetti e un pizzo sempre molto curato conferivano un tono di assoluto prestigio.

«Piuttosto, verso le 21,30 c'è un incontro alla libreria Feltrinelli, viene presentato un mio libro, una biografia romanzata degli ultimi anni di Rimbaud. Ma sicuramente lei non ci sarà più a quell'ora.»

«No, a quell'ora non mi è possibile. Però le potrei mandare il commissario Ristori, che presta servizio in centro.»

«Sì, lo conosco. Va bene, signor questore. Va bene.»

«Allora mando lui verso le 21,30 davanti alla Feltrinelli.»

Agganciata la cornetta, il questore si rivolse al commissario: «Forse c'è qualcosa di nuovo. Il direttore del giornale deve darci una comunicazione riservata. Ci parlerà lei stasera, verso le 21,30 davanti alla libreria Feltrinelli. Poi mi faccia sapere. Se è cosa della massima importanza mi venga pure a trovare a casa: fino a mezzanotte non vado a letto. Per telefono niente.»

9

Davanti alla libreria Feltrinelli di via Cerretani il flusso delle persone era sempre consistente, come in qualunque ora del giorno e della notte: cittadini, turisti, giovani, immigrati. Una commessa all'ingresso indirizzava gli invitati nel grande salone interno, e dava rapide informazioni sull'ultima fatica del direttore del quotidiano, che sarebbe stata presentata di lì a poco: una via di mezzo fra il saggio colto e il libro di divulgazione sull'ultima fase della vita di Rimbaud in Africa. L'argomento, si capiva, era per palati fini, ma era trattato in maniera accessibile anche al vasto pubblico dei non addetti ai lavori. E poi il direttore del giornale storico della città era una personalità e la presentazione richiamava sempre un discreto numero di persone, oltre al fatto che quelli che lavoravano in redazione, volenti o nolenti, non potevano mancare.

Il commissario Ristori stazionava all'ingresso della libreria e sfogliava distrattamente qualche novità. Appena vide comparire il direttore del giornale in compagnia del segretario di redazione, gli andò incontro.

«Sì, l'aspettavo. Noi ci conosciamo già, commissario, vero?»

Poi rivolto al segretario che aveva accanto e ad altri due o tre spettatori che lo stavano accerchiando, disse: «Voi aspettate un po', devo fare un giro con il commissario.» Lo prese a braccetto e si dissero verso piazza del Duomo.

«Le devo confessare una cosa che può essere utile alle indagini sulla scomparsa del Betti.»

Dopodiché aspettò che non ci fosse nessuno intorno e Ristori intuì che, quanto stava per dirgli, non doveva essere cosa di poco conto.

«Deve sapere che il Betti pubblicava anche una piccola rubrica, con pseudonimo, sull'edizione domenicale. Roba piccola, forse l'avrà anche letto. Si intitolava *Domandare è lecito* e si firmava Hugo Ratio.»

«Ah!» disse sorpreso il commissario. «Ricordo di averla letta qualche volta. Era lui? Ma senti!»

«Sì, era lui. Al giornale lo sapevano tutti, ma lui aveva chiesto di non parlarne. Lo riteneva un dovere civico, una sorta di volontariato laico. Non voleva neanche una lira per quella rubrichetta che col tempo era diventata famosa. Aveva destinato il compenso a una piccola cooperativa sociale della sua Maremma, che operava per reinserire nel mondo del lavoro persone con problemi fisici e psichici. Lui si divertiva a scriverla. Diceva che prendeva il punto di vista del lettore qualunque, che, davanti a fatti, vicende, notizie riportate sui giornali e alla televisione, chiede spiegazioni. Domandava come erano andate a finire certe vicende di cui si era data notizia, e delle quali poi non si era saputo più niente. Invitava alla riflessione su tanti fatti, commentava eventi e personaggi, cercava insomma di ravvivare nei lettori quelle facoltà di giudizio, di riflessione e di critica che, secondo lui, si stavano assopendo, se non addirittura scomparendo del tutto, come un muscolo che si atrofizza se non utilizzato.»

Il commissario, mentre passeggiavano nell'ampio spazio davanti all'Arcivescovado, proprio di fronte al campanile di Giotto illuminato dai fari della notte che lo rendevano ancor più maestoso, provò simpatia verso quella rubrica e il suo autore.

«Il Betti dava la colpa di tutto all'uso eccessivo dei mezzi audiovisivi, alla sovrabbondanza di notizie, alla mole abnorme di informazioni che riceviamo, a una televisione che trasmette di tutto pur di assopire la coscienza critica del pubblico. Fatto sta che vedeva le nostre normali capacità di raziocinio affievolirsi progressivamente, fino a spegnersi e morire. E si era ritagliato questo piccolo spazio per cercare, per quanto possibile, di rianimarle. Lo chiamava "il mio cantuccio".»

«Ma perché pensa che questo possa influire sulle indagini?»

«Perché vede, aveva dato noia a parecchi "potenti", sia del paese che della comunità internazionale. Ci sono giunte anche delle proteste, ma mai delle richieste di risarcimento danni, come invece avviene oggi, quasi settimanalmente. E sa perché?» E non aspettò che il commissario gli rispondesse. «Perché aveva quasi sempre ragione. E siccome lui riprendeva notizie e casi riportati da tutti i giornali e da tutti i mass-media, quelli stessi che i lettori leggevano quotidianamente, e li commentava con un disarmante buon senso e con assoluta razionalità, nessuno se la sentiva di reclamare, né di pretendere alcunché da lui o dal giornale. Caso mai, l'eventuale danneggiato avrebbe potuto querelare chi aveva riportato in prima battuta la notizia, che il Betti prendeva a spunto del suo articolo. La sua riflessione non creava proteste, poiché sembrava quasi un'equazione matematica: con questi fattori il risultato non poteva che essere quello.»

Si fermarono proprio davanti alla Curia. La nuova rivelazione apriva ulteriori ipotesi investigative, che Ristori avrebbe certo esplorate.

«Si metteva nell'ottica del semplice lettore che cerca di capire e usa la testa. Per questo si firmava Hugo Ratio, "ratio" come ragione, ma con un sottile accenno anche alla figura di Orazio, il poeta latino che lui amava come nessun altro. Ha colpito un po' tutti i poteri forti, e sappiamo che a nessuno è mai piaciuto questo tipo di analisi. Cominciò qualche anno fa, in seguito al terremoto in Abruzzo, ricorda? Quando il presidente in carica disse che avrebbe nominato due o tre commissioni d'inchiesta, e il responsabile di quella sciagura avrebbe sicuramente pagato. Il Betti scrisse allora il suo primo pezzo, sperando che qualcuno gli rispondesse, e chiese di sapere che fine avesse fatto la vecchia inchiesta sul terremoto in Irpinia del 1980, quando Pertini lanciò un messaggio forte alla radio, con grande enfasi, all'indomani stesso della tragedia, chiedendo che i responsabili dei mancati soccorsi, così come delle speculazioni, pagassero e finissero in galera. Lui, rievocando quel precedente e prevedendo la fine che avrebbero fatto le ennesime commissioni d'inchiesta, chiedeva come erano andate a finire quelle esternazioni. Oh se aveva memoria il Betti. "Aveva"... "Ha"! non disperiamo» si corresse il direttore.

«Al quale nessuno ha poi risposto» lo interruppe il commissario.

«E chi voleva che rispondesse? Il povero Pertini poi lasciò cadere anche lui la cosa su quella richiesta d'indagine per il terremoto dell'Irpinia. Chi ha preso il suo posto, alcuni anni dopo, figurati se si va a impegolare in questioni così complesse e delicate. E poi non è facile, né forse possibile, scoprire sempre i responsabili delle tragedie. No, non intervenne nessuno. Chi vuole che pagasse per quello scempio: un'intera classe politica, supportata dalla maggioranza della popolazione e da un degrado ambientale e normativo spaventoso?!»

I due continuavano a camminare sul piazzale antistante l'Arcivescovado, che risultava il punto meno frequentato della grande piazza. Dalle altre parti avrebbero sicuramente incrociato più passanti e poi lì erano sempre a due passi dalla libreria.

«Scrivendo quei pezzi, il Betti era guidato più dall'istinto che dalla tecnica giornalistica, e per questo risultavano ancor più incisivi. Talvolta si pensava che avesse scoperto l'acqua calda, ma più spesso a prevalere era la sensazione "che il re era nudo" e che dietro quella semplice e a volte banale esposizione si celassero anche domande e interrogativi inquietanti. A volte poi, sono proprio le domande più semplici che richiedono le risposte più difficili.»

Stavano un po' divagando e il direttore sapeva di essere atteso. Si diressero verso la libreria davanti alla quale c'era qualche persona in più.

«E, mi creda, ne ha beccati diversi di poteri forti, anche di quelli che sembrano godere di maggior prestigio e autorevolezza: intellettuali prestigiosi, politici di rango, istituzioni fondamentali per lo stato. Ma ha colpito anche modi, vezzi, abitudini del nostro Paese.»

«E crede che qualcuno abbia voluto farlo tacere per questo?»

«È solo un'ipotesi. Il fatto che non si sia più fatto vivo da ieri mattina e che sia sparito così nel nulla da due giorni, giusto verso quest'ora è scomparso no?!, mi fa pensare che sia stato rapito. E non per chiedere un riscatto, ma perché qualcuno ha voluto tappare la bocca per sempre a questo "agitatore" di coscienze!»

Ristori colse un sincero moto di commozione nelle parole del direttore, sentendone più rigida la stretta sul braccio.

«Ma quale di questi poteri forti potrebbe essere stato?»

«Eh! Vattelo a pesca! Quelli in grado di compiere un tale rapimento non sono poi molti. Ci ho pensato tutto il giorno: poteri forti, non sempre individuabili con chiarezza. Manie, vezzi e malvezzi, atteggiamenti, note di costume non danno luogo a rapimenti. Ma...» e qui il direttore si trattenne, tornò un po' indietro, cercando un luogo più lontano da orecchi indiscreti «quando tocchi certi poteri, come gli Stati Uniti, il mondo arabo, i servizi segreti, la CIA, l'ex KGB, la magistratura, i poteri economici e finanziari, la Banca d'Italia e simili, un rapimento potrebbe non dico essere verosimile, ma quanto meno un'ipotesi da non escludere a priori.»

Fu con questa frase che concluse la sua conversazione con il commissario: «Ecco, riferisca al questore con la massima discrezione, mi raccomando; non sono cose da far sapere in giro.»

Erano ormai a pochi passi dalla libreria e i presenti che si trovavano davanti mostravano di aver riconosciuto il direttore e di volerlo salutare.

«Senta, mandi domani qualcuno da me. Le farò stampare gli oltre 200 articoletti di Hugo Ratio, in modo che possiate esaminarli subito senza perdere tempo. Domani di prima mattina.»

Si salutarono. Il segretario di redazione, il Pistolesi, con il quale il direttore era arrivato, lo riprese a braccetto e lo accompagnò nel salone della libreria, dove lo attendevano una trentina di persone, sottratte alle amenità della nostra tv, per approfondire i risvolti degli ultimi anni del poeta maledetto in Africa.

10

Gli articoli di Hugo Ratio erano sul tavolo del commissario: un pacchetto di oltre 200 fogli, di una lunghezza non sempre identica, ma oscillante più o meno sulle 2000 battute. Ne aveva fatta subito una copia e aveva mandato un agente a consegnarli di persona al questore. Nel frattempo aveva iniziato a sfogliarli, soffermandosi e leggendo l'incipit di quelli che lo incuriosivano di più, riproponendosi poi di leggerli sistematicamente tutti. E, come aveva anticipato il direttore del giornale, ce n'era per tutti, proprio per tutti, compresi anche alcuni "vezzi", per chiamarli così, del nostro Paese.

Però si rese conto che da questi era difficile fosse scaturita la decisione di un rapimento o, Dio non volesse, addirittura di un omicidio. Questi articoli, comparsi in tempi e momenti diversi, alcuni legati a polemiche spicciole e cittadine, in parte già risolte o superate, non erano roba da indurre i vari potenti a rapire o uccidere qualcuno. Non erano gli articoli scandalistici nei quali qualche potente avrebbe potuto ravvisare delle minacce incombenti o dei pericoli in grado di comprometterne pesantemente l'immagine o la carriera.

Non tutti però, perché talvolta qualche grande personaggio o qualche istituzione nazionale e internazionale poteva vedersi precipitare dall'altare, in cui era stabilmente collocato, nella polvere.

'Alla stessa conclusione giungerà anche il questore, dopo che gli avrà dato uno sguardo' pensò fra sé Ristori mentre scendeva le scale per andare con gli agenti Russo e

Guarducci a prendere qualcosa nel bar ristorante pizzeria di Vitaliano.

Ma oggi Vitaliano non si era presentato al loro ingresso, come faceva quasi sempre, perché doveva essere alle prese con Marilete, come intuiva dagli echi di un litigio che giungevano dalla cucina. Negli ultimi tempi ciò accadeva più spesso di un paio d'anni fa, quando lei era appena arrivata con tutto il suo fascino sudamericano.

«Tu me soffochi con la tua jelosia. Jo non puedo fare mas nada. E onde ses stata e donde vienes? Tu lo sabe, jo fai la estetista. Jo non hai horario come el impiegato del comune. Jo non puedo timbrar el cartellino e venir via. Jo devo terminar.»

«A mezzanotte e un quarto sei rientrata ieri notte, dove sei stata?» gli aveva ribattuto sul muso il marito, Vitaliano, il quale oltre che gestore era anche cuoco e pizzaiolo del locale.

«Jo soi stata a fare el zumba.»

«Sì, lo so io con chi fai la zumba. Maledetto il giorno che ti ho incontrato.» E agitava forte la mano, Vitaliano.

«No urlar! Mas plano, te voi far entiendere da todo el quartiere!»

«Non me ne frega un cazzo se mi sentono, meglio: così imparano chi è la signora Manola Cepeda Fuente.»

«Ses un piezo de merda. Jo me esplico, me espando a trabajar todo el die, e tu me afflixi con la tu jelosia.»

«Chiamala gelosia!»

«Piezo de mierda dos fois. Esperiamo que te colga un canchero al culo, che te se secchino i cojones.» E non erano arrivati alle mani perché il cameriere era entrato in cucina a fare l'ordinazione e a dire che di là c'era il commissario e due agenti.

Vitaliano lasciò perdere e si mise a preparare le ordinazioni.

Ristori ricordava la volta che Vitaliano gli aveva presentato la moglie, condotta da Belo Horizonte, dove era andato con l'idea di aprire una pizzeria, ma poi non ne aveva fatto di nulla.

«Mucho gusto» aveva detto Manola Cepeda Fuente con un leggero inchino al commissario «mucho gusto».

Si era sentito un po' imbarazzato Ristori alla presenza della procace brasiliana di una trentina d'anni e, del resto, come dargli torto: era davvero una bellezza esplosiva, che aveva travolto Vitaliano fino a portarla subito in Italia, dove si era messa a fare l'estetista. Professione che lei diceva di aver appreso a Caracas, dove aveva vissuto dieci anni, anche se malelingue sostenevano che la sua vera professione era un'altra. Ma si sa: le malelingue non mancano mai.

Il commissario aveva intavolato una banale conversazione: «Allora da dove viene? Le piace la nostra città? Com'è il clima?» Cercava di parlare lentamente e di scandire bene le parole.

«Oh! Da noi es muy caliente ahora. Qui es mas friio.» E aveva fatto quasi cenno di coprire la sua terza misura abbondante. Che fosse stata quella che aveva colpito il commissario?

«Ci vuole un po' di tempo per abituarsi. Ma vedrà che alla fine si troverà bene.»

«Sì, anche Vitaliano me dice el mismo.»

Un agente, che era solito navigare in rete nei momenti di pausa, era andato a cercare i dati sulla senora Manola Cepeda Fuente, detta Marilete: estetista, esperta de massajo relaxante, de pulicia viso e de sistemazione unghie. Aveva ovviamente informato i colleghi, ridendoci un po' sopra.

In breve tempo, però, i nodi erano venuti al pettine e la coppia aveva passato molto tempo a litigare.

Stavolta fu l'agente Russo Antonio, soprannominato il bell'Antonio per il look da macho e il ciuffo corvino unto di gel, a intervenire: «Marilete, esperta in pipete.»

«Sss! Ti sente!» lo zittì l'altro agente, il Guarducci, mentre il commissario, pur preso dai suoi pensieri cupi, gli disse: «Voglio vedere tu chi sposerai!»

«Ah commissario! Io non mi sposo.»

«Sì, buona notte! Aspettiamo un po' e poi se ne riparla!»

Finito il pranzo Ristori pagò, uscì, salì le scale del commissariato e chiese se Salvo era rientrato o aveva mandato a dire qualcosa. Gli risposero che aveva telefonato poco prima per informare che non tornava a pranzo e che avrebbe finito nel pomeriggio di sentire i condomini; poi, gli avrebbe riferito tutto. Sì, perché qualcosa di interessante l'aveva trovato.

Ristori passò allora nella stanza in cui gli altri due agenti distaccati per questa indagine si erano immersi di nuovo nel loro compito da certosini: visionare i filmati delle strade da cui potevano essere passati i rapitori del Betti. Quindi, trascrivevano i numeri delle targhe e segnalavano eventuali scene dubbie, momenti equivoci, potenzialmente interessanti per l'indagine o che avrebbero meritato un approfondimento. Ma era un lavoro lungo, dal quale Ristori non si aspettava nulla o quasi.

Qualche segnalazione di persone corpulente, da far pensare al Betti, l'avevano comunque già avuta, sebbene neanche i due agenti ne fossero convinti. Lo avevano fatto più per scrupolo che per altro. Uno dettava i numeri delle targhe e l'altro li scriveva. Quando notavano una scena dubbia, la guardavano entrambi e decidevano se valeva la pena segnalarla o no. Dopo un'ora si alternavano, non prima di aver preso una pausa di qualche minuto in cui scendevano al bar da Vitaliano per un caffè, scambiavano due parole, fumavano una sigaretta, rivolgendo gli occhi al cupolone per riposarli un po' dalla fatica del lavoro.

Fu durante una di queste brevi pause che il commissario entrò nella loro stanza e prese in mano il foglio in cui erano indicati i minuti e i secondi delle scene "dubbie", in modo da poterle visionare rapidamente dal videoregistratore con l'effetto moviola che aveva fatto disporre lì accanto. Ce ne fu una, quella che gli agenti stessi avevano indicato come degna di maggior interesse, che in effetti sembrava poter indicare qualcosa, ma a un esame più volte rallentato, poi ingrandito e rimaneggiato in vari modi al computer, la sagoma appena intravista non parve essere quella del Betti. Comunque fu rilevato il numero della targa e si decise di procedere a un accertamento.

Le indagini andarono avanti in quel modo, fino a metà pomeriggio, allorché un agente entrò improvvisamente, spalancando la porta e gridando: «Hanno sparato in via Lami, c'è uno colpito a terra!»

Bastò sentir pronunciare via Lami che il commissario balzò in piedi e disse: «È Salvo» e si precipitò di corsa per il corridoio. Staccò il giaccone che aveva nell'attaccapanni e poi giù per le scale, subito seguito da Russo e Guarducci, che lasciarono immediatamente la postazione video. Nel cortile interno c'erano parcheggiate le due moto che il commissariato aveva in dotazione. Ristori si lanciò sulla prima, la mise in moto e partì, seguito pochi istanti dopo dai due agenti sull'altra, mentre dal centralino del commissariato partiva l'ordine immediato alle volanti in zona di raggiungere via Lami.

In un attimo fu in mezzo al traffico, e poco dopo raggiunse il posto. Quando vide un capannello di gente e due volanti che lo avevano preceduto proprio davanti al portone dove abitava il Betti, gli si gelò il sangue. Fermò la moto, l'appoggiò al cavalletto laterale e si precipitò sul corpo di Salvo, che giaceva steso proprio davanti all'ingresso della casa. Gli sollevò un po' il viso, ma aveva troppa esperienza per non rendersi conto immediatamente che era ormai troppo tardi per fare qualsiasi cosa. Il corpo aveva assunto quella fissità contro la quale erano inutili i tentativi di ogni sorta. Prese il volto del caro amico e se lo strinse al petto con infinita tenerezza, mentre gli occhi gli si riempivano di lacrime, la mente si annebbiava, i contorni si facevano sfumati e lontani, e uno strazio senza fine parve sommergere tutto il mondo.

Fu in questa posizione che lo videro Russo e Guarducci, sopraggiunti qualche attimo dopo. Provarono anche loro un dolore immenso nel vedere il commissario inginocchiato accanto alla testa del loro superiore e amico, Tommaso Di Salvo. Furono minuti interminabili, mentre sentivano dietro di loro altre sirene: volanti, macchine del servizio di stato, un'ambulanza, gruppi di curiosi che cercavano di vedere e capire cosa fosse successo. Rimasero lì, senza sapere cosa fare: conoscevano il legame che univa i due superiori e si premunirono solo di tenere lontani i curiosi che si affollavano sempre più numerosi, mentre sopraggiungevano altri colleghi e qualche autorità. Ristori stringeva la testa dell'amico senza poter trattenere le lacrime, mentre gli scorrevano davanti agli occhi i momenti di vita passata con lui.

Fu un film rapido, fatto di immagini che si accavallavano confusamente e poi sparivano, mescolandosi le une alle altre, senza connessione logica né temporale. Gli passò davanti il ricordo della prima volta che si erano incontrati a scuola, appena quindicenni. Poi tanti episodi della vita scolastica, specie quelli con le ragazze che sarebbero state le compagne della giovinezza e in alcuni casi della vita. E dopo il diploma, gli anni universitari, la laurea, l'inizio del lavoro, tutte fasi vissute insieme.

In seguito c'era stato il distacco per alcuni anni, inviati in sedi diverse, fino al ricongiungimento a Firenze. E da allora, gli innumerevoli momenti trascorsi insieme sul lavoro e nella vita privata, le centinaia e centinaia di cene, le intermina-bili conversazioni, gli appostamenti di ore e ore, le tantissime inchieste: le tappe di tutta una vita trascorsa l'uno di fianco all'altro.

Ma l'immagine più nitida fu quella della caccia a una banda di pericolosi criminali, quando si erano trovati davan-ti un'auto e dal finestrino era spuntata la canna di un kala-shnikov. Ristori, lì per lì, era stato colto alla sprovvista, ma Salvo si era fatto avanti con la beretta nella destra, spostando con la sinistra l'amico dietro di sé per coprirlo. In un attimo Ristori si era ripreso, gli si era affiancato, ruotandogli dall'al-tra parte, aveva estratto la pistola e a viso aperto, senza alcun riparo, si erano preparati a una terribile sparatoria con i 4 malviventi. Riuscirono ad avere la meglio solo perché il kala-shnikov si era inceppato.

Adesso tutti quei momenti tornavano nella mente di Ri-stori, mentre stringeva il volto sempre più freddo di Salvo e cresceva nella sua mente il sospetto che fosse stata tutta colpa sua, che aveva mandato impunemente a morire l'amico più caro, senza protezione. Fu una mano ferma e amica, la sola che potesse intervenire in quel frangente a scuoterlo, a cerca-re di farlo alzare. Una mano che lui riconobbe solo quando ne sentì la voce: «Commissario si alzi, venga con me.»

Era il questore Mastellone. Lentamente e con estrema de-licatezza il commissario adagiò la testa di Salvo per terra, si alzò, si ripulì gli occhi dalle numerose lacrime e capì dove e come lo avessero freddato: da dietro, con un colpo alla nuca, che non era uscito e non aveva pertanto deformato i linea-menti del volto.

Due addetti della Misericordia si stavano frattanto dando da fare per sollevare Salvo e porlo sopra una barella. Ristori non se la sentiva di abbandonare l'amico dentro l'ambulan-za: «No io vado con lui!».

E intanto pensava: 'Salvo tu ora lo sai chi è stato. Ti prego, trova il modo di farmelo sapere'.

Nessuno provò a impedirgli di montare sull'ambulanza, nella quale volle prendere posto anche il questore.

I suoi uomini, Russo e Guarducci, superato lo choc, interrogarono un paio di persone che avevano visto qualcosa: una mentre passava per la strada, l'altra dalla finestra di un appartamento. Piuttosto di seguire l'ambulanza con dentro il commissario e il questore, preferirono ascoltarli subito con la massima attenzione. Intuirono che anche Ristori avrebbe voluto così.

Nel cuore del commissario, all'interno dell'ambulanza, era ancora il flusso dei ricordi a prevalere affiancato al senso di colpa. Il questore taceva ma si capiva che, se c'era una mente che lavorava in quel frangente, era la sua e non certo quella del commissario. Aveva anche lui il volto contraffatto dal dolore, espressione che si notava solo in circostanze drammaticamente analoghe, ma si capiva che, dietro il volto tirato e pallido e gli occhiali dalla montatura d'oro, la sua mente lavorava senza sosta.

A Ristori non si poteva chiedere di pensare in un tal momento: il suo volto mostrava solo lo strazio, lo sdegno, il dolore e il senso di colpa per l'accaduto e l'infinita pena per l'amico e per i suoi familiari. Questi erano i sentimenti che il questore leggeva nel volto del commissario all'interno dell'ambulanza, intrappolata dal solito traffico caotico della città nell'ora serale, mentre la sirena lanciava impietosamente il suo suono stridulo e le staffette cercavano di farla procedere più celermente possibile.

A un certo punto Ristori si volse verso il questore, che colse nel suo sguardo una durezza che raramente gli era capitato di vedere. Fu stupito anche dal tono della voce con cui il commissario gli si rivolse, che gli parve, oltre che gelido, estremamente determinato.

«Ha visto?»

Cosa poteva rispondere il questore, se non posare paternamente la mano sul volto del commissario, avvertendo tutta la tensione dei muscoli facciali. Una rigidità e una determinazione assoluta che avrebbe poi rivisto a due giorni di distanza al momento del funerale di Salvo, allorché con garbo, certo, ma senza nessun tentennamento né timore reverenziale, Ristori aveva allontanato il sottosegretario di turno, per far posto alla vedova dell'amico, in modo che nessuno le fosse d'intralcio durante la cerimonia. Il prefetto, anche lui a breve distanza, aveva cercato di aggiustare diplomaticamente la situazione imbarazzante con il sottosegretario, e il commissario lo aveva guardato in faccia senza nessun rispetto gerarchico, con un'espressione che aveva paralizzato i presenti.

Di questa assoluta mancanza di soggezione nei confronti delle autorità, così inusuale in un esponente delle forze dell'ordine, il questore ne ebbe ulteriore conferma poco dopo, durante il corteo funebre, allorché vide il caposcorta del sottosegretario, al suo fianco, essere spedito più indietro dal commissario con un semplice cenno della mano. Che si togliesse insomma di lì, dove c'erano familiari e colleghi: lo fece con una tale determinazione e naturalezza, che questi non osò replicare alcunché.

Ma il questore se ne rammaricò, perché in quel modo avrebbe fatto il gioco dei suoi avversari. Quell'energia che adesso avvolgeva il commissario andava controllata, repressa e rivolta tutta alla caccia dello spietato assassino: in questo frangente bisognava solo potenziare e sviluppare la forza del cervello. Andasse a sfogarla in palestra o in piscina, lui che aveva fatto parte della squadra cittadina di pallanuoto, quell'energia che rischiava di travolgerlo. Ma mantenesse e caso mai affinasse l'energia della mente e della razionalità perché, non l'aveva ancora capito, e in quella situazione non si poteva pretendere, la partita che erano chiamati a giocare era tutta di cervelli e di menti raffinate e sottili. Non una gara a colpi di forza. Ristori non poteva ancora capirlo. Ma Mastellone sì e a lui spettava il compito di farlo comprendere al commissario e, se non ci riusciva, era suo dovere sostituirlo nelle indagini, anche se questo, se ne rendeva ben conto, sarebbe stato uno dei compiti più ardui e ingrati della sua lunga carriera.

11

Celebrate le onoranze funebri e passata l'onda di commozione e di sgomento per il vile omicidio, la normale attività investigativa riprese. In quei giorni l'espressione più eloquente era ancora una volta quella di Ristori al lato destro della bara: un volto che pareva una maschera di gelo. Ma già l'indomani, in quel volto così scavato dal dolore si delineò uno spiraglio di riflessione. Al momento era solo un'esile traccia, ma il questore era sicuro che sarebbe poi cresciuta fino a prevalere sulla dimensione emotiva. Del resto, come in una difficile partita a scacchi, c'era assoluto bisogno di capacità logiche, se si volevano assicurare gli assassini alla giustizia.

La sera stessa del funerale il commissario Ristori sentì il bisogno di stare un po' da solo e di riflettere con calma e la maniera migliore, visto che non ce la faceva a starsene fermo, era di camminare nella notte. Salutata la moglie e la figlia, disse che andava a lavorare e che lo avrebbero comunque potuto rintracciare al cellulare. Non fecero alcuna obiezione: la circostanza era quella che era. Si preoccuparono di vederlo andar via in quel modo, con la morte nel cuore, ma cosa avrebbero potuto obbiettare?

Lo salutarono con più affetto e partecipazione del solito: capivano bene il suo dolore. Del resto Salvo era come uno di famiglia, era stato padrino della figlia del commissario e la sua tragica fine fu, anche per loro, estremamente dolorosa.

Il commissario arrivò dalle parti di via Lami, in quell'ora notturna silenziosa, gelida e inospitale come non mai. Parcheggiò la macchina quasi di fronte al luogo in cui avevano ucciso Salvo, percorse più volte in silenzio la strada, avanti e indietro, poi si mise a girovagare per la città e per i luoghi dove si erano intrecciate le loro vite. Passò sotto la casa dove Salvo aveva abitato da ragazzo, quando si erano conosciuti, che Ristori aveva frequentato a lungo e che, per l'appunto, non era molto distante da dove era stato assassinato. Da lì, s'incamminò dalle parti della scuola superiore che avevano frequentato insieme, nel bel viale dove erano nate e morte tante storie d'amore: quelle adolescenziali, le più intense, almeno nel ricordo.

Poi si diresse verso la propria casa, dov'era nato e aveva abitato a lungo, e fece ancora una volta a piedi il tragitto che percorreva tutti i giorni quando era ragazzo. Girò più volte senza meta per le strade in cui si era dipanata, come fosse stata una matassa di lana, la sua esistenza e quella di Salvo: la casa, la scuola, gli amici. Incrociò anche la Chiesa, con il campanile a forma di rampa lanciamissili, dove da bambino era stato battezzato ed era passato a cresima e a comunione. Nel tempo, si era allontanato dalla Chiesa, ma adesso si rendeva conto che anche quella aveva costituito una parte importante della sua vita.

In questa lunga camminata per i luoghi della sua esistenza, che lo tenne impegnato per oltre due ore, la sua mente e il suo cuore fervevano, quasi alternandosi. Ora un po' di ricordi, affiorati a casaccio nella sua mente, ora riflessioni sul delitto e sulla scomparsa del Betti: pensieri, momenti, situazioni, volti, immagini che apparivano e sparivano come meteore. E, ancora una volta, gli pareva di dividere tutto questo con Salvo. A tratti gli sembrava di averlo di nuovo accanto, di parlare e rievocare con lui quelle situazioni. Ma, quando la sua mente cominciava a sentirsi stanca e sovraffaticata da tanta struggente malinconia, ecco che riprendeva vita la riflessione lucida, fredda, razionale di quanto era accaduto. Sentiva il bisogno di stabilire dei punti fermi in questa assurda vicenda, nella quale gli eventi più tragici erano nati da reazioni spropositate ed esagerate ad azioni innocue, adottate per semplice buon senso, prive di fini particolarmente dannosi per chicchessia. Così era avvenuto per la difesa del commissariato di piazza del Duomo: inviti un giornalista a darti una mano e lo rapiscono. Mandi poi il tuo braccio destro a indagare sulla sua scomparsa, a interrogare gli inquilini di quei palazzi, senza sospettare di nessuno e con la massima semplicità, come avrebbe fatto qualunque commissario, e lo uccidono proprio davanti alla casa del giornalista, a mo' di messaggio in stile mafioso.

Quando la mente non riusciva ad andare più avanti in questa ricostruzione, ecco che riaffioravano le emozioni dolci, i ricordi piacevoli dei momenti trascorsi con Salvo.

Si diresse poi verso i lungarni, mentre i lampioni disegnavano sulla strada cerchi di luce gialla e una nebbia lieve si alzava dal fiume fino a lambire le arcate dei ponti, che sembravano galleggiare sull'acqua.

Quanto girò a vuoto quella sera! Quando sentì che la testa non lo seguiva più nelle sue peregrinazioni, decise di indirizzarsi, quasi per ricaricarsi, verso il commissariato, l'unico luogo sempre pronto ad accoglierlo. Salì le scale che sentì fredde, insolitamente fredde, come mai gli era capitato in precedenza. Si sentì salutare con affetto dall'agente addetto allo sportello pubblico, anche lui particolarmente triste, come i tre agenti che stazionavano nella sala di ritrovo che, appena lo videro, sinceramente commossi gli vennero incontro a stringergli la mano e ad abbracciarlo. Che vuoto sentivano tutti! Com'era stato bello sino ad allora dividere il proprio tempo e spazio con Salvo. Come mancava a tutti!

Il commissario chiese stancamente se c'erano novità e gli riferirono le solite questioni senza importanza: due turisti che volevano protestare per il conto troppo salato di un ristorante, due zingari arrestati per tentativo di scippo, un rissa subito sedata in un pub lì vicino, e poco altro ancora.

«Ecco» pensò con un acuto senso di vuoto Ristori «se c'era Salvo si andava tutti a mangiare e a bere qualcosa. La serata si sarebbe chiusa così: con qualche chiacchiera, qualche progetto, qualche curiosità da raccontare e qualche altra da ascoltare.»

Andò nella sua stanza, si sdraiò sulla sua poltrona con i piedi sopra la scrivania all'americana e tornò con la mente a questo orribile caso. Rimase a riflettere, a valutare ipotesi e poi a scartarle. Poi accese il suo computer per vedere a che punto erano arrivati i due agenti addetti al caso, che adesso non c'erano, ma lavoravano nella stanza accanto. Vide che c'era già una lista di parecchie centinaia di targhe accompagnate dai nomi dei proprietari. Ebbe quasi un moto di fastidio, pensando che tutti quei caratteri, che scorrevano sullo schermo del computer, non gli avrebbero certo rivelato cosa nascondeva questo caso.

Subito dopo, si riebbe. Sentiva che la strada da battere era quella del rapimento del Betti, unita agli accertamenti sui pochi elementi legati all'assassinio di Salvo: il proiettile e l'esame dei testimoni. Questo era ciò che aveva, e da questo doveva ripartire, con il massimo scrupolo e la massima efficienza. Vide l'ora, era abbondantemente oltre l'una di notte e si sentiva stremato, più che per la lunghissima camminata, per lo sforzo mentale cui si era sottoposto: sentì che era il momento di andare a dormire.

Una ventata di aria fresca non gli avrebbe fatto che bene e optò per la moto. Chiese a un agente di mettersi nel sedile posteriore. Lui avrebbe guidato fino in via Lami, dove era parcheggiata la sua auto, poi l'agente avrebbe riportato la moto al commissariato.

Percorse così una Firenze, uguale a quella che vedeva ogni altra notte, ma che aveva un volto particolarmente gelido.

Quando entrò in casa era tutto buio e silenzioso. Era troppo stanco anche per farsi una doccia: si spogliò cercando di non fare rumore e si avvicinò alla moglie che dormiva di lato. Le si accostò sentendo che il caldo tepore del suo corpo era l'unica nota positiva della giornata, e in pochi minuti s'addormentò.

12

L'indomani mattina alle 8 era di nuovo al commissariato, con la determinazione assoluta di riprendere in mano l'inchiesta e di non mollarla più fino a che non avesse catturato i colpevoli.

Nel corso della mattinata ricevette la visita del questore, con il quale, esaurite non tanto le formalità di rito, perché nessuno dei due si sentiva di farne né di riceverne, quanto le emozioni, le sensazioni e i ricordi legati a chi non c'era più, Ristori iniziò a parlare con una lucidità di cui non si sarebbe ritenuto capace. Forse la lunghissima camminata della sera prima lo aveva svuotato, almeno per un po', della carica emotiva, e lo aveva di nuovo reso pronto ad affrontare la situazione con la freddezza necessaria.

«Ristori, si sente pronto ad affrontare le indagini?» sembrava scrutarlo dentro l'anima Mastellone, più che guardarlo in faccia con quei suoi occhi profondi, velati appena dagli occhiali d'oro. «Avrà capito che qui abbiamo di fronte qualcuno o qualcosa di veramente terribile, contro cui occorrono la massima razionalità ed efficienza.»

Il commissario non lo lasciò finire: «Sì, signor questore, sono pronto ad affrontare questa sfida».

«Allora partiamo dall'inizio. Per prima cosa, e questo è un ordine, anche se so di darle un immenso dolore a cui non posso sottrarmi, deve nominare un nuovo vice. Scelga lei chi vuole. Un vice al quale riferire tutto quello che sa, quello che scopre volta per volta, quello che programmerà di fare. Ogni minimo risultato. Proprio come faceva...» non se la sentì di dire "con Salvo" e preferì solo aggiungere «come faceva prima».

«Ha ragione, le farò sapere. È vero: la cosa fa male, ma è una misura necessaria.»

«Se non se la sentisse, sarei costretto a toglierle l'inchiesta dalle mani. Se non avesse la forza di compiere questo passo dolorosissimo per lei, sarebbe meglio non intraprenderla neanche.»

«Sì, è vero: bisogna che tagli quest'ultimo legame con Salvo. In serata le comunicherò il nome.»

«Secondo ordine: non esca più da solo, ma sempre con uno o due uomini al seguito, e voglio la sua parola che adotterà tutte le misure precauzionali per salvaguardare la sua incolumità. Ci hanno già colpito a tradimento due volte, col Betti e con Salvo. Ora basta. Non sto a elencarle le misure che dovrebbe prendere, perché le conosce meglio di me. Voglio solo la sua parola che non si esporrà a rischi inutili e che attuerà tutte le misure per proteggersi. Le ripeto, voglio la sua parola d'onore che farà come le ho detto. E sa cosa intendo io, da buon napoletano, quando parlo di parola d'onore. Potrà disporre di tutti gli uomini che vorrà e dei mezzi di cui ritenga di aver bisogno. Mi dà la sua parola d'onore?»

«Sì, signor questore. E credo che la stessa misura di precauzione debba prenderla anche lei.»

«Ci ho già pensato, caro Ristori, e le assicuro che i nostri nemici non hanno che da provare. Siamo ben consapevoli, comunque, che se vogliono eliminarci, lo possono fare quando vogliono e nonostante le misure di sicurezza.»

Scese un velo di tristezza nel volto del questore, di solito sempre ben sicuro e impermeabile alle emozioni.

«Terza cosa: svolga le indagini nel massimo riserbo. Si formi una squadra di sua fiducia e decida tutto con loro, senza far trapelare niente di fuori. Con il magistrato ci penso io. Nel senso che i rapporti li terrò io personalmente. Noi ci sentiremo tutti i giorni, secondo le modalità che decideremo di volta in volta; lei mi riferirà e io le farò le mie osservazioni. Così come per autorizzazioni, intercettazioni, perquisizioni ecc. Lei le chieda a me e le consideri già in tasca.»

Quello che Ristori notò e apprezzò con la massima soddisfazione fu l'appoggio e il sostegno che vide nel questore, quasi conducesse l'inchiesta di persona. Si vedeva che la morte di un vicecommissario, come anche quella assai probabile del Betti, lo avevano colpito direttamente e personalmente.

«Detto questo, veniamo all'inchiesta. Si è fatto qualche idea?»

«Davanti, signor questore, non sappiamo chi abbiamo. Ma è qualcuno in grado di prevenire ogni nostra mossa, qualcuno che ha preso subito la cosa, a differenza di noi, con la massima serietà. Uno che è partito subito in quarta. Mentre noi, senza avere minimamente idea di chi avessimo di fronte, ci siamo lasciati sorprendere, e non dico ingenuamente, perché nessuno avrebbe potuto prevedere una reazione così spietata e sproporzionata a due eventi apparentemente semplici, come la difesa del commissariato» e dicendo questo mosse un po' le mani e la testa a indicare quello che avevano intorno «e l'ascolto dei condomini da parte di Salvo».

Mastellone lo guardava con molto interesse: si vedeva dagli atteggiamenti del viso che era sulla sua stessa lunghezza d'onda, anche se quelle di Ristori non erano considerazioni particolarmente profonde. Ma con quello che avevano in mano cosa poteva dire di più?

«Intanto una cosa appare evidente. Dentro quei palazzi e fra quei condomini che Salvo era andato a interrogare c'è qualcuno implicato, anche se non sappiamo come né in quale veste, con la scomparsa del Betti. Qualcuno che ha avvertito chi di dovere perché lo eliminassero. E infatti Salvo, nella sua telefonata, aveva lasciato detto di aver trovato qualcosa. Se solo me l'avesse comunicata al telefono, se solo ci avessi potuto parlare prima...» Il commissario sentì di nuovo spalancarsi il vortice del rimpianto, il senso di colpa e di rabbia, l'onda del ricordo straziante. Ma fu bravo a richiuderlo subito, quel vortice, e a non precipitarvi dentro. Era davvero l'atteggiamento giusto stavolta.

«E questo qualcuno deve essere estremamente in gamba, per aver sorpreso Salvo alle spalle. Nei tre blocchi di case ci sono trenta inquilini e fra questi ce n'è uno che ha avvertito un pericolo tale da dover eliminare subito il nostro uomo. Ecco, intanto sono già sotto controllo quasi tutti i telefoni dei proprietari, misura che ha preso subito il dottor La Rosa. Estendiamola a tutti, nessuno escluso, e vediamo cosa ci dicono i tabulati delle telefonate. Può darsi ci sia la telefonata di chi ha avvertito che stavamo indagando sulla scomparsa del Betti e che occorreva eliminare il poliziotto.»

«Può darsi. A meno che non abbiano usato telefoni criptati per scambiarsi questi messaggi criminosi» aggiunse il questore tirandosi leggermente indietro sulla sedia. «Trasmettiamo subito i dati con la procedura di massima urgenza: conto di farle avere la trascrizione quanto prima.»

«Poi» riprese Ristori «dato che per avere i tabulati delle telefonate ci vorrà un po' di tempo, domani stesso rifaccio io di persona il giro di tutti gli appartamenti: lo stesso giro che fece Salvo. E può darsi che qualcuno richiami al telefono chi ha già chiamato in precedenza.»

«Mi raccomando stia attento.»

«All'inizio e alla fine del viale Lami ci sono due punti in cui possiamo piazzare delle telecamere segrete: uno è un vecchio camper dove si vendeva la frutta al mercato della mattina, e che ora è lì inutilizzato giorno e notte. L'altro è un fondo, dove fino a poco fa vendevano le scarpe. Ora è vuoto: deve essere fallito. Anche lì ci piazziamo una telecamera, così riprendiamo il movimento della strada. Quanto a me, mi porto dietro uno dei due agenti che mi aiutano nell'inchiesta, ma le persone non se ne accorgeranno. E vorrei tanto che quelli che ci hanno provato con Salvo ci riprovassero con me.»

Il questore annuiva scuotendo leggermente il capo, compiaciuto che al suo uomo avesse ripreso a funzionare la testa in maniera lucida e determinata.

«Nel pomeriggio andrò prima al giornale, per parlare con il direttore, i colleghi, gli addetti vari e gli amici, e mi farò dire di cosa si stava occupando il Betti, con chi era in contatto, quali appuntamenti aveva in programma o aveva già portato a termine, e fra questi verrà fuori anche quello in prefettura. Poi passerò in prefettura, e voglio sentire il segretario del prefetto, credo fosse lui, con cui ha parlato il Betti, per chiedergli l'intervista sulle scorte.»

«Bene, molto bene: per cominciare può bastare. Mi faccia sapere stasera stessa gli esiti di questi incontri, mentre io darò subito disposizioni per le autorizzazioni ai controlli telefonici. Mi occorrono però i numeri.»

«Russo e Guarducci li stanno preparando, può darsi che siano già pronti.»

Mastellone rimase compiaciuto del veloce recupero del commissario, della cura anche dei piccoli dettagli e della piena gestione di tutte le fasi dell'indagine.

«Anche la squadra tecnica, quella che deve installare le telecamere nei due punti, sta già preparandosi e munendosi delle apparecchiature necessarie.»

«Vedo con piacere che ha pensato a tutto, caro commissario. Ricordi, prima di partire per i vari colloqui e per il resto dell'inchiesta, di nominare il suo nuovo vice e di dividere con lui e con gli altri membri della squadra ogni informazione.»

Prima di salutarsi, il commissario passò nella stanza accanto, dove chiese ad Antonio se era pronta la lista dei numeri telefonici da mettere sotto controllo e, ricevuta una risposta affermativa, la consegnò al questore.

«Stiamo ancora analizzando le targhe delle auto transitate nella zona di via Lami la notte della scomparsa del Betti. Stiamo verificando tutto, qualcosa può venire fuori dalle targhe stesse, dai loro incroci con i numeri telefonici dei proprietari delle auto e dalle telefonate degli inquilini. Può darsi che salti fuori qualcosa: si parte da zero, ma si indaga su tutto.»

Dopo che il questore se ne fu andato, il commissario rimase nella stanza con i due agenti, Russo e Guarducci, per informarli delle decisioni prese.

«Il questore mi ha detto di nominare un nuovo vice. Vi va bene se vi nomino entrambi miei vice e se d'ora in poi saremo noi tre a costituire la squadra che seguirà le indagini sul Betti e su Salvo? Se poi abbiamo bisogno di aiuto, ci serviremo degli altri agenti del commissariato. Ma fra noi tre la comunicazione e lo scambio di idee deve essere continuo.»

«Ah! non uno, ma tutti e due suoi vice?»

«Certo, perché no. D'ora in poi avrò due vice. O, intendiamoci, non è una promozione, non la decido io, ci mancherebbe altro, voi rimanete col grado che avete ora, non diventate vicecommissari; ma se riusciamo a venire a capo di questa storia, sono sicuro che il questore ne terrà conto. Ha preso di petto l'inchiesta, la dirige lui, ed è uomo leale, sa premiare chi se lo merita. Ricordate però che sono più i rischi e le fatiche che le ricompense. Non ci saranno orari. Prima di rispondermi, pensateci e consultate le vostre famiglie. Il caso è molto difficile. Ci risentiamo nel pomeriggio. Io devo dare una risposta al questore entro stasera».

Quando si videro nel pomeriggio, entrambi gli agenti si mostrarono più che contenti della fiducia dimostrata nei loro confronti. Si conoscevano da anni e insieme lavoravano bene. Ristori li vide determinati ad andare fino in fondo, costasse quel che costasse in termini di orario, fatica, pericoli; e poi erano stati entrambi ottimi amici di Salvo e, come tutti, si erano proposti se non di vendicarlo, quanto meno di rendergli giustizia.

«Adesso che siamo in tre, la squadra è formata. Fra noi non ci saranno segreti, quello che scopre uno lo deve subito riferire agli altri due. Solo così potrà andare avanti l'inchiesta. Vi ripeto quanto mi ha detto stamani il questore: massima attenzione. Chi abbiamo di fronte è un nemico temibilissimo e spietato, ha già ucciso e lo farà di nuovo se si sentirà in pericolo. E se deve uccidere qualcuno, i più esposti siamo noi, che d'ora in poi saremo la mente dell'inchiesta, insieme al questore. Massima attenzione quindi, e girate sempre armati, anche quando andate a giocare la schedina.»

13

Nel pomeriggio Ristori si recò al giornale, che ferveva nella fase più intensa di lavorazione della giornata. Vide prima il direttore, poi i suoi più stretti collaboratori, in particolare il segretario di redazione, il Pistolesi, al quale chiese notizie sull'attività più recente del Betti.

«Questa è una domanda da un miliardo. Lui si occupava sempre di tutto. Articoli firmati da lui o con lo pseudonimo di Hugo Ratio. Lo dico, perché il direttore mi ha informato di averle già comunicato questo segreto, che qui in redazione era il segreto di Pulcinella.»

«Quindi» lo interruppe Ristori «quanti saranno a sapere che era lui il fantomatico Hugo Ratio: un centinaio di persone?» E si girò per osservare l'ampio salone, ripartito in decine di postazioni di lavoro con tavolo e computer, ognuna divisa dalle altre con una parete di legno ad altezza d'uomo.

«Sì, un centinaio solo qui: senza contare i redattori esterni, quelli delle cronache locali che sono altrettanti. Poi c'è tutto il personale della tipografia, i collaboratori occasionali, i service, che scrivono articoli a contratto senza essere dipendenti e sono anch'essi tantissimi. In genere li utilizziamo per le partite di calcio di serie minori, per i dilettanti e così via. Sa, sono molti quelli che collaborano al giornale, specie nelle cronache locali. Dovessi dire il numero di coloro che solo in questa redazione conoscono l'identità di Hugo Ratio,» marcò le sue parole il segretario, mentre rimaneva seduto alla sua postazione con il computer sempre acceso, la piccola libreria alle spalle, dove facevano bella mostra dizionari, enciclopedie, cataloghi e annuari di ogni tipo «direi qualche centinaio di persone. Poi ci sono altre testate dello stesso gruppo editoriale, ma lo sanno anche i giornalisti di altri quotidiani. Le persone che conoscono l'identità di Hugo Ratio?» ripeté di nuovo «Direi centinaia e centinaia.»

«Quindi fra articoli firmati a nome suo e articoli firmati con lo pseudonimo, il Betti si occupava praticamente di tutto?»

«Sì, di tutto: di cronaca, di cultura, ma anche di politica sia interna che estera. Era un po' il libero di una squadra di calcio. Dovrebbe stare in difesa, ma poi lo trovi in ogni zona del campo. E talvolta fa anche goal. E così lui è, o era» continuò in tono lievemente sconsolato « in grado di fare degli scoop, che gli altri redattori neanche si sognano».

«Non le aveva rivelato una pista particolare o un'inchiesta pericolosa alla quale stesse lavorando?»

«Di particolare non saprei. Mi aveva accennato pochi giorni fa a un'inchiesta sulle scorte dei politici. Mi disse che doveva avere dei colloqui con le autorità e se veniva fuori qualcosa d'interessante avrebbe fatto un servizio.»

Ristori sentì che si stava avvicinando a un punto fondamentale dell'indagine e distrattamente chiese: «E da chi voleva le informazioni? Da noi, suppongo.»

«Chi doveva sentire, il Betti» disse il segretario spostandosi verso il tavolo di un collaboratore «per quell'inchiesta sulle scorte?»

L'interpellato stava parlando al telefono e non gli rispose neanche. Dovette ripetergli la domanda alzando un po' il tono, quando lo vide riattaccare la cornetta.

«Mi aveva detto che sarebbe andato in prefettura.»

'Qualcosa comincia a tornare' pensò Ristori.

«Non sa se ha parlato con qualcuno lì?»

«Non saprei. Ma, questo glielo potranno dire meglio in prefettura.»

«Non ha qualche altra cosa da dirmi,» chiese il commissario in tono più confidenziale, spostandosi con il segretario in uno spazio più distante, in modo che non lo potessero udire «qualcosa che ci possa servire per le indagini, qualche dubbio, qualche sospetto, qualche idea su chi possa averlo rapito? Non è un segreto, ma temo che il vostro collega abbia oramai fatto la stessa fine del nostro collega. Eravate amici no!?»

«Perbacco. Anzi, abbiamo parlato con il direttore di fare qualcosa anche per la famiglia del suo vicecommissario. Non una sottoscrizione, che è antipatica. No, qualcosa di significativo, un riconoscimento per quanto ha fatto. In fondo stava lavorando alla scomparsa di un nostro amico e collega. Se vuol farmi sapere o avete qualche idea, noi siamo qui a vostra completa disposizione.»

«Certo. E la ringrazio. Ne parleremo anche con il questore, e poi vi faremo sapere.»

«Ci contiamo.»

Ristori tornò alla domanda precedente: «Quindi lei non ha niente da dirmi. Vuole che usciamo, che andiamo fuori, così può parlare più liberamente?»

«No, non importa, non ce n'è bisogno, però un bel caffè possiamo andare a prenderlo.»

Uscirono e si diressero verso piazza Beccaria, dove c'era un celebre bar pasticceria. Ristori si aspettava qualche dichiarazione più libera, qualche pista concreta, qualche segreto, ora che il Pistolesi era fuori dalla redazione e avrebbe potuto parlare senza riserve.

«Senta, io, il direttore e i colleghi stiamo diventando matti per cercare di capire dove sia finito il Betti. Chi possa averlo rapito o fatto fuori, dato che ora, come diceva prima lei, siamo tutti convinti che non lo rivedremo più. Ma non riusciamo a trovare una ragione plausibile a quanto è accaduto. Gli articoli a nome suo erano articoli che non destavano scalpore: se lo avessero rapito per questo motivo, potrebbero rapire qualunque altro giornalista d'Italia. Quelli che firmano con lo pseudonimo si prestano maggiormente a un'azione punitiva: ma ammazzarlo! E poi erano commenti, riflessioni, articoli di costume, pezzi di satira, spesso ricavati da altre notizie o da dichiarazioni delle persone stesse. E lo scopo, dichiarato più volte a tutti, era di indurre la gente a pensare, a riflettere, a valutare, a considerare. Non si ammazza per questo, Santo Cielo!»

Il commissario aspettò che si allontanasse l'avventore che attendeva il resto alla cassa lì vicina.

«Ma perché il Betti si era deciso qualche anno fa a scrivere questo tipo di articoli?» Il commissario si era accorto che con il segretario parlavano la stessa lingua.

«Vuole proprio la risposta che mi dette il Betti, quando gli feci questa stessa domanda?» E si portò la tazzina alle labbra, cercando di gustarselo bene fino in fondo quel caffè, che certo non sarebbe stato l'ultimo di una serata di lavoro che si sarebbe protratta, salvo imprevisti, fino alle 21 o alle 22.

«Mi disse che come c'era chi faceva volontariato, chi andava con l'ambulanza, chi faceva compagnia ai vecchietti, chi assisteva i malati di cancro ecc., insomma, come c'erano tanti tipi di volontariato, lui, che non ne faceva di alcun tipo e non ne sarebbe stato capace né ne avrebbe avuto il tempo, aveva deciso di fare questo tipo di volontariato: spingere la gente a riflettere e a pensare. Questa era la sua forma di volontariato. E sa, non voleva un soldo per quegli articoletti. Voleva che il compenso fosse inviato a una cooperativa sociale in Maremma. Diceva che si stava rincoglionendo tutti i giorni davanti alla televisione.»

Il commissario scosse leggermente la testa in segno di assenso, erano del resto cose che già aveva sentito dal direttore del giornale. Ma lasciò che il segretario di redazione continuasse liberamente.

«Vedi» mi diceva spesso «basta un nonnulla che ci si commuove, ci si mette a lacrimare, a piagnucolare; a volte basta poco, anche una pubblicità particolare, un'immagine suggestiva, una notizia un po' sicoccante, un filmato. Diceva che la nostra funzione primaria, quella di ragionare, valutare, soppesare e giudicare si stava progressivamente atrofizzando.»

Prima di uscire, il commissario si frugò in tasca per pagare, ma il segretario di redazione lo prevenne facendo cenno al barista di mettere la consumazione nel suo conto.

«Così come la memoria. Vedi che non ci si ricorda più di nulla. È un'overdose di televisione, di immagini, di informazioni che ci sommerge. Per questo un politico può dire una cosa, il giorno dopo il contrario, poi dire ancora una cosa diversa e nessuno se ne accorge. Coerenza, senso di fedeltà a quanto detto, spirito di orgoglio, razionalità, capacità di argomentare. Tutto, secondo lui, stava scomparendo, ingoiato da questa melassa emozionale che avvolge tutto.»

Aspettò che si esaurisse l'ondata di macchine che procedeva lungo il viale prima di riprendere.

«Ma noi non dobbiamo piegarci a questo. Dobbiamo riscoprire questi valori della nostra civiltà. Tornare in possesso delle nostre menti, riacquistare un minimo di distacco dall'immediatezza emotiva. Ricominciare a riflettere. E lui ci provava con quegli articoletti. Quello era il suo volontariato. Quella la sua missione.»

Ristori lo riaccompagnò per i pochi passi fino all'ingresso del giornale, dopo che si erano fermati più volte per concludere il discorso. In fondo era quello che già gli aveva detto il direttore del quotidiano, niente di nuovo da questo punto di vista.

«Ma sospetti particolari, idee, impressioni?»

«Guardi, per me era un amico intimo, un amico davvero caro, quasi un fratello. Lo conoscevo e lo frequentavo praticamente da quando entrammo tutti e due al giornale, quasi 35 anni fa. Se sapessi qualcosa, se sospettassi qualcosa le pare che non glielo direi.»

«Senta, dato che lei è così intimo del Betti, dal punto di vista privato o familiare cosa mi può dire? Ci può essere qualcosa che possa far pensare...» Si erano fermati a pochi passi dalla sbarra di accesso al giornale.

«Non aveva una gran vita privata. Viveva da solo. Aveva avuto una relazione con una farmacista, poi si erano lasciati e oramai non pensava più a formarsi una famiglia. Aveva una sorella con la quale si sentiva e vedeva ogni tanto, e dei lontani parenti. Poi aveva la sua casa a Firenze e la casa di famiglia in Maremma. Non saprei cos'altro dire.»

Il portinaio era uscito dalla sua postazione per informarlo che lo stavano cercando in redazione, urgentemente. Si salutarono quasi fossero degli amici, dicendosi l'un l'altro che si sarebbero risentiti in caso di novità.

Ristori imboccò Borgo la Croce e si avviò a piedi verso il centro, dopo aver detto all'agente che lo attendeva con la macchina di tornare al commissariato e di non preoccuparsi per lui, anche se aveva promesso al questore che si sarebbe sempre portato dietro un agente a guardargli le spalle. Lui preferiva tornare a piedi, in modo da riorganizzare le idee e preparare il colloquio in prefettura, che pensava sarebbe stato di diverso tenore: più formale, più ufficiale di questo. Nel frattempo, chiamò i suoi vice.

L'ultima luce del pomeriggio sostava ancora sui tetti, mentre le strette strade del centro erano già immerse nella penombra, trafitta solo dalle insegne luminose dei negozi.

Chiamò il suo vice: «Antonio? Qui al giornale niente di nuovo. Sto andando in prefettura. Avete aggiornato gli elenchi delle targhe con i relativi proprietari?»

Alla risposta affermativa dell'agente Russo, detto il bell'Antonio, ordinò che uno dei due andasse al deposito elettronico della questura a prelevare i macchinari che nella nottata sarebbero stati installati nei due punti prestabiliti. Si sarebbero rivisti in serata.

14

La sera fecero il punto della situazione. Il colloquio col segretario di prefettura, tenuto subito dopo quello al giornale, non aveva evidenziato alcun elemento di novità rispetto a quanto già sapevano.

Dagli interrogatori fatti alle due persone che avevano visto qualcosa era venuto fuori che, subito dopo lo sparo, uno che abitava nel palazzo, al terzo piano, si era affacciato alla finestra e aveva visto una persona allontanarsi a piedi a passo svelto.

«Un tipo abbastanza alto, robusto.»

«Non ricorda qualche altro particolare: i capelli, i vestiti, l'andatura?»

«Ma, non saprei, da lassù cosa vuole che potessi vedere. Di più proprio non saprei. Poi è subito svoltato dietro l'angolo. Forse l'avessi visto dalla strada...»

L'altro, che procedeva a piedi sul lato opposto a quello da cui era provenuto lo sparo, si era voltato al rumore della detonazione e aveva visto, alla distanza di un centinaio di metri, un uomo abbastanza alto, sul metro e ottanta e dalla corporatura robusta, dirigersi velocemente verso l'angolo e voltare.

«Niente di più?»

«Questo è quello che siamo riusciti a ricavare.»

«Praticamente niente.»

'Un tipo abbastanza alto sul metro e ottanta, robusto. Questo è tutto' pensò Ristori con una certa amarezza e aggiunse a voce alta: «Caro Salvo, finirà che non lo troviamo più il tuo assassino».

I tre si guardarono un po' sfiduciati: c'era davvero poco su cui lavorare. Meglio proseguire le indagini sulla scomparsa del Betti, rimettersi a incrociare dati, targhe di auto, nomi e andare avanti con i contatti che il giornalista aveva avuto negli ultimi tempi.

«Ma qualcuno, in quei tre blocchi di case in via Lami che ha avvertito il killer di Salvo, ci deve essere per forza. Come faceva altrimenti a sapere che Salvo era lì a indagare. Lì in quei blocchi si annida qualcuno che sa, e che forse ha colpito direttamente.»

«Domani, se vuole, ritorniamo noi» azzardò il bell'Antonio.

«No, domani ci torno io» esclamò deciso il commissario.

«Mica da solo!»

«No, verrai anche tu, ma starai nascosto in un'auto civetta, pronto a intervenire. Lì evidentemente c'è qualcosa che non torna. Lì c'è qualcuno che dopo la visita di Salvo si è sentito gravemente minacciato. Ha capito che Salvo aveva scoperto qualcosa» e qui gli sarebbe venuta una mezza imprecazione «tanto è vero che Salvo poco dopo ha chiamato in commissariato dicendo di aver trovato qualcosa. Forse era quello che temeva il killer, forse la pista buona per ritrovare il Betti o scoprire chi l'aveva rapito o ucciso.» Sembrava quasi che il commissario parlasse da solo, mentre cercava di ricostruire quello che poteva o doveva essere accaduto in quei palazzi.

«Uno che prima si lascia sfuggire qualcosa di talmente pericoloso da dover eliminare il proprio interlocutore. Oppure che ha riportato ad altri quanto aveva detto a Salvo e questi, rendendosi conto della gravità delle informazioni riferite, ha agito. Forse chi ha parlato con Salvo nemmeno sa che qualcuno l'ha poi ucciso a causa delle sue rivelazioni. Non vedo l'ora di andare io stesso domani in quel maledetto condominio.»

Qualcosa intanto stava venendo fuori anche dai primi confronti delle targhe delle auto con i nomi dei proprietari. Alcune auto e alcuni nomi ricorrevano più di altri. Voleva dire che erano transitati più volte su quelle strade nella mezzora fra le 22 e le 22,30, in cui era sparito il Betti: i due agenti iniziarono a indagare su questi. Vennero così a sapere che alcuni abitavano in zona e che da quelle parti dovevano passare per motivi di lavoro o per impegni sociali, familiari o affettivi. Come quell'impiegato delle poste la cui madre abitava nei paraggi e, sebbene affidata a una badante, richiedeva ugualmente la frequente presenza del figlio. C'era forse da ricavare qualcosa da questo?

Scartati tutti quelli che avevano avuto dei buoni motivi per passare più volte di lì e che non avevano destato sospetti durante gli accertamenti, rimanevano alcuni nomi e alcune targhe sospette o poco convincenti per gli inquirenti. Ciò non voleva dire che fossero dei criminali, né che avessero a che fare con la scomparsa del Betti e con il successivo omicidio di Salvo.

«Sono una decina quelli su cui si potrebbe indagare più a fondo e cercare di scoprire cosa facevano a quell'ora di notte in quella zona.»

«Non ne sono rimasti poi tanti nella rete» intervenne Ristori. «Succede spesso, quando si parte dai grandi numeri e poi via via si procede alla scrematura: che spiegazioni hanno dato?»

«Diverse e differenziate» era sempre il Guarducci a parlare. «Uno si nota che è terrorizzato dal fatto che la moglie possa venire a scoprire qualcosa: probabilmente era con un'altra donna. Ma il suo scrupolo con noi mi pare eccessivo. Mi sembra che ci giochi un po' sopra, cercando di coprire, con una storia di amanti, qualcosa di più grave. Bisognerebbe vedere cosa. Un altro ha detto, contro l'evidenza, che ci siamo sbagliati e la sua auto non era lì quella sera, nonostante gli facessimo vedere la foto della sua targa».

«Ebbene! Che vuol dire? Chissà a quando risale quella foto, a quale ora, a quale giorno.»

«Ma guardi che c'è la data sotto il filmato!»

«Ci vuole poco a cambiarla: lo farebbe anche un ragazzino» concluse con tono spazientito e irritato.

«Un altro» era Antonio a parlare adesso «che fa il geometra a Empoli, dice che parlerà solo alla presenza del suo avvocato e dopo formale richiesta dell'autorità giudiziaria. Un rappresentante di tessuti dice che in quel giorno e in quell'ora era a Mantova per lavoro. Idem, foto e data del filmato della macchina. Ma lui continua a negare ugualmente. Anche lì bisognerebbe indagare, e qualcosa sicuramente verrebbe fuori, ma non so se siano cose legate alla nostra indagine.»

«Potremmo scoprire qualcosa, spremendo questi personaggi. Sicuramente avranno qualcosa da nascondere, ma voi assicurate a tutti la massima riservatezza, dite che dei loro affari privati non ce ne frega niente: non siamo qui per indagare su qualche intrallazzo; noi adesso cerchiamo solo un omicida. Donne, uomini, affari sporchi, evasioni fiscali, raggiri, piccole truffe. Al momento non ci interessano, a meno che non sia roba grossa, roba da obbligo di denuncia al magistrato. Interrogateli, poi fatemi sapere.»

15

Ristori uscì per andare a cena. Non aveva voglia di andare da Vitaliano, temeva che gli parlasse ancora dei problemi con Marilete, anche se dopo la tragedia di Salvo era diventato molto più discreto, così come Marilete, che aveva pianto a lungo alla notizia della sua morte. E poi aveva voglia di starsene da solo, con i suoi pensieri, le sue emozioni e i suoi ricordi.

Gironzolò per le vie del centro, raggiunto quasi ininterrottamente da un trionfo di sapori e profumi gastronomici che si diffondevano dai locali vicini ai più bei tesori dell'Arte, e che gli rendevano difficile la scelta: era l'ora dell'apericena, e non c'era bar che non esponesse bene in vista vassoi di invitanti stuzzichini, da accompagnare a un aperitivo. Alcuni locali più grandi presentavano una scelta gastronomica estremamente assortita, tale da sostituire una cena abbondante a un prezzo contenuto. I ristoranti pizzeria, poi, cominciavano ad accogliere i tanti clienti e i turisti. E Ristori non sapeva proprio dove fermarsi.

Imboccò via de'Servi, subito dietro il commissariato, e di lì raggiunse piazza Santissima Annunziata, da dove avrebbe proseguito per piazza San Marco e via XXVII aprile, dove c'erano due locali che offrivano degli ottimi buffet e dove si poteva mangiare da soli e in santa pace. Avrebbe scelto dalla vetrina quale dei due lo attirava di più. Era anche quella una delle zone che conosceva da sempre. Anche la casa in cui Salvo aveva abitato da giovane era lì, a poca distanza.

Camminando gli sembrava ancora una volta di averlo accanto e richiamava alla memoria i momenti migliori della loro giovinezza. Forse anche quelli meno belli, le crisi d'amore, la solitudine affettiva, quando ti sentivi sempre solo, anche se eri in mezzo alla gente. Quei momenti di vuoto interiore, ripensando a Simona, o a Susanna, o a Daniela, o a Maristella, o alle tante altre ragazze con le quali aveva avuto delle storie. Mai nessuna, però, era più stata come Laura, in quegli anni giovanili. Quante volte si erano confidati i loro sentimenti, i loro crucci, le loro passioni.

'Che bello aver avuto un amico così, sempre al mio fianco per tanti anni' pensò con una sorta di desolazione Ristori, mentre rari passanti lo incrociavano lungo lo stretto marciapiede che giungeva al bar per il suo apericena. Mangiare da solo poi? Che squallore! Gliene era passata la voglia e stava quasi per tornare indietro, quando squillò il cellulare.

«La disturbo commissario?»

«No, Antonio! Dimmi pure.»

Aveva tolto con la mano sinistra il cellulare dal soprabito, mentre l'altra continuava a stare a contatto con la rivoltella nella tasca destra, senza però tenerla in pugno.

«È arrivato il questore che avrebbe voluto parlarle, pensava di trovarla in commissariato.»

«Vengo subito.»

Tornò indietro a passo svelto e dopo pochi minuti stava già facendo le sue scuse di persona al questore, per averlo fatto attendere.

«Ma di che si scusa, caro Ristori» lo prese sotto braccio il questore, per fargli superare il sincero rammarico di essere stato assente al momento del suo arrivo.

«Andiamo a prendere qualcosa.»

Ristori sapeva che quella era la formula che il questore usava quando voleva parlargli a quattr'occhi.

«Ho i risultati dell'autopsia. Ho voluto parlare direttamente con il professor Giuliani, che l'ha eseguita. Un solo colpo centrato con una pallottola calibro 7,65: quello del mostro di Firenze, per intendersi. Il calibro, non la pallottola» tenne a precisare il questore all'improvvisa alzata di testa del commissario, allorché gli era parso di poter cogliere una nuova pista nelle indagini, assolutamente inimmaginabile e assurda.

«No. Non è la serie H: altrimenti si stava freschi!» Quasi a dire "Ci mancava pure che l'avessero ucciso con le stesse pallottole con cui il mostro uccideva le coppiette".

«7,65 è il calibro più frequente; può essere stato chiunque, un professionista ma anche una persona qualunque. Dal calibro non si ricava nulla, insomma.»

Il questore annuì allargando leggermente il braccio opposto a quello con il quale teneva a braccetto il commissario.

«La pistola sarà sicuramente pulita» proseguì Ristori.

«Stanno facendo i controlli, dei quali poi avrà regolare rapporto, ma mi pare evidente che sarà stata sicuramente un'arma pulita. Il bossolo comunque lo stanno già esaminando, dovesse aver sparato in altre occasioni.»

Fu allora che l'agente di scorta al questore estrasse rapidamente la rivoltella, vedendo di fronte a loro due tipi che non gli piacquero, e lo stesso fece dopo un attimo anche il commissario e l'altro agente della scorta che li seguiva, riconoscendo i due noti sfruttatori di prostitute albanesi, fuggiti di recente dal loro soggiorno obbligato e dei quali erano state diffuse, proprio il giorno prima, le foto segnaletiche. Fu facile fermarli e ammanettarli, prima che anche loro potessero mettere mano alle armi. Furono subito fatti salire su una volante intervenuta sul posto e condotti in carcere. Né il commissario né il questore furono scossi più di tanto da questa imprevista e rapida azione di polizia, e proseguirono la propria conversazione.

«Sì, l'arma risulterà senz'altro pulita. Dalle sue indagini informatiche sta venendo fuori niente?» chiese con aria poco incoraggiante Mastellone.

«Sono rimaste dentro il setaccio una decina di persone: Russo e Guarducci stanno verificando le loro posizioni. Ma penso che anche da lì non verrà fuori niente o perlomeno non fatti legati alla nostra storia.»

«Con il segretario del prefetto, niente di niente?» chiese il questore. «Eppure sembra che tutto sia partito da lì, da quella benedetta richiesta sulle scorte.»

Il questore non nascose al commissario quello che entrambi pensavano e che finora non avevano avuto né modo né coraggio di ammettere. Ma l'evidenza dei fatti non poteva che portare a quelle amare conclusioni.

«Proviamo a indagare un po' sul segretario del prefetto. Con la massima discrezione, chiaramente. Cosa c'è insomma nel suo passato o nel suo presente, corre voce che viva un po' al di sopra delle sue possibilità: qualcosa verrà fuori e, se non c'è niente, meglio così.» Bastò questo per ridare speranza e slancio al Ristori, proprio mentre constatava con il questore l'assenza di altri indizi.

16

Che fra i colloqui con i vari condomini quelli più proficui dovessero essere con gli appartamenti confinanti con quello del Betti, il commissario Ristori se lo aspettava già prima di iniziare. E infatti ne ebbe piena conferma.

«Perbacco se ricordo quanto dissi al povero agente ammazzato qui sotto» una signora sui settant'anni ben tenuta, maestra elementare in pensione, lucida di mente e sicura di sé, di corporatura neanche troppo minuta, con i capelli biondo cenere ben curati e una vistosa artrite alle mani lo aveva appena fatto entrare in casa. «Gli dissi che con il dottor Betti era un piacere avere a che fare. Io gli sbrigavo qualche faccenda, qualche incarico, gli firmavo le raccomandate, gli prendevo i pacchi postali quando arrivavano, gli riferivo delle questioni di condominio, delle piccole beghe della casa, che lui, sempre così impegnato, non poteva seguire. E lui mi ripagava in maniera molto generosa, con biglietti al teatro, al cinema, a manifestazioni varie, una volta anche al circo e alla mostra dell'Artigianato. Io mi sentivo come lusingata dal poter essere utile a un giornalista così famoso. Mi faceva sentire viva. Sennò a cosa si ridurrebbe la mia vita: a guardare la televisione dalla mattina alla sera. Le mie faccende cosa vuole che siano: sono vedova da 12 anni e con il mercato qui sotto, in cinque minuti ho già fatto tutte le mie spese.»

Alludeva al fatto che nella strada sotto casa, appena cento metri più in là, tutte le mattine si svolgeva un mercatino rionale, dove la signora poteva trovare tutto quello di cui aveva bisogno.

«Una volta mi portò anche a un premio letterario di cui lui era membro della giuria. Una bella cena, persone importanti, signore eleganti. C'era anche la televisione. Non la Rai, una tv privata. Poi mi disse quando avrebbero mandato in onda la trasmissione e mi sono rivista, mentre ero a tavola con gli altri invitati. L'ho anche registrata quella trasmissione, l'ho fatta vedere anche al mio figliolo e alla mia nuora. Non mi era mai successo di apparire in televisione, anche se per un attimo soltanto.» Alla dirimpettaia del Betti non mancavano certo né la parola, né la capacità o la voglia di esprimersi.

«Cosa vuole, il mio figliolo sta lontano. Lo vedo sempre la domenica, ma gli altri giorni è impegnato. Per me, sbrigargli qualche piccola faccenda era anche un passatempo. Qualche volta l'ho invitato anche a pranzo, la domenica, quando c'era anche il mio figliolo; a cena no, perché per me quando lui rientrava era troppo tardi. A quell'ora sono in pantofole davanti alla televisione, e poco dopo vado a letto.»

Il commissario seguiva con attenzione quanto la brava signora Iginia gli riferiva, e si chiedeva se era proprio da lei che Salvo aveva scoperto qualcosa. Per questo lasciò che parlasse, senza interromperla.

«Sulla sua scomparsa posso solo ripeterle quanto dissi al povero agente l'altro giorno. Da un po' di tempo era più inquieto del solito e quando gliene chiesi la ragione mi disse che era per certe beghe di famiglia, per certi immobili che avevano ereditato in Maremma, lui e la sorella, e che lui voleva destinare a una cooperativa sociale, mentre la sorella voleva vendere tutto a un'agenzia immobiliare, dividere il ricavato a metà e poi ognuno avrebbe fatto dei propri soldi quello che voleva.»

'Oddio' pensò fra sé il commissario 'non aveva tutti i torti nemmeno la sorella!' Ma non volle interrompere la signora.

«Sa, in tutte le famiglie ci sono delle contrarietà. Lui voleva che quegli immobili, dei ruderi da quanto ho capito, ma dalla enorme cubatura, lui mi parlò di oltre 3000 metri quadrati, venissero affidati a una cooperativa di disabili perché li restaurassero e ne realizzassero dei residence da affittare ai turisti. Potevano impiantare, insomma, un'altra attività più remunerativa di quella che svolgevano da alcuni anni.»

«E in cosa consisteva l'attività che avevano avviato da anni?»

«Mi parlò di piccoli prodotti artigianali, un po' di agricoltura biologica, un po' di formaggio, di olio. Era una cooperativa messa su dal parroco, al quale il Betti dava una mano come poteva.»

'Certo che la cosa diventava interessante' pensò Ristori, mentre si adagiava più comodamente nella poltrona e si sbottonava il soprabito, perché cominciava a sentire un po' caldo, e prevedeva che l'incontro sarebbe durato ancora a lungo.

«Invece, con quei ruderi restaurati in stile toscano, sarebbe stata tutta un'altra cosa. Ci avrebbero lavorato molti più soci, più giovani, oltre ai disabili a cui era destinata. Sarebbe potuto essere un modello di sviluppo per tutta l'area. Sa, il Betti, quando mi parlava di queste cose, si entusiasmava. Il suo paesino era molto povero. Lui era riuscito con fatica a diventare un giornalista affermato, e ora gli sarebbe piaciuto realizzare questa struttura. 'Capisce, signora Iginia' mi diceva 'un bel centro turistico, un'azienda di prodotti biologici, una cooperativa artigianale. Lavorano i giovani, lavorano i disabili; si fa una bella piscina, arrivano i turisti, si fanno incontri, meeting, presentazioni di libri.' Ne era entusiasta. Quando avesse smesso di lavorare al giornale, pensava di ritirarsi lì: non voleva fare come il vicedirettore a cui, mi diceva, una volta andato in pensione era venuta la depressione, perché non sapeva più come passare il tempo. La sentiva dentro di sé questa storia della cooperativa. Gli dava slancio. Era un po' la sua missione, il suo futuro dopo la pensione.»

«Ma la sorella non voleva» intervenne Ristori in tono di chiosa a quanto stava dicendo l'Iginia.

«Anche lei tutti i torti non li aveva. Un'agenzia immobiliare gli avrebbe dato un bel po' di quattrini. Si parlava di circa due milioni. Sa, lei non sta bene come il fratello: il marito ha la pensione d'invalidità, e credo non abbia mai lavorato. Hanno due figli che non hanno combinato nulla: sembra che ora frequentino l'università. Boh! Tempo fa provarono ad aprire un piccolo bar e dopo tre mesi chiusero. Poi impiantarono un allevamento di maiali in Maremma, ma andò tutto in malora. Il Betti mi disse che si dimenticavano anche di dargli da mangiare e quelle povere bestie si mangiavano i ginocchi fra loro; si sono ammalati e sono morti quasi tutti. Anche lì non hanno compicciato nulla. Poi avviarono una piccola ditta edile e si misero a ristrutturare un rustico per farne dei miniappartamenti, ma un muratore romeno cadde nel corso dei lavori e rimase paralizzato. La finanza gli sequestrò tutto: non avevano i permessi in regola, non avevano il progetto edilizio, non avevano rispettato le norme di sicurezza nel cantiere, non versavano i contributi ai muratori. Facevano alla buona.»

Ristori fece una lieve smorfia.

«Sa quando va male, ti controllano tutto. 'Cedendo il rudere alla cooperativa' diceva il Betti alla sorella 'ti si sistemano anche i figlioli. Si trova nella cooperativa una formula legale per cui tu abbia delle quote, come una percentuale sul tutto. Si sente il commercialista come fare, ma il modo si trova. Vedrai che alla fine ci guadagni anche economicamente.' Ma lei no. Lei dura voleva i soldi: pochi, maledetti, ma subito. Gli diceva: 'Ho già questi tre imbecilli' si riferiva al marito e ai due figli 'che non hanno combinato nulla, non voglio ora perdere anche i soldi di quest'eredità. Ci danno due milioni? Viene un milione per uno. Con quei soldi fo la signora, e queste macie se le prenda chi gli pare. Te dei tuoi fai come preferisci'.»

Il Ristori si sentiva a suo agio in quella poltrona. Gli piaceva anche il modo di esprimersi della signora Iginia. Se gli avesse offerto un caffè o un liquorino, non l'avrebbe rifiutato.

«Ma lei pensa che il Betti possa essere stato rapito, e Dio non voglia ucciso, da qualcuno legato in qualche modo a questi contrasti familiari?»

«È quello che mi chiese anche il suo agente l'altro giorno.»

Ristori provò una nota di amarezza, che andò a incunearsi e a stridere con l'atmosfera tutto sommato piacevole fino a quel momento. Le beghe familiari del Betti avevano finito per cancellare per un attimo le sue di angosce. Ma ora si sentì riportare alla dura realtà.

«Cosa vuole che le dica: un po' teso lo vedevo. Quell'agenzia a cui la sorella si era rivolta per vendere tutti gli immobili, il Betti diceva che aveva le mani in pasta in vari affari, che era gente non proprio limpida. Diceva che bisognava stare attenti. Ma nulla più. Ora rapire e ammazzare mi sembra inaudito.»

Sì, era interessante quanto veniva a sapere dalla vicina di casa del Betti. Ma come era possibile che qualcuno, venuto a conoscenza del fatto che Salvo aveva saputo queste cose, gli avesse mandato un killer ad ucciderlo?

«Non ricorda se riferì al mio agente qualche altra cosa?»

«No! Sono sempre le stesse cose che ho detto a lei.»

«Mi scusi, signora, ma ci pensi bene.»

Al commissario sembrava di potersi fidare della sua interlocutrice, e sperava che potesse venire fuori qualche altro elemento utile per le indagini.

«Non ha riferito a qualcuno di questo incontro con il nostro povero agente?»

«Ma a chi vuole che l'abbia detto. Lo dissi al mio figliolo, una mezzora dopo che lo avevano ammazzato, quando gli telefonai per raccontargli cosa era successo giù, al portone di casa.»

«Non ricorda a che ora l'agente andò via?»

«Sì, lo ricordo con esattezza, perché volevo vedere il Tg 3, che iniziò in quello stesso istante. Erano le 12 in punto.»

'Poco dopo Salvo chiamava in commissariato' pensò Ristori. 'Ma cosa poteva aver mai scoperto?'

17

«Ma!» disse il questore rivolgendosi a Ristori che gli aveva appena riferito l'esito del colloquio con la signora Iginia. «Indaghiamo anche in quella direzione. Ma mi sembra strano».

«Non ci vedo chiaro neanche io» aggiunse Ristori. «Non tornano troppe cose. Ma dal colloquio con i condomini non è venuto fuori altro. Tuttavia ne mancano due, che stiamo cercando per sentirli.»

«Nel frattempo continuiamo ad andare avanti con le altre indagini. Domani sera, sul tardi, saranno pronti i tabulati telefonici. Speriamo in quelli.»

Un'ombra di delusione si coglieva sui volti di entrambi. Era facile capire che si aspettavano di più dalla visita ai vicini del Betti.

«La sorella poi finirebbe per essere la mandante del rapimento del fratello e dell'uccisione di Salvo? E per cosa poi? Dal momento che lei non voleva andare avanti con la cooperativa, e dividere i beni non era possibile, la cosa più logica per mettere d'accordo i due era agire come voleva la sorella: vendere i beni e dividere il ricavato. In genere si fa così. Sennò quanti omicidi verrebbero fuori per ogni eredità!»

«E poi» anche Mastellone mostrava le sue perplessità «come faceva la sorella a far uccidere Salvo. Non è che un killer lo trovi come una bambinaia a ore. No. C'è qualcos'altro dietro! Ucciderlo poi, perché? Perché Salvo è venuto a sapere di questa divergenza su un'eredità? Mi sembra poco verosimile».

«Siccome il grosso del lavoro lo avremo domani sera con l'esame dei tabulati telefonici, io domattina vado in Maremma a parlare con la sorella, a fare una visita all'agenzia immobiliare che avrebbe dovuto vendere il rudere e a fare la conoscenza della cooperativa sociale.»

Una volta erano questi i passaggi di maggior piacevolezza nelle indagini: quando si trattava di andare in missione da qualche parte a interrogare qualcuno, a fare un accertamento, un controllo, una verifica che non poteva essere effettuata dagli agenti in loco. Controllo che fra viaggio e verifica prendeva tutta la giornata: si rimaneva a mangiare fuori, si facevano le cose con calma e si prendeva un po' di pausa, specie se potevi partire con un collega. Ma ora, date le circostanze, tutto sembrava perdere il suo sapore. Decisero che sarebbero andati il commissario e Guarducci. Il bell'Antonio sarebbe rimasto in commissariato, sia per precauzione, sia per coordinare le altre piste investigative. A ogni buon conto, il questore dispose subito che una pattuglia di carabinieri li prendesse in custodia all'uscita dell'Aurelia, a Follonica Nord, e non li abbandonasse finché non l'avessero ripresa in direzione Firenze.

Durante il viaggio si fermarono in un autogrill sulla Genova-Rosignano per prendere un cappuccino, che si rivelò mediocre, poco prima di immettersi sull'Aurelia. Il cielo si stava schiarendo via via che procedevano verso la Maremma.

«Sembra tutto spropositato» disse Guarducci al commissario «dal rapimento del Betti all'uccisione di Salvo. Ma perché? Cosa c'è di tanto importante da giustificare due crimini? Un'indagine sulle scorte? Ma via, non si rapisce uno perché vuole fare un'inchiesta giornalistica. Ed eliminare Salvo, poi, perché? Cosa poteva avere scoperto?»

Era quello su cui si arrovellava il commissario che smontava e rimontava i pezzi come fosse un puzzle, senza riuscire mai a trovare un'ipotesi logica che tornasse. Eppure quegli eventi erano accaduti. Un motivo ci doveva essere stato.

«Che i due delitti siano indipendenti, autonomi, slegati l'uno dall'altro? Che abbiano rapito il Betti per un motivo e Salvo lo abbiano eliminato non perché indagava su quel rapimento, ma per altri motivi?» azzardò il Guarducci. «Certo che la circostanza sarebbe inverosimile. Che coincidenza poi!»

«Inverosimile e irreale come vincere il primo premio alla lotteria di Capodanno con questo biglietto che ho appena comprato» disse Ristori mentre se lo infilava nel portafoglio e spingeva la porta a vetri dell'autogrill per raggiungere l'auto di servizio.

«Eppure qualcuno lo vincerà quel premio.»

«Certo, ma la percentuale che uno lo vinca è una su chissà quanti milioni: praticamente impossibile. Così il barbaro omicidio di Salvo proprio sulla porta della casa dove stava indagando per un rapimento. Ma via!»

«Certo. Impossibile che le due cose non siano collegate.» Adesso era il Guarducci a essersi messo al volante e a ribadire l'illogicità di quell'ipotesi che aveva appena avanzato lui stesso. «Non possono non esserlo.»

Le calorie del bombolone e la caffeina avevano rialzato il tono dell'umore di entrambi.

«Certo il cappuccino di Vitaliano è un'altra cosa» si erano detti, specie quando lo serviva Marilete che, quando lo posava sul bancone, o meglio ancora sul tavolino, si inchinava sempre un po' troppo, e Antonio, il bell'Antonio, che era giovane e affascinante col suo ciuffo nero sempre impomatato di gel, non mancava mai di lanciare un'occhiata al suo reggiseno troppo compresso.

Il paesaggio scorreva tranquillo ai due lati dell'auto. Casali, pinete, terreni agricoli lavorati, piccole macchie di bosco. Non era il paesaggio estivo, quando tutto sembrava pronto e perfetto per accogliere la marea dei turisti. Anche la natura in quella stagione sembrava farsi bella e mostrare il suo lato migliore. Ma la Maremma aveva sempre un suo fascino, anche d'autunno e d'inverno.

«Mica male l'idea del Betti. Ti metti in pensione e te ne torni al tuo paesino, dove collabori con questa cooperativa, che ristruttura e poi gestisce un villaggio turistico, e varie altre attività. Aria buona, impegno non stressante, ma da riempirti le giornate. Qui sei un'autorità, ti presenti poi alle elezioni, ti eleggono consigliere, forse anche sindaco. Hai le tue relazioni sociali, al giornale continui con qualche collaborazione che non ti stanchi più di tanto.»

Usciti dalla nuova Aurelia trovarono sulla destra la gazzella dei carabinieri, bella lucida e pronta. Sarebbero stati il maresciallo della locale stazione e un appuntato a fare loro da scorta in questo giro di indagini.

All'agenzia immobiliare li presero subito sul serio, appena li videro entrare, mentre fuori stazionava la macchina dei carabinieri.

«Sì, abbiamo avanzato un'offerta di circa 2 milioni per gli immobili al lago dell'Accisa, ricevuti in eredità dai fratelli Betti.» Ristori e Guarducci stavano zitti e ascoltavano. Le domande le avrebbero fatte dopo, prima volevano sentire la loro versione. «Ma al momento non c'è accordo tra i fratelli.»

«Cosa vorrebbero farne i compratori?»

«Quello che stanno facendo molti: ricavarne monolocali e bilocali e rivenderli sul mercato immobiliare. Acquirenti non mancano.»

«Quanti se ne potrebbero ricavare?»

«Ancora è prematuro, perché il progetto deve essere ultimato. Ma a occhio e croce, calcolando la cubatura, se ne ipotizzano una settantina.»

«A che prezzo potrebbero essere venduti?»

«Qui si vendono, grosso modo, da 200 mila euro l'uno in su.»

A Ristori non piaceva il titolare dell'agenzia, con quel suo accento un po' largo, alla livornese; c'era qualcosa di falso, che ancora non riusciva a inquadrare. Uno dei due carabinieri, frattanto, era uscito dall'auto e si era messo a guardare intorno, appoggiato al fianco della macchina. La notizia dell'assassinio di Salvo era giunta anche a loro e preferivano stare sul chi vive.

«Mi fa vedere la proposta di acquisto che avete sottoposto alla signora Betti per la vendita dei beni?» L'agente immobiliare tirò fuori una cartella dalla quale estrasse un modulo standard, con l'intestazione dell'agenzia, che conteneva la proposta di vendita. Era indicato il prezzo che offrivano complessivamente per il rudere: 2 milioni di euro.

«Avevate già iniziato a occuparvi della vendita?»

«La signora ci aveva detto intanto di iniziare a lavorare, a saggiare un po' il terreno, a prendere i primi contatti. A convincere il fratello ci avrebbe pensato lei.»

«E se il Betti non firmava che succedeva?»

«Non lo so, noi facevamo come ci era stato detto. E avevamo già trovato un acquirente.»

«Come lo avevate individuato?»

Non si era instaurato un grande feeling tra i due. Il titolare avrebbe voluto rispondere che quelli erano affari suoi, ma si limitò a dire che erano già in contatto con un gruppo immobiliare per affari precedenti. Parve comunque stizzito quando il commissario gli chiese quanto ci avrebbe guadagnato l'agenzia da questa mediazione.

«Ma, non saprei di preciso. È ancora prematuro. Si parla di cifre approssimative, non si può dire con esattezza.»

«Avete la proposta di acquisto di questo gruppo immobiliare?»

«Sì, ma non so se posso. Sono affari riservati, c'è la legge sulla privacy.»

«Non mi faccia perdere tempo.»

«Avevo promesso la massima riservatezza.»

«Vuole che faccia fare un'ispezione ai suoi conti dalla finanza? Alla tenenza di Follonica ci mettono un quarto d'ora a esser qui.»

Dalla stessa cartella estrasse un altro modulo che porse a Ristori. Quest'ultimo fece cenno con il capo a Guarducci di avvicinarsi. Era la proposta di vendita degli immobili dall'agenzia al gruppo immobiliare che avrebbe realizzato i residence.

«Quattro milioni di euro?» Rimasero entrambi stupiti.

«Quindi acquistavate a 2 milioni di euro e rivendevate a questa società immobiliare a 4. Non c'è male!»

Il titolare dell'agenzia non nascose il suo malumore né lo sforzo per trattenersi e non mandarli a farsi fottere.

«E la ristrutturazione ha idea di quanto costi qui?»

«Per quello che occorre lì, circa mille euro al metro quadro, compresi progetto, perizie ecc. Più o meno lo stesso costo di costruzione del nuovo.»

«Quindi questa impresa, che non mi ha ancora detto quale è...»

«La ditta Giannò di Catania.»

«Questa ditta di Catania quindi avrebbe dato 2 milioni di euro ai fratelli Betti e due milioni a voi. Ne avrebbe poi spesi» e qui indugiò un po' per effettuare a mente il calcolo e nello stesso tempo chiedere a Guarducci di seguirlo nel conteggio «circa mille al metro quadro per la ristrutturazione, che essendo il rudere di 3000 metri, fanno circa 3 milioni.

Si arriva a 7 milioni di spesa totale.» L'agente immobiliare confermò col mento l'esattezza di quei calcoli.

«Una volta completato, il tutto sarebbe stato venduto per...» e stavolta aspettò che Guarducci completasse: «200 mila euro per lo meno per settanta appartamenti. Almeno 14 milioni di euro» disse, alzando gli occhi dalla sua calcolatrice.

Dopo un attimo Ristori riassunse di nuovo i termini della questione: «2 milioni ai Betti, 2 milioni all'agenzia, 3 milioni per la ristrutturazione, fa 7 milioni. Ricavo almeno 14 milioni. Il guadagno per la ditta è di 7 milioni e passa. Mica male!» esclamarono quasi all'unisono i due guardandosi in faccia.

Il titolare dell'agenzia immobiliare non mutò espressione, guardò solo l'orologio non nascondendo un'espressione seccata.

«Tutto, naturalmente, se il Betti firmava. Ma lui non voleva firmare. E ora che farete?»

«Non so, non sta a me decidere.»

A Ristori non sfuggì quel senso di fastidio che il suo interlocutore manifestava sempre più visibilmente nei suoi confronti. Mai come ora avrebbe desiderato levarseli di torno, quei due sbirri venuti da Firenze. Ma Ristori e Guarducci erano concentrati su una loro idea, o ipotesi investigativa, e cioè che i numeri c'erano, stavolta, eccome se c'erano, sia per rapire il Betti, sia per far fuori un poliziotto. 7 milioni di euro di guadagno motivavano sì due omicidi, quella cifra poteva indurre a rapire e ammazzare qualcuno.

Ma la cosa non era così semplice da portare a compimento. Intanto, senza il Betti non si poteva firmare nulla. Se si rinveniva il cadavere, occorreva dimostrare l'estraneità al delitto della sorella o dei nipoti, altrimenti non si sarebbe potuta ereditare la parte del fratello. E lo stesso valeva, a maggior ragione, per l'agenzia immobiliare e la ditta Giannò di Catania. Se invece non si trovava più il cadavere, occorreva iniziare la pratica di morte presunta, ma sarebbero passati mesi, forse anni. Tutto si complicava enormemente e forse non si sarebbe mai arrivati a una conclusione. E poi a fare fuori il Betti e Salvo cosa avrebbero guadagnato? Che si indagasse a fondo anche sui loro affari. Perché era scontato che questa ditta Giannò di Catania sarebbe stata messa al setaccio ben bene e chissà quante storie sarebbero potute saltare fuori. Credevano che a Firenze non si sapesse che tante ditte siciliane, e non solo loro, erano prestanome della mafia e spesso ne riciclavano il denaro, anche in operazioni immobiliari come questa?

18

Prima di entrare nella locanda bar dove il maresciallo dei carabinieri aveva consigliato loro di fermarsi per un breve spuntino, Ristori si appartò e riferì al cellulare ad Antonio la sintesi del loro incontro. Scambiò poi due battute con l'appuntato che il maresciallo aveva disposto all'ingresso del bar, mentre lui stava dietro al gestore che allestiva premurosamente il tavolo. Presero un pezzetto di schiacciata con il rigatino e due piccoli bicchieri di vino e, mangiando, commentarono quel clima di tranquilla vita di paese nella quale operavano i militi dell'arma.

«Oh! Non creda che sia sempre così. D'inverno non c'è molto da fare, è vero, ma d'estate si diventa matti dal lavoro: denunce di ogni tipo, retate contro i venditori abusivi, risse nei campeggi, truffe, scorte a personaggi celebri e ogni giorno ce n'è uno, interventi per schiamazzi, pattugliamenti delle spiagge. D'agosto poi è un'emergenza continua. Ci mandano sì qualche rinforzo, sennò non si potrebbe proprio fare niente, ma è una cosa impossibile stare dietro a ogni avvenimento. Però, tutto sommato, sempre meglio della vita in città.»

Forse il maresciallo avrebbe voluto sapere qualcosa dell'inchiesta di cui parlavano giornali e media, ma ebbe il buon senso di non farvi cadere il discorso, a meno che non fosse stato il commissario stesso a fargli qualche confidenza. Ma Ristori evitò di entrarvi. Gli chiese invece se conosceva la sorella del Betti, e il buon maresciallo gli confermò ciò che gli aveva già detto la signora Iginia, la dirimpettaia del Betti.

«L'incontro con la sorella è fissato per le 15 del pomeriggio» disse Ristori al maresciallo «e quindi per il pranzo ci affidiamo a lei.»

Il maresciallo parve contento di trascorrere il resto della mattinata e il pomeriggio con loro. Quello era un periodo dell'anno morto, e avere qualcuno con cui parlare al di fuori della cerchia del paese non poteva che fargli piacere.

«Si potrebbe andare dal Fascistino, proprio sulla spiaggia. Fa il miglior cacciucco della zona e alle forze dell'ordine fa spendere poco. E poi il posto è riparato, ben controllabile.»

Prima del pranzo però il commissario si fece portare al comando della finanza, proprio nel centro di Follonica, per avere informazioni sull'agenzia di affari e sull'impresa edile Giannò di Catania. E anche delle informazioni che ricevette dal tenente della finanza, dette notizia a Antonio, che le registrò scrupolosamente nel diario investigativo. Gliele riferiva, quelle notizie, con il cellulare, mentre gironzolava avanti e indietro per la bella piazza lungo il mare di Follonica, proprio di fronte al comando della finanza.

Il mare era praticamente una tavola, il vento appena percettibile non recava disturbo, ma increspava solo un po' la superficie delle acque. Per qualche attimo invidiò la sorte del maresciallo dei carabinieri e, dopo che ci ebbe parlato, anche quella del tenente della Finanza: le loro vite erano più o meno simili.

Per avere un'idea più precisa dell'attività immobiliare della zona si fermò anche in una delle tante agenzie del centro: quella che il maresciallo gli aveva indicato come la più importante, dove ebbe conferma, più o meno, delle notizie e delle cifre fornitegli dall'agenzia che aveva in vendita i rustici del Betti.

«Sì, è proprio una bella somma quella che si sarebbero intascati l'agenzia e la ditta Giannò di Catania. Da loro potrebbe essere partito il caso, ma Salvo che c'entrava con questa storia?» Guarducci parve concordare, mentre si frugava in tasca e tirava fuori una sigaretta e l'accendino, coprendosi un po' con la mano dal venticello persistente.

Non avrebbero neanche disdegnato una piccola camminata sul lungomare, così, tanto per farsi venire l'appetito, ma con il maresciallo e l'appuntato dei carabinieri in divisa che li seguivano passo passo avrebbero destato curiosità o allarme: pertanto rinunciarono.

Si rimisero in marcia, la gazzella dei carabinieri davanti e la loro auto dietro. Uscirono dal centro di Follonica e raggiunsero il ristorante del Fascistino, così chiamato perché il vecchio proprietario aveva partecipato giovanissimo alle vicende della repubblica di Salò e da allora era rimasto quell'epiteto, anche se il figlio, che ne aveva proseguito l'attività, non si era mai occupato di politica. Originariamente era una baracca sulla spiaggia, ristrutturata e risistemata, in parte in muratura e in parte a tettoia. D'estate occorreva prenotare con largo anticipo per trovare posto, perché si mangiava molto bene, ma ora non c'erano problemi.

Vi si accedeva dopo aver attraversato un breve tratto di campagna, quella che una volta era la Maremma povera dei contadini e che adesso era trasformata in orrendi spazi adibiti a camping e parcheggi per auto, roulotte e camper. Nei primi di novembre erano vuoti e rimanevano solo le strutture, i pali, gli spazi; ma d'estate sotto i teloni stesi per proteggersi dal sole e fra la polvere bianca arroventata, trascorrevano le loro vacanze migliaia di turisti. Da qualche anno avevano fatto la loro comparsa anche tanti villaggi turistici, "ma ora stavano esagerando" avrebbe detto poco dopo il maresciallo a Ristori durante il pranzo.

Dopo aver fiancheggiato un porto canale, dove un tempo qualche sporadico pescatore riparava la sua barca e ultimamente era stato realizzato, sotto forma di cooperativa di pescatori, un porticciolo per oltre cento barche, affittate e vendute a prezzi stratosferici, le due auto parcheggiarono in uno stretto piazzale, che dava proprio sul fianco della baracca ristorante.

Non c'era nessuno ai tavoli, solo il proprietario. Li aspettava con i suoi capelli tinti di un bel nero corvino, e una signora molto più giovane, che si era messa subito ai fornelli, quando il maresciallo aveva preannunciato il loro arrivo. Stava preparando, espressamente per i quattro commensali, un enorme cacciucco.

«Per voi il posto c'è sempre, anche d'estate» disse porgendo calorosamente la mano al maresciallo. «Figuriamoci ora. Basta avvertirmi un po' prima, come ha fatto oggi.»

Il maresciallo dei carabinieri si sentì un po' lusingato, più che altro per la bella figura che faceva nei confronti dei colleghi di città. Poi, più per un gesto di premura investigativa che per una reale minaccia di pericolo, chiese se era previsto l'arrivo di qualche altro commensale.

«Sì!» rispose il proprietario. «Dovrebbero venire due operai dell'Enel che sono a fare i lavori al porticciolo, e poi verso le due arrivano quattro vu cumprà, hanno con noi una convenzione. Li faccio mangiare con 10 euro, ma non gli dò certo il cacciucco.»

«Che dice, vogliamo metterci tutti e quattro con le spalle al muro in direzione dell'ingresso, così vediamo chi arriva?»

A Ristori non piacque molto l'idea di stare tutti e quattro in linea, avrebbe preferito sedersi attorno a un tavolo, come si fa sempre quando si va a mangiare in quattro. Però, qualche precauzione occorreva prenderla. Chi aveva fulminato Salvo poteva di nuovo colpire, anche se lì l'ipotesi gli sembrava impossibile. Chi volevi che arrivasse?

«In altra circostanza sarebbe stata una trasferta splendida» disse Ristori a Guarducci, ma non voleva che si instaurasse un clima funebre, e la conversazione, dopo quell'iniziale accenno, scivolò sul luogo, sul tempo, sul pesce e soprattutto sulla bontà del cacciucco alla livornese.

Verso le 15 si alzarono e si diressero alle loro auto, mentre i quattro vu cumprà e i due operai dell'Enel, già controllati al loro arrivo dall'appuntato, li guardavano rispettosi e un po' intimoriti.

19

«Più che voi a me, dovrei farle io a voi le domande» esordì la sorella del Betti dalla sua casa in una frazioncina di Massa Marittima, mentre versava il caffè al commissario e a Guarducci. Il maresciallo e l'appuntato erano rimasti dentro la gazzella davanti al portone della casa.

«Di mio fratello non si sa nulla?»

«Signora, non trascuriamo alcuna traccia, alcun indizio.»

«E venite da me a indagare. Lo sapessi dov'è il mio povero fratello!»

«Non ha proprio niente da suggerirci, qualche sospetto, qualche possibile nascondiglio, affari di cuore» si mise a sbuffare la sorella a quella ipotesi «affari finanziari, debiti di gioco, storie di donne, che ne so» stava partendo da lontano il Ristori.

«Guardi commissario la vita di mio fratello era il giornale. Anche farsi una famiglia gli era impossibile. Tempo fa si era messo con una farmacista divorziata. Ma era troppo preso dal lavoro, ed è durata poco.»

«Affari in comune ne avevate?» cominciava a fare sul serio il commissario.

«Sì, c'era la questione dell'eredità dei nostri zii. I fratelli del nostro babbo non si erano sposati, erano, come dire, degli zitelloni, e i loro beni di famiglia, i casolari di una volta, li hanno lasciati a noi che eravamo gli ultimi parenti.»

«Solo immobili o anche danaro?»

«Anche danaro, ma non molto, quando avevano un po' di soldi compravano una casa.»

«Posso chiederle a quando ammontava il denaro?»

«Saranno stati 50 mila euro.»

«Ve li siete già divisi?»

«No, per il momento prendili tu!» mi disse Gian Andrea. «Sa, poco prima di andare al ricovero, i due zii ci lasciarono i loro soldi, sennò alla loro morte se li mangiavano tutti le tasse, ci dissero. E mio fratello, che non aveva bisogno, decise che li tenessi io. Poi si sarebbero fatti tutti i conti.»

«E per le case, come pensavate di fare?»

«Io vorrei vendere tutto e pigliare i soldi che ci hanno offerto. Sono casacce vecchie, dei ruderi, delle macie. C'è da spendere un sacco di soldi a ristrutturarli. E poi ho una famiglia da tirare avanti io. Un marito e du' figlioli che non sono buoni a nulla.»

Mostrava di avere il dente avvelenato la sorella, o era il suo fegataccio toscano, peggio ancora, maremmano, a venire fuori.

«Ma lui voleva destinare tutto alla cooperativa di disabili nella quale si è messo in mezzo. Gli vuol lasciare tutto. Non pensa che a quella cooperativa, dopo il giornale.»

«E allora come andrà a finire?»

«Ma, chi lo sa. Intanto dove è finito il mio povero fratello?»

«È quello che cerchiamo di capire anche noi.»

«Ma nell'ipotesi che ricompaia, cosa farete degli immobili?»

«Gliel'ho detto: dividerli non si può, io vorrei venderli, ma Gian Andrea non ne vuol sapere. Mi sembra un'altra stupidaggine, come una di quelle che hanno fatto i miei figlioli.»

«Come avete contattato l'agenzia immobiliare?»

«Sono venuti loro, appena hanno saputo della morte di quei due poveri vecchi, spariti a pochi giorni l'uno dall'altro. Si sono fatti vivi e ci hanno fatto un'offerta di 2 milioni.»

«Sa che valgono molto di più quei casolari.»

«Si, ma c'è da ingrullire. Bisogna rifarli nuovi, poi bisogna fare al comune tutte le pratiche per la trasformazione in villaggio turistico. Quella cubatura enorme va suddivisa in casette, quelle da mare, sa quelle che vanno di moda oggi? Sennò non ti fanno fare nulla. E chi ci sta dietro? Ci vuole un progetto, ci vogliono soldi, bisogna farseli prestare dalle banche, occorrono conoscenze, bisogna essere del mestiere. E poi chi lo sa come sarebbe andata a finire con la cooperativa. No, dai retta a me, gli dicevo. Ci danno un milione per uno. Non ti bastano?»

Era quello che già sapeva Ristori. Poco dopo il maresciallo venne a bussare alla porta: «Mi chiedono dal comando se sarò disponibile verso le 17 del pomeriggio. È in transito un sottosegretario e lo devo scortare. Ma non si preoccupi, se non ce la fa, io resto con lei e al sottosegretario mandano una pattuglia da Castiglione della Pescaia.»

Non era certo di aver sentito tutti quelli che voleva sentire Ristori; c'era anche il marito della donna e i figli con i quali voleva parlare. E poi c'era la cooperativa sociale, dove voleva andare a dare un'occhiata. Disse pertanto al maresciallo che non pensava di aver concluso a quell'ora.

«Meno male!» gli disse sorridendo il maresciallo. «Mi ha levato una bella seccatura.»

Riprese a parlare con la sorella del Betti, ma venivano fuori sempre le stesse cose: «Il mio marito lo trova alla bottega. Gliela sa indicare il maresciallo. I figli sono a Firenze.»

«A Firenze?»

«Sì a Firenze, che c'è di strano?»

«Non lo sapevamo, pensavamo stessero qui» disse Ristori sorpreso, e proseguì.

«E di cosa vivono?»

«Mah! Di espedienti. Gliel'ho detto che sono due imbecilli!» Era chiaro che non aveva la benché minima fiducia nei loro confronti, come certo non doveva averne nei confronti del marito.

«Cosa vuole: darmi le quote di un villaggio turistico gestito da una cooperativa sociale a me, con questi figli e quel marito che passa più tempo al bar che a casa sua, insieme a quei quattro briachelli dei suoi amici!»

«Ha detto dei figli che vivono di espedienti. Cioè?»

«Senta non ho neanche voglia di parlarne. Hanno preso una camera in affitto dalle parti del centro. Una camera con uso di cucina, che mi costa, solo quella, 400 euro al mese. Più tutte le spese. Cosa facciano di preciso non lo so. Una volta dicono che si sono rimessi a studiare all'università, un'altra che lavorano. A me mi fanno diventare pazza.»

Si fece dare l'indirizzo dei due figli e due foto.

«Non crederà mica che siano coinvolti nella vicenda?! Oh!» esclamò la donna risentita e rossa in faccia, denotando una sincera irritazione. Ristori decise a quel punto di andare al bar a fare due chiacchiere con il marito.

Questo bar era una bottega di paese dove si vendeva un po' di tutto, come avveniva una volta nelle campagne. All'ingresso c'erano due tavoli da quattro, dove la sera o il pomeriggio della domenica si svolgevano delle animate partite di briscola e tressette. Negli altri giorni, a malapena se ne riempiva uno. Più spesso due o tre avventori vi si sedevano a bere un bicchiere di vin santo e scambiare due parole. Di fronte c'era il banco per le bevute e i caffè. In fondo, a 90 gradi rispetto al bancone del bar, c'era un altro bancone, dove si vendevano salumi, formaggi, pane e un po' di tutto. Anche prodotti di pulizia, giornali, quaderni e quant'altro occorreva alla piccola comunità.

Il colloquio con il marito, che era seduto a un tavolo con altri due compagni di bevute, non rivelò niente di più di quanto Ristori sapesse già. Il commissario si convinse però che in quella famiglia l'unico pezzo forte, l'unica testa pensante, era la donna. Gli altri dovevano vivere al rimorchio di lei. Cercò di avere dall'uomo qualche notizia in più sui figli, ma lui ne sapeva ancora meno della moglie.

«Ormai sono grandi, si arrangeranno da sé.» Fu quanto riuscì a strappargli.

Nel frattempo, stava assaporando ancora una volta la vita in provincia. La sorella del Betti, suo marito, il maresciallo dei carabinieri, gli avventori della bottega, parevano gli attori, o più propriamente le comparse, di un copione che aveva come tema la vita in provincia. Una vita fatta di poche vicende, di noia, di interminabili pomeriggi trascorsi al bar o, per le donne, a casa, a pulire, a cucinare, a spettegolare con qualche vicina e a tirare a far sera, sempre con un sottofondo di amarezza e di acredine nei confronti di un'esistenza che sentivano sprecata.

Quando gli pareva di cogliere questa atmosfera, Ristori pensava che era preferibile la vita cittadina, attiva, dinamica, piena di impegni, piuttosto che quella apatia di provincia. Ma quando fosse toccato a lui andare in pensione, come sarebbe stata la sua vita? Ristori cacciò il pensiero con un sincero fastidio. Aveva atteso tanto la pensione, ma ora che si avvicinava l'avvertiva con una crescente dose di ansia, specie dal momento che non c'era più Salvo, con cui condividere anche l'ultima fase dell'esistenza.

'E a quel punto che faccio?' pensò fra sé. Per fortuna aveva ancora alcuni anni per prepararsi a quel momento. Provò anche ad affrontare quel tema con il maresciallo, incamminandosi per il paesino, una volta concluso l'incontro con il cognato del Betti.

«Noi rimarremo qui una volta raggiunta la pensione. Ci stiamo facendo una casetta, con mia moglie. Non è poi male la vita qui. Si va a pesca, a caccia, a cercare i funghi, d'autunno a vendemmiare poi a raccogliere le olive e a fare una partita al bar. Ho anche l'orto e nel tempo libero guido l'ambulanza della misericordia: meglio qui che in città.»

I suoi ritmi si erano conformati a quelli della vita di provincia, a quella dimensione che a Ristori pareva una "morte civile" ma, a chi ci era abituato, non doveva parere tale ma solo prolungare, senza le seccature del lavoro, quanto aveva fatto sino ad allora.

Si fece portare alla cooperativa sociale, dove ebbe un lungo colloquio con il responsabile. Un colloquio volto a informarsi più sull'attività svolta che a individuare ipotesi investigative o legami con i delitti, che al momento gli parevano inesistenti. Alle attività della cooperativa invece si interessò vivamente, e quando salutò il responsabile, non mancò di aggiungere: «Quando vado in pensione vi vengo a dare una mano.»

«Sempre ben accetto commissario!» gli disse il responsabile della cooperativa, mentre si alzava il vetro del finestrino e Guarducci ingranava la prima.

20

Tornato in città poco prima delle 20, Ristori rientrò subito nel clima frenetico delle indagini. Il caso appariva sempre più misterioso e l'interesse della stampa e dei media continuava a essere altissimo. Comprensibile anche la pressione dei giornalisti. Lo stesso questore doveva continuamente intervenire a ripetere che le indagini 'proseguivano a 360 gradi, che non si lasciava niente d'intentato e che al momento non c'era nessuna pista privilegiata': espressioni che indicavano che si brancolava ancora nel buio. L'analisi dei tabulati dei telefoni non aveva evidenziato alcunché di utile, anche se era stata rivelata la presenza di un cellulare criptato, del quale non si era potuto ricavare il contenuto delle telefonate: su questo elemento si stavano concentrando al massimo le indagini. Forse quello che credeva di aver individuato Salvo era in qualche modo legato a questo? Il fatto stesso che un condomino fosse in possesso di un cellulare criptato, cosa rara, faceva supporre l'esistenza di un elemento misterioso e potenzialmente utile alle indagini.

Dei due condomini con i quali Ristori non aveva potuto parlare, uno era stato contattato e pareva del tutto estraneo alla vicenda, l'altro non era tuttora rintracciabile. L'appartamento risultava di proprietà di una società che lo aveva affittato a un privato, che lo subaffittava ad altri con la formula del comodato per non pagarci le tasse. E siccome il contratto di comodato non prevedeva l'obbligo della forma scritta e si prendevano accordi a voce, risultava più facile aggirare l'ostacolo del fisco e la segretezza del "comodante". E anche su questo si indagava con riservatezza.

Frattanto Ristori aveva ricevuto da Antonio alcuni dettagli sulla vita del segretario del prefetto, quello che, secondo il questore, 'viveva un po' al di sopra delle sue possibilità'. In effetti, oltre a mantenere la prima famiglia, composta dalla moglie e due figli, entrambi all'università, conviveva con un'affascinante trentottenne ucraina, già solerte badante dell'anziana madre, che gli aveva dato un altro figlio, che non era l'unico della donna, dato che ne aveva altri due in patria, uno dall'ex marito, e un altro da uno sconosciuto.

«E tutti questi figli chi li manterrebbe?» fu la domanda retorica che Ristori rivolse ad Antonio.

«Indovini un po'! Sembra poi che anche l'ex marito della donna sia a carico del segretario di prefettura.»

«Pure!»

«Non sono comunque loro la spesa maggiore,» aggiunse Antonio «sia perché in Ucraina i costi sono nettamente inferiori a qua, ma soprattutto perché sembra che il nostro segretario di prefettura abbia anche l'abitudine di giocare in borsa. Non è detto che perda, potrebbe anche vincere e guadagnare bene, tanto da mantenere tutto questo giro. Domattina ho appuntamento con il direttore di banca che segue le sue operazioni di borsa, e le saprò fornire dettagli più precisi».

«Ma all'incirca, secondo te, quanto gli può costare tutto questo giro?»

«Per lo meno 10 mila euro al mese.»

«10 mila euro al mese? E il resto dove lo piglia?» esclamò ridendo il questore, al quale Ristori riferiva poco dopo sia gli esiti del viaggio in Maremma, che le notizie ufficiose sul segretario di prefettura. «Ne guadagnerà 3 o 4 mila al massimo, come fa ad andare avanti?»

«Senza considerare però l'eventuale guadagno o perdita del gioco in borsa» aggiunse Ristori. «Domattina comunque l'agente Russo parlerà col direttore della banca dove gli versano lo stipendio, per cercare di capirne di più.»

Il questore Mastellone stava gustandosi una sigaretta, accesa col suo Dupont d'oro, dopo il caffè che Ristori, nonostante l'ora tarda, aveva fatto portare espressamente da una celeberrima caffetteria nei paraggi e che il questore apprezzava più di ogni altro.

«Uno dei piaceri per i quali vale la pena di vivere» gli capitava di dire amabilmente, dopo averlo sorseggiato. «E dire che a tanti il caffè, preso a quest'ora, rovina il sonno. A me, invece, accade il contrario. Saranno le mie radici partenopee!»

A Ristori era piaciuto fin dall'inizio il questore, con quel suo modo di saper sempre dominare le situazioni e di gustare i piaceri della vita, quelli almeno che a 65 anni gli riservava ancora il destino. A dire il vero da alcuni mesi lo vedeva un po' dimagrito, ma anche questo gli sembrava frutto del suo saper vivere. A chi non faceva bene perdere un po' di peso?

«Ancora non siamo al punto di mettere il segretario di prefettura nella lista degli indagati» aggiunse Mastellone dopo essersi gustate le prime boccate di fumo. «Se verranno fuori indizi più consistenti, valuteremo: mi rivolgerò al magistrato, farò la richiesta di indagini bancarie ufficiali, gli si dovrà inviare un regolare avviso di garanzia. Per ora non c'è niente su di lui. Se disponiamo accertamenti, in un clima di così grande attesa per le indagini, rischiamo di rovinarlo, di coinvolgerlo in qualcosa da cui probabilmente è del tutto estraneo.»

«Certo, ci mancherebbe» fece Ristori comprendendo le riserve del questore. «Al momento verificheremo soltanto i movimenti del suo conto corrente. Può darsi che sia la persona migliore di questo mondo e che i suoi introiti derivino da fonti regolari, come il gioco in borsa, dove chi ci sa fare ottiene guadagni cospicui. Oppure che abbia fondi suoi, che sia ricco di famiglia. Che ne sappiamo noi?»

«E poi, detto fra di noi» intervenne Mastellone «per l'inchiesta sulle scorte lui sarebbe il meno responsabile, il meno coinvolto. Non è lui a deciderle, non è su di lui che, eventualmente, sarebbero ricadute le conseguenze di un uso abnorme delle scorte. Ma se anche venisse fuori che lavora per i servizi segreti e percepisce da loro dei bei soldini, cosa assolutamente verosimile e molto frequente fra i segretari di prefettura, che c'entra far rapire il Betti e far uccidere Salvo?»

A volte bastava osservare un dettaglio per ammirare la signorilità di qualcuno, come accadeva per il bocchino o per il portasigarette, anch'esso d'oro come l'accendino, o la classe con cui accendeva e aspirava. Ma lo stile traspariva anche da altri mille particolari e soprattutto da come dirigeva la questura.

«Fra poco i giornalisti mi rifaranno le stesse domande per l'edizione di domani, e io continuerò a ripetere quello che vado dicendo da giorni.» Non fu una sorta di rimprovero a Ristori perché ancora non era arrivato a capo di nulla, né un invito a essere più solerte. Sapeva bene che in questi casi è inutile forzare i tempi, poiché si rischia di prendere dei grossi abbagli. E poi il commissario sapeva quello che c'era da fare e non si risparmiava. Era solo un modo per rendere partecipe una persona dei propri affanni e delle proprie seccature.

Dai colloqui in Maremma non erano giunte notizie particolari rispetto a quanto Ristori e i suoi uomini, più o meno, sapessero già; solo conferme di quei dissapori familiari su un'eredità: come ci sono in tutte le famiglie. Si poteva caso mai indagare sull'agenzia immobiliare che aveva promosso l'affare. E tenuto conto che i soldi in ballo erano molti, sufficienti a giustificare un rapimento e un'uccisione, qualcosa poteva venire fuori. Si poteva scoprire molto anche da accertamenti fiscali: affitti in nero, vendita a prezzi diversi da quelli denunciati, pagamenti dell'IVA approssimativi o inesistenti, sottofatturazioni e così via.

'Ma questo' pensò Ristori 'avviene nelle migliori agenzie' e non era ciò che cercavano.

Non ci volle molto per scoprire che l'agenzia e l'impresa edile avevano lavorato insieme nella zona altre volte: la prima cercava l'affare, la seconda effettuava i lavori e poi, concluso tutto, era di nuovo l'agenzia a occuparsi della vendita o dell'affitto degli immobili ristrutturati o a curarne la gestione. Ma era un reato questo? Di entrambe, comunque, Ristori richiese subito i tabulati delle telefonate.

'Nel frattempo' pensava Ristori 'il direttore del Tesoro avrà inviato la sua relazione con le proposte per i tagli al nostro commissariato, ma a questo punto chi se ne frega! Salvo e il Betti ci hanno rimesso la vita. E noi finiremo in quella bolgia che è la questura centrale. Ma questo sarebbe il meno'.

Ristori era un po' triste e amareggiato, mentre tornava a casa con l'auto seguendo il flusso del traffico lento e uggioso, come i suoi pensieri, in quell'ora serale.

Non sembrava emergere niente dalle indagini e dai riscontri che effettuavano: una pista privilegiata non c'era. Eppure qualcosa doveva venire fuori: il caso era sempre al centro dell'attenzione dei media, i giornali continuavano a parlarne in prima pagina, a fare ipotesi, a richiedere interviste su interviste. Gli dispiaceva poi che il questore fosse sempre costretto a tamponare la situazione, si sentiva un po' in colpa nei suoi confronti. Cosa aveva trovato sino a ora?

Quante volte con Russo e Guarducci si erano messi a fare il punto della situazione, a riepilogare la trama dell'indagine, a ripercorrere i tanti fili della tragedia, e ogni volta appariva la necessità di ulteriori accertamenti, di verifiche, di controlli, e ancora di indagini su questo o quell'aspetto, che poi temevano non avrebbero portato a niente. Forse il caso sarebbe finito tra i tanti crimini irrisolti della città.

Rientrato a casa, notò che era tutto pronto e apparecchiato per la cena. Andò in camera a cambiarsi, mentre la moglie lo seguiva premurosa e attenta, e si informava se c'erano novità sul caso e se il viaggio in Maremma aveva prodotto risultati. Le riepilogò in quattro battute quello che avevano trovato e sottolineò che, al momento, non era emerso niente degno di rilievo.

Carla chiamò la figlia perché la cena era pronta, ma lei era impegnata in una telefonata che sembrava coinvolgerla molto. Si sentivano risatine e bisbigli alternati a lunghi silenzi.

Più tardi, seduti davanti alla tavola apparecchiata, mentre Carla toglieva dal forno uno sformato di verdure, Elisa, con gli occhi brillanti e un ricciolo che le scendeva sulla fronte sul viso, annunciò: «L'ultimo dell'anno andrò a Perugia. Un ragazzo, che ho conosciuto quest'estate al mare, farà una festa a casa sua e mi ha invitato.»

«A Perugia?» domandarono all'unisono Ristori e la moglie. Carla, la cui ansia traspariva in viso, dichiarò categorica: «Non ci pensare nemmeno! Chissà chi è questo ragazzo. Tu da sola in mezzo a persone che non conosci!»

Elisa, con le guance rosse e gli occhi infiammati, rispose con voce un po' troppo alta: «Sono grande e posso decidere da sola!» Si alzò da tavola e tornò nella sua stanza.

«Dovremo rassegnarci a lasciarle vivere le sue esperienze, non potremo proteggerla per sempre» concluse Carla sconsolata e il commissario annuì senza troppa convinzione.

21

«Guarducci! Che te ne pare?» Ristori con gli ultimi tabulati in mano sembrava un po' deluso, allorché si era affacciato nella stanza del collega per sentirne le impressioni.
«Tutti hanno fatto più o meno la stessa cosa. Hanno comunicato all'interlocutore quella che per loro era una grande
notizia.»

«Certo. Solo per noi non è una notizia quando la polizia
ti viene a parlare, a interrogare a casa o al lavoro per via di un
rapimento e di un omicidio.»

Non è che si aspettassero che qualcuno dicesse chiaro e
tondo il nome e cognome del killer, era più che logico quello
che stavano leggendo nei tabulati delle telefonate di chi era
stato messo sotto controllo.

«E poi, probabilmente, chi è coinvolto nell'omicidio non
va certo a dirlo al telefono.» Il commissario annuì, tanto la
conclusione era logica e scontata.

«Vediamo se Antonio ci porta qualche novità sul segretario di prefettura ricavate dal colloquio col direttore
di banca.»

Il commissario si avvicinò alla tenda della finestra e vide Marilete uscire con rabbia dal ristorante, sbatté la porta
in faccia a Vitaliano e salì sul taxi che aspettava, sbattendo
con violenza anche la porta dell'auto. Chissà, doveva averne combinata un'altra delle sue al povero Vitaliano che, a
pranzo, gliel'avrebbe senz'altro raccontata. Ma ora non aveva proprio voglia di sentire chiacchiere.

Antonio entrò poco dopo: aveva i capelli neri coperti di gel. Prima che gli chiedessero com'era andata, lui esclamò: «Siamo sempre lì lì, con l'acqua alla gola. Ogni mese, quando il segretario di prefettura va in rosso, interviene qualcuno che a colpi di 10 mila euro per volta riequilibra i conti.»

«E chi sarebbe questo benefattore?»

«Una zia, una sorella della madre che ha una grande disponibilità finanziaria e che quasi ogni mese mette mano al portafoglio e aiuta il nipote. Del resto lui è l'unico erede e tanto vale che i soldi glieli dia ora, piuttosto che in eredità dopo la morte, ormai vicina: la donna ha oltre 90 anni.»

«E con la borsa come va?»

«Dipende: non è che perda sempre, ogni mese scommette su come terminerà il mese borsistico e, in base a questo, compra o vende opzioni. Così mi ha spiegato il direttore, ma in realtà non è che ci abbia capito molto, non so nemmeno cosa siano queste opzioni. Il direttore di banca mi ha detto che sono prodotti finanziari. In sostanza è come una scommessa: se in quel mese indovini cosa fa la borsa, cioè se sale o scende, guadagni. Sennò perdi. Lui a volte ci azzecca, a volte no. Diciamo che è più o meno in pari. Niente guadagni, ma neanche perdite. Quest'anno sembra in lieve attivo, ma non da mantenere tutte le persone a suo carico. È questa zia che paga.»

«Come vedi» disse Ristori a Guarducci «c'è poco da indagare anche lì.»

«Dopo pranzo ho appuntamento con l'ultimo inquilino con cui non avevo parlato.» Da come lo disse, parve far intendere che neanche da lì si aspettava novità particolari. Ma non poteva far trapelare un clima di sfiducia, una fase di impasse, e subito dopo riprese.

«Va bene. Continuiamo a indagare pazientemente sui nomi che abbiamo e poi su ogni altra persona con cui questi abbiano avuto contatto. Vediamo anche se riusciamo a risalire a chi possiede il telefono criptato. Al momento non c'è molto altro da fare. Speriamo che i tabulati di stasera ci dicano qualcosa in più e che salti fuori qualche altra pista: questo è quello che abbiamo al momento.

E nel frattempo, noi andiamo a trovare i nipoti del Betti. Passiamo dai lungarni: forse ci fa bene fare due passi e riflettere un po'.»

Antonio sapeva bene cosa voleva dire questo. Sapeva che passeggiare era per il commissario un modo per immergersi nell'indagine, per commentare i colloqui avuti, le figure incontrate, per scavare, vagliare, riflettere e riesaminare di nuovo tutto il materiale. E cosa di meglio, a questo punto, di un'incursione inaspettata e inattesa a metà mattina a casa dei nipoti del Betti?

Presero via Calzaiuoli. I vari locali di ristorazione stavano disponendo i loro piatti con grandi pizze, già suddivise a triangoli, o ampi vassoi con insalate di ogni tipo per la pausa pranzo. E già qualcuno, in piedi o seduto, stava gustando quelle vivande, irresistibili alla vista.

Giunti in piazza della Signoria, proseguirono verso l'Arno passando dalla Galleria degli Uffizi. I turisti e i fiorentini non erano ancora molto numerosi, come sarebbe accaduto nelle ore successive. Gli immigrati invece erano lì già da tempo: ognuno con il suo contenitore di cartone in cui c'erano i vari ninnoli, per lo più occhiali, orologi, borse, cd, tutti falsi, che stendevano sul selciato davanti alla fila sempre lunga e ordinata di chi aspettava di entrare nel museo. All'apparire di una gazzella dei carabinieri o della polizia, facevano finta di chiudere la propria mercanzia, per riaprirla non appena quest'ultima si fosse allontanata. Nel caso di un'operazione più drastica, gli extracomunitari si sarebbero messi in fuga, disperdendosi fra i turisti. Con i vigili urbani invece era diverso, erano loro a far finta di non vedere, o a lasciar correre, a meno che il sindaco o un assessore non avessero deciso di usare la mano forte, di applicare la tolleranza zero, e allora per qualche giorno, al massimo per una settimana o due, sarebbero spariti e si sarebbero spostati in zone meno controllate, per riapparire quando fosse tornato un clima più disteso.

22

Nell'androne del vecchio palazzo in cui abitavano i due nipoti del Betti si respirava un'aria sgradevole, un misto di odori mal definibili, fra i quali prevaleva quello di detersivo, che non riusciva però a coprire gli altri, accumulati in decenni. Ci voleva ben altro della veloce pulizia appena fatta da un anziano, che arrotondava così la sua magra pensione. L'uomo si spostava con la sua bici, sulla quale portava una scala e un secchio celeste, con dentro qualche flacone di detersivo.

Si affacciò un giovane di oltre 30 anni, spettinato, la barba un po' lunga, i vestiti trasandati.

«Di cosa vivi?» andò subito al sodo il commissario, dopo essersi presentato con i soliti preamboli.

«Di lavoretti; un po' studio, un po' faccio consulenze, qualcosa capita sempre. E poi mi aiuta mia madre.»

«Sì, sappiamo tutto, abbiamo parlato con lei ieri pomeriggio.»

«E allora che volete da me?»

«Hai qualche idea o sospetto sulla scomparsa di tuo zio?»

«Che volete che ne sappia, sta a voi ritrovarlo.»

Aveva i modi da duro, ma il commissario si era fatto la stessa idea di sua madre: che fosse un fallito che giocava a fare il duro.

«Non vi frequentavate?»

«Più che altro quando veniva al paese. A Firenze non ci si vedeva mai. Ambienti troppo diversi.»

«E il tuo quale sarebbe?»

«Quello dell'università, dei centri sociali, delle biblioteche, dei pub.»

Non si piacevano reciprocamente e si intuiva. Ma se gli fossero dovuti piacere tutti quelli che interrogava sarebbe stato fresco il commissario.

«Sapevi che tuo zio sosteneva il progetto della cooperativa sociale?»

«Sì. Anche se non mi piaceva, come non piaceva a mia madre.»

«Preferivi vendere e metterti i soldi in tasca?»

«Certo, che domande. E poi ognuno facesse quello che voleva dei propri soldi: anche darli tutti in beneficenza.» Rivelava un'asprezza non priva di logica, anche se fino a ora, almeno a sentire la madre, non aveva dato prova di possederne molta.

«Anche tuo fratello vive come te?»

«E come vuole che viva.»

«Dov'è ora?»

«Non lo so, all'università, a fare qualche lavoretto, forse ad aiutare un amico a sgomberare.»

«Quanti esami ti mancano alla laurea?»

«Farebbe prima a chiedermi quanti ne ho dati. Ma si può sapere cosa vuole da me?»

«Fai legge no? Vuoi che te le faccia in commissariato queste domande, con tanto di avviso di comparizione?»

Soffiò con aria scocciata, quasi a dire: "Ci mancherebbe anche questo". La casa era sciatta, trascurata, sporca. Uno squallido trilocale per studenti come ce n'erano tanti sul mercato immobiliare e che facevano la fortuna dei proprietari, che richiedevano affitti da capogiro.

«Quanto paghi per questo buco?»

«Per la mia camera, dove sto con mio fratello, 400 euro al mese, più le spese di condominio e i consumi. E altrettanto pagano per l'altra camera. Il tutto a nero naturalmente. E sa chi è il proprietario?» Ristori sorrise, quasi intuendo la risposta. «Un maresciallo della finanza. E poi dicono che vogliono stroncare gli affitti in nero.»

«Sicché ti tocca darti da fare per racimolare una tale sommetta.»

«Va bene che la divido con mio fratello e che la mamma ci aiuta. Ma non si vive certo nell'oro.»

«Dov'eri la sera di mercoledì scorso?»

«Dove sono tutti i mercoledì. Servivo ai tavoli della pizzeria Globus. Controlli pure.» Ristori guardò Antonio, più che per accennargli di controllare, che Antonio avrebbe fatto senza bisogno che il commissario glielo ricordasse, per vedere se condivideva la sua impressione che quei ragazzi non erano certo in grado di mettere in piedi un rapimento e un omicidio.

«A indagare, ne verrebbero fuori di cose» fu la prima cosa che si dissero uscendo da quella casa, abbandonando quelle scale maleodoranti a ringhiera e quell'androne che provocava loro quasi un'oppressione mentale, oltre che fisica. Si avviarono verso i lungarni.

«Sì, ma tutta roba piccola; si sa che vivono di espedienti, come ci ha detto la madre, forse anche di qualcosa legato alla droga. Fa il cameriere no? Ma ora non è il momento di occuparsi di queste minutaglie. Loro operano in un mondo troppo piccolo, anche se non sempre onesto, rispetto a quello che cerchiamo noi.»

«Però una bella denuncia a quel maresciallo della finanza che gli affitta in nero l'appartamento gliela farei.»

«Sai quanti ce ne sono a Firenze? Ora dobbiamo pensare ad altro.»

«Tuttavia non li escluderei dai non sospettabili: chissà cos'altro fanno, cosa ci nascondono, cosa possono aver combinato.»

Certo che li avrebbe tenuti presente, Ristori; non avrebbe scartato nessun indizio, nessuna pista, ma qualcosa gli diceva che non era quella la pista giusta.

«In ogni caso, i loro telefoni sono già sotto controllo e i tabulati ci arrivano stasera.»

L'Arno scorreva placido come sempre, una canoa lasciava sull'acqua coppie di anelli simmetrici e perfetti a intervalli regolari. I pullman a motori accesi facevano scendere frotte di turisti. Li avrebbero ripresi la sera, dopo aver fatto code interminabili agli Uffizi, al museo dell'Accademia o ai tanti luoghi d'arte disseminati in città. Senza poi dimenticare il giro per il centro storico.

«E poi sarebbe stato un omicidio inutile quello del Betti. Perché ucciderlo, se non voleva vendere quei ruderi all'agenzia. Se fratello e sorella non erano d'accordo, la cosa più logica era vendere al miglior prezzo e spartirsi la somma. Se poi il Betti voleva donare tutto alla sua cooperativa sociale, chi glielo impediva? Eliminarlo per prendere anche la sua quota di eredità non mi sembra realistico. Poi una sorella non lo avrebbe fatto né consentito.»

«E se fossero stati i due figli a progettare e a dare il mandato ad altri del rapimento dello zio? La loro famiglia avrebbe ricavato un altro milione, quello dello zio scomparso, più i soldi dell'eredità del Betti: i suoi risparmi, la sua casa e altri beni, se ne possedeva.»

«Un rapimento con omicidio, per impossessarsi non solo della recente eredità, ma anche degli altri beni della vittima? Certo. Ma a questo punto perché eliminare anche Salvo?» Non era facile trovare un piano unico che spiegasse i due delitti.

Erano arrivati all'altezza del Ponte Vecchio, la canoa di prima vogava sicura e spedita in lontananza, sempre più piccola. Poco più avanti si stagliava la sagoma imponente di Palazzo Vecchio, con la torre dell'Arnolfo proiettata verso un cielo quasi completamente sgombro di nuvole. Poco più in là il Duomo, verso il quale si dirigevano per rientrare in commissariato.

Vi giunsero che era quasi mezzogiorno e salirono le scale con la speranza che gli incroci fra i vari dati, ai quali avevano lasciato il Guarducci, avessero nel frattempo prodotto qualche risultato.

23

«In effetti qualche nome, qualche targa ricompare» non era né contento né demoralizzato il Guarducci nel parlare, mentre faceva un po' di ordine fra i fogli ai lati del computer «due o tre in tutto».

Erano targhe di auto venute fuori dalla lunga scrematura e intestate ai residenti dei palazzi vicini.

«Ignazio Surace di anni 64, Simone Pezzatini di anni 38 e Giulio Fioravanti, di anni 54. Sono questi i tre condomini che, la sera in cui il Betti veniva rapito, giravano con le auto nei paraggi della loro casa.»

«Niente di irregolare, né di anomalo» intervenne Antonio.

«E infatti non vuol dire nulla» disse il commissario. «Si potrebbe chiedere loro se avessero notato qualcosa di strano quella sera, dato che erano usciti più o meno quando il Betti spariva. Però li abbiamo già sentiti.»

«Oddio, a domande più precise e circostanziate, forse potrebbero ricordarsi qualcosa.» Antonio aveva un che di inquisitorio nel parlare.

«Cioè? Che tipo di domande?»

«Dove stava andando la sera del misfatto e poi controllare se era vero. Se le persone, che coinvolgono, confermano.»

Pareva troppo facile al commissario ma sapeva bene, anche per lunga esperienza, che niente andava trascurato e a volte le soluzioni ai crimini nascevano da indizi, tracce o dettagli anche labili.

«E poi siamo sicuri che di nomi ci siano solo questi?»

«No, no. Stiamo lavorando a tutti gli incroci possibili, per esempio, della maestra in pensione, la dirimpettaia del Betti, la signora Iginia. Ci ha detto di avere un figlio che non risiede lì. Cerchiamo il nome, la targa dell'auto, vediamo se possiede altri mezzi intestati a lui ecc., e inseriamo i dati nel database. Lo stesso facciamo con le persone in contatto con il Betti, che sono molte, dai giornalisti, agli addetti dell'agenzia immobiliare, a quelli della cooperativa sociale, al segretario del prefetto, ai suoi possibili "agganci" nei vari settori della città. Sa, lui si occupava di tutto.»

«Il lavoro è lungo, paziente e noioso.»

«Quando pensi di avere qualche altra notizia da questi ulteriori incroci?» chiese Ristori, comprendendo che stare al computer a digitare targhe, nomi, dati era un lavoro ingrato.

«Dipende dai nomi che si inseriscono. Ogni tanto me ne viene in mente qualcun altro. Controllo, mi informo, telefono per avere ragguagli. Apro il file della motorizzazione per prendere le targhe. Un po' di tempo ci vuole. Ora mi ha detto dei due figli della sorella: verificheremo anche quelli. Se hanno auto a loro nome, se ne hanno prese a noleggio, se abitano insieme ad altri e così via. Se non vengono fuori tanti altri nomi, entro domani potremmo concludere. A meno che nel frattempo non ne compaiano altri ancora, con lui non si finirebbe mai: era uno che partecipava a mille iniziative. A forza di incrociare dati finiremmo per coinvolgere tutta Firenze. A un certo punto bisogna potersi fermare.»

«Sì è un lavoro ingrato, di quelli che rischiano di farti perdere il contatto con la realtà e alla fine di allontanarti dal cuore del problema. Ora però chiudete tutto e andiamo a mangiare.»

Scesero le scale del commissariato e si avviarono verso il bar pizzeria ristorante, pochi metri a destra dello stabile. Appena Marilete li vide, andò loro incontro e si prodigò in saluti e complimenti, specie verso il bell'Antonio, al quale mostrava lo splendido decolté quando si chinava a porgere un piatto, un bicchiere, le posate o altro. Al commissario chiese se erano riusciti 'a buscar el assassino de Salvo'.

Vitaliano aveva subito approfittato della presenza di Guarducci per commentare con lui la partita della sera prima, la splendida vittoria della Juve: il miglior attacco, il miglior centrocampo, il miglior portiere. Ma Marilete voleva metter bocca anche nel calcio: per lei il Brasile era la squadra migliore in tutto. Certo, quando si parlava di calcio non le si poteva dare torto: i brasiliani, almeno tecnicamente, sono i migliori, ma come gioco di squadra talvolta lasciano a desiderare. E così Marilete non aveva resistito e, per entrare nel discorso, aveva urlato: «Tanto Nymar è migliore di tutti i vostri juventini e di tutti i jogator italiani!»

In sala si era sentito un brusio: chi rispondeva che era meglio Rossi, chi Pirlo, chi Balotelli. E poi lo volevi confrontare con Messi? Anche il bell'Antonio agitava la mano in segno di protesta. Per Vitaliano si trattava di non inimicarsi i clienti, che non si spostassero in uno dei tanti ristoranti della concorrenza. E ora quella matta, con le sue intemperanze calcistiche, rischiava di farglieli perdere. Già doveva stare attento a non parlare troppo bene della sua Juve, lì nel cuore della città viola. Se ci si metteva anche la moglie, il rischio di perdere i clienti aumentava fortemente. Doveva almeno controbattere Nymar.

«Ma se gioca riserva nel Barcellona, cosa vuoi!» disse rivolto a Marilete.

«Ma va, va, va! Che reserva! Gioga siempre titolar!»

Vitaliano emise quasi un muggito: la voleva trascinare in cucina.

Guarducci allora, per rimettere le cose a posto, sentenziò: «Finale del prossimo mondiale: Brasile-Italia!»

Vitaliano colse l'occasione per mettere tutti d'accordo, e urlò: «E se vince l'Italia offro da bere a tutti i miei clienti!»

Marilete aggiunse: «Se vince o Brazil yo mi spoglio qui nel locale!»

"Tu non ti spogli!" ringhiò Vitaliano. Poi l'orgoglio per avere una moglie così procace, il desiderio di essere invidiato da tutti e di far vedere le bellezze della sua donna ebbero la meglio e lo fecero quasi recedere.

"Beh, vediamo..."

Tutti applaudirono. E finalmente si poté mangiare.

Quante pizze avevano mangiato lì, in quello stesso tavolo. Quanti discorsi, quante riflessioni, quanti progetti, quante battute, quanta vita era trascorsa fra quei tavoli. E ora Salvo non ci sarebbe stato mai più. Al commissario era passata la voglia di mangiare. Non avesse già ordinato la pizza sarebbe andato via, ma vide che Marilete stava avanzando verso di loro con i piatti. Al bell'Antonio lo consegnò per ultimo, con un inchino plateale, tanto che la pizza stava quasi per scivolare dal piatto. Quando se ne fu andata Antonio esclamò sottovoce: «Io a quella che le farei.»

«Tu non le farai nulla.»

«Scusi, commissario. Facevo così per dire!»

«Bravo!»

Rientrati in commissariato ripresero il lavoro da dove l'avevano lasciato.

«Quasi tutti quelli su cui indaghiamo potevano avere motivi di rancore o dissapori col Betti: dai nipoti, forse anche dalla sorella, ai destinatari dei tanti articoli che scriveva, alla prefettura o, vai a saperlo, a chissà chi ancora. Ma, se questi sono i motivi, hanno scatenato reazioni eccessive: non si ammazza un uomo per così poco.»

«Così poco o così tanto» intervenne Guarducci «con la storia dell'eredità ci sono milioni in gioco.»

«Sì, è vero, ma mi sembra anche lì una reazione sproporzionata. E poi perché ammazzare Salvo?»

E un nodo di malinconia gli prese la gola.

24

Forse poteva sembrare un'imprudenza che Ristori uscisse senza nessuna scorta, anche se lo faceva spesso. C'era pur sempre in giro un killer spietato e determinato che aveva già ucciso e che non avrebbe esitato a farlo di nuovo.

Fu per questo che Antonio, appena Ristori telefonò dicendo dove sarebbe andato quella mattina, si fiondò subito al cimitero. Prese la moto, una delle due in dotazione al commissariato, per fare prima nel traffico mattutino e arrivò che il commissario non era ancora giunto, almeno davanti alla tomba di Salvo. Vide però la compagna, Rosalba, raccolta: doveva essere lì dall'apertura. Poco dopo vide arrivare anche Ristori. Antonio si fece da parte, non voleva interferire tra i due; a lui bastava solo stare nei paraggi, anche senza farsi riconoscere, pronto a intervenire qualora ce ne fosse stato bisogno. Li vide baciarsi sulla guancia, da vecchi amici quali erano. Intuì che Ristori dovesse sentirsi a disagio, come si sarebbe sentito lui davanti alla vedova.

«Ciao Rosalba.» Non gli venivano altre parole e provò con un «Come va?»

Ma che bisogno c'era di parlarsi? E cosa avrebbe potuto rispondergli lei?

Dopo aver sistemato la tomba e i fiori, ma erano sempre freschi quelli che trovarono, si misero a parlare del più e del meno.

«A scuola ho preso un po' di aspettativa, chissà se poi avrò voglia di ritornarci. E poi mi manca poco alla pensione: forse tiro avanti qualche altro anno e me ne vado.»

«E a casa cosa ci fai? Avevi tanti progetti.»

«Sì, ma ora è tutto cambiato, tutto» disse lei insistendo su quest'ultima parola. Ristori scosse un po' la testa, era superfluo aggiungere altro.

«Sì, un po' mi dispiace, in fondo è sempre una fase che si conclude. I ragazzi, i colleghi: tutto finisce.»

E gli occhi le si velarono di un lieve luccicore. Era forte Rosalba, lo era sempre stata, ed anche ora non smentiva questo aspetto del suo carattere.

«Non ti metterai a fare la pensionata» azzardò cautamente Ristori, forse per dire qualcosa, per tenere vivo un embrione di discorso.

«Mah! Staremo a vedere. Certe cose mi dispiace davvero lasciarle. Ma non ho più la testa per farle. E poi ho i genitori di Salvo a cui badare. Non mi aspettavo proprio che la mia vita finisse così. Quella di Salvo poi.»

Ristori abbassò la testa: cosa poteva dire in questa circostanza? Stettero qualche minuto in raccoglimento, in mezzo a un oceano di altre tombe.

«Eppure mi piaceva la scuola, i colleghi, le tante iniziative, anche il progetto per il quale mi sono dannata tanto pur di portarlo avanti. Adesso mi rendo conto di non avere più l'energia per proseguire.»

«E in cosa consisteva questo progetto?» chiese Ristori, anche se Salvo glielo aveva accennato più volte, sottolineando come la compagna gli stesse dando l'anima.

«Era un progetto didattico dal titolo *Che nessuno dimentichi!*: ci tenevo molto, ma ormai non ce la farei più. Occorrono determinazione, entusiasmo, voglia di lottare. Ora non ho più niente di tutto questo. Bisogna vedere tanta gente, organizzare incontri, eventi, educare i giovani al ricordo, al senso della giustizia.»

«Interessante! E in pratica, in cosa consisteva?»

«Avevo deciso di ricordare ai ragazzi di quinta, ma poi il discorso si stava allargando anche ad altre classi e piano piano al quartiere, al comune, forse anche più in là, le ingiustizie impunite, le tante vittime della storia. Da questo scaturiva l'esigenza di non dimenticarle, l'impegno a contribuire affinché chi ha commesso atrocità paghi le proprie colpe e tutto non venga dimenticato, come sta accadendo ai giorni nostri.»

Ristori non trovò di meglio che ripetere un banale 'Bello!', mentre lei riprendeva un po' di tono nel riepilogargli ciò che era appena nato e decollato, e ora, come il suo compagno Salvo, stava già seppellendo.

«Avevo in programma di dedicare ogni anno a un'ingiustizia dimenticata, a una violenza non punita, a una sopraffazione non riscattata, in modo che i giovani portassero forte nel loro cuore l'esigenza della giustizia. Che qualche valore, insomma, la nostra generazione lo lasciasse in eredità ai giovani, invece dell'abbrutimento al quale assistono ogni giorno con la tv e Internet!»

«E quale era la prima infamia che volevate ricordare e per la quale chiedevate ancora di fare giustizia?»

«Quest'anno era la strage di Sabra e Chatila, compiuta nel 1982 con la collaborazione degli israeliani in Libano da Sharon che all'epoca era il loro generale. Per il prossimo anno c'era in programma quella contro i generali argentini di plaza de Mayo, le madri e le nonne coraggio. Poi in futuro altre ancora.»

Ristori le ricordava vagamente entrambe. La storia di Sabra e Chatila, più che altro perché gliene aveva parlato Salvo, riferendosi al lavoro che stava facendo la compagna. Le chiese qualche ulteriore dettaglio.

«Gli israeliani entrarono in un campo profughi palestinese, lo circondarono, ne impedirono la fuga e l'accesso a

chiunque, poi ci andarono i loro scagnozzi, le falangi libane-
si, a sgozzare tutti i residenti. Si parla di un numero di vittime da 1000 a 2000, per lo più donne, bambini, vecchi. Tutti
uccisi casa per casa. Una vergogna, uno scandalo mondiale
sul quale non si è mai fatta giustizia. Sharon fu allontanato
dal potere per un periodo, poi è tornato tutto come prima.»

Il cielo continuava a essere quasi sgombro di nubi come
nella giornata precedente: si era solo alzato un po' di vento
che induceva a coprirsi bene.

«Non che questa ingiustizia sia l'unica: magari! Ce ne
sono tante nel mondo. Ma partire da questa mi sembrava l'i-
nizio migliore.»

Ristori lasciava che Rosalba parlasse, gli sembrava che si
stesse leggermente accalorando via via che rievocava quella triste vicenda e che tornasse a essere quella di un tempo,
quando c'era ancora Salvo. Più determinata e vitale di lui,
priva di quella saggezza mediterranea che talvolta conduce
al fatalismo, alla flemma, all'apatia, come capitava a Salvo,
lei era molto più combattiva ed energica. Forse proprio per
questo carattere diverso s'erano messi insieme e andavano
avanti alla grande.

«E avevate qualche risposta al vostro progetto, a scuola o
a livello sociale?»

«Eravamo agli inizi, ma i ragazzi ne erano entusiasti: forse hanno un maggior senso della giustizia di noi. E poi se ne
era parlato nel quartiere, alla casa del popolo, erano venute
alcune forze politiche del Comune, da Rifondazione comu-
nista a Comunione e Liberazione a esprimerci la loro solidarietà. Sì, la cosa piaceva, interessava, questi temi cominciavano a diffondersi e a circolare anche a livello cittadino.»

«Ma allora non devi abbandonare questo progetto, devi
portarlo avanti!»

«No, non me la sento più. Non ho più voglia di nulla.»

«Ora lo posso capire. In questa situazione... Ma non devi mollare. L'idea è nobile, il progetto è bello, la finalità stupenda. Che nessuno dimentichi!»

«Ma ora mollo tutto. Se rimanevo a scuola poteva avere un senso, contribuiva anche a far conoscere la storia più recente, quella di cui i giovani non sanno niente, quella che non si arriva mai a studiare a scuola. È parecchio se si arriva alla seconda guerra mondiale. Poi, più niente: lo zero assoluto. Diamo un diploma di maturità a ragazzi ai quali, della nostra storia più recente, non insegniamo nulla.» Le si leggeva negli occhi che ormai per lei il discorso era chiuso.

«Ma così no, non ha più senso. Sarà qualcun altro a riprendere il progetto, se vorrà. Ma non credo, almeno a scuola mia. Siamo tutti oltre la cinquantina. Chi vuoi che si metta alle spalle un tale carico. Io lo facevo con entusiasmo. Avevo tempo, sono senza figli.»

«Che peccato» disse Ristori mentre stavano percorrendo il viale del cimitero, non senza aver prima completato i piccoli gesti di amore e di affetto verso la tomba del compagno e amico.

«E dei genitori di Salvo che mi dici? Vorrei tanto andare a trovarli, ma me ne manca, come dire, il coraggio.»

«Che vuoi che ti dica. Lo puoi immaginare da solo come stanno. L'unico figlio. Ora mi occupo io di loro. L'ho giurato sulla tomba di Salvo che li avrei trattati come i miei genitori. So quanto teneva a loro e manterrò la mia parola fino in fondo. Anche per questo lascio la scuola: come potrei fare da sola?»

Quando si furono congedati all'ingresso del cimitero, Ristori andò verso il parcheggio che era proprio di fronte all'entrata, mentre Rosalba si diresse verso la fermata dell'autobus. Fu al parcheggio che Antonio si affiancò al commissario.

«Sapevo che saresti stato qui intorno, da qualche parte. Da quanto tempo eri qui?»

«Da quando è arrivato lei, commissario, non volevo disturbare il suo colloquio con Rosalba. Come sta?»

«E come vuoi che stia. Sta soffrendo tremendamente. Appena apre il cimitero, la mattina, viene a portargli i fiori. Ha giurato che si occuperà dei genitori di Salvo. Vuole andare in pensione. Non ce la fa più nemmeno con la scuola.»

Ma qualcosa di ciò che Rosalba gli aveva detto cominciava a inquietare il commissario. Non per via di lei e del suo dolore, quello era scontato, immenso e inconsolabile. Né per l'impegno di dedicarsi ai genitori di Salvo: era una donna leale e fedele. Anche se non erano sposati con Salvo ma, come si direbbe oggi, solo conviventi, per lei non c'era differenza. Aveva giurato sulla sua tomba di fare ciò che a Salvo premeva in assoluto: la cura dei suoi due vecchi.

No, la sottile inquietudine che il commissario sentiva nascere dentro di sé era legata a qualcos'altro: a quello che gli aveva appena detto Rosalba. Sentiva che poteva avere una qualche attinenza con la morte di Salvo.

Decise di parlarne al questore la sera stessa, dato che l'inquietudine suscitata dal colloquio al cimitero, anziché attenuarsi, si era andata rafforzando durante tutto il pomeriggio, trascorso come sempre al commissariato.

25

La sera si ritrovò con il questore Mastellone nella solita libreria antiquaria. Era vuota come le altre volte, ma il commissario Ristori cominciava a temere che collocarvi una microspia fosse la cosa più facile di questo mondo; se i suoi sospetti fossero stati fondati, sarebbe stato meglio parlarne fuori. Lo fece capire a gesti al questore e, dopo aver rivolto il solito saluto al libraio, che discretamente se ne stava fuori dal negozio per garantire la loro privacy, i due si incamminarono in direzione del commissariato, incrociando viandanti o turisti.

«Oggi ho incontrato la vedova di Salvo al cimitero. Mi ha detto che si è messa in aspettativa e che non pensa di tornare al lavoro, cercherà di andare in pensione appena possibile.»

Mastellone si mostrò molto interessato alle sorti della compagna di Salvo. Fece qualche domanda sulle sue condizioni, si offrì di interessarsi alla pratica per la pensione e per l'assegnazione del beneficio di legge concesso ai familiari delle vittime cadute in servizio, anche se sapeva che sarebbe stato molto difficile farglieli ottenere: lei non era la moglie ufficiale.

«Scusi se le ho chiesto di parlarle fuori. Il fatto è che la vedova di Salvo mi ha detto altre cose, per le quali temevo orecchi, per così dire, indiscreti. Mi ha detto che cessando il servizio abbandonerà anche un suo progetto didattico, del quale era la fondatrice e l'animatrice. Consisteva nel sensibilizzare i giovani a un maggior senso di giustizia, a non dimenticare stragi e violenze.»

«Ebbene?» chiese il questore incuriosito e mostrando segni di apprezzamento per quel progetto didattico di Rosalba.

«Ha ideato il progetto, partendo dalla vicenda palestinese e israeliana, e in particolare dalla strage di Sabra e Chatila del 1982. Non so se la ricorda.»

L'attenzione di Mastellone parve farsi più intensa, sia perché lo aveva colpito l'argomento legato alla questione mediorentale, che mostrò di ricordare con un cenno del capo, sia perché ancora non capiva del tutto quali fossero i legami con le indagini. E perché poi tanta prudenza.

«Capisce, signor questore, che andando avanti la cosa rischiava di avere sviluppi compromettenti per Israele. In questi ultimi anni hanno intensificato il loro messaggio sul giorno della memoria, sulla necessità di non dimenticare, sul dovere sociale di assicurare alla giustizia i responsabili dei crimini, a partire dalla Shoà, per la quale stanno ancora dando la caccia ai responsabili.»

Mastellone stava attento, forse cominciava a intuire dove sarebbe andato a parare il commissario.

«Ora però in quell'eccidio sono stati gli israeliani ad aver assunto il ruolo di complici dei carnefici, e cercano di farlo entrare nel dimenticatoio.»

L'attenzione del questore parve farsi ancora più intensa, forse ci aveva azzeccato, e capì che Ristori non aveva avuto del tutto torto a usare una certa cautela su questa vicenda.

«Adesso capisco perché non ha voluto parlarne in libreria» gli disse, mentre salivano le scale che portavano al commissariato.

Quando furono nell'appartamento dependance e Ristori aprì leggermente la finestra per far entrare un po' d'aria, il questore si stese rilassato sulla sua comoda poltrona.

«Beh! Certo» interloquì Mastellone «adesso che tocca a loro fare giustizia, non possono dire che il discorso della memoria, la caccia al criminale ora non va più bene. Quella strage va dimenticata.»

Il discorso filava liscio, con la sua logica stringente e inesorabile. Il questore parve dire: "Bella storia entra ora in mezzo a tutta questa vicenda" o anche "Bel casino ora viene fuori!"

Stette un po' in silenzio, poi riprese: «Ma arrivare a uccidere Salvo? Che c'entra lui con questa vicenda?»

«Vede, signor questore, Rosalba aveva cominciato a coinvolgere le forze politiche locali, comunali, aveva preso contatti con le parti interessate, era intervenuto anche un assessore. In programma c'era un incontro con un politico della Regione, aveva in mente di invitare le televisioni private, che già si erano dette disponibili, aveva preso contatto con Rai 3. Sa com'è Rosalba! Tutto entusiasmo, energia, voglia di fare: non è che stesse ferma. Un po' il contrario di Salvo in questo. La cosa cominciava piano piano a montare. Quale azione migliore, a questo punto, che bloccare sul nascere questa storia e le conseguenze che avrebbe potuto innescare.»

Mastellone aveva capito perfettamente tutto e aveva intuito che si apriva un'altra ipotesi investigativa accanto a quelle già in corso, e con gente abile, pronta, decisa, determinata, gente che non scherzava e che non dimenticava e sapeva agire.

«Eliminando Salvo avrebbero trovato il modo di far tacere la cosa, di spegnere sul nascere un focolaio pericoloso. La povera Rosalba da sola cosa vuole che faccia. E infatti ha già deciso di mollare tutto, proprio la reazione che, forse, volevano. Da sola poveretta!»

«Ma non potevano far fuori lei? Che c'entrava Salvo?» fu il dubbio che il questore espresse a voce alta.

«Ho pensato anche a questo, ma forse sarebbe stato troppo facile, troppo scoperto; e la cosa, alla fine, gli si sarebbe ritorta contro. Lei era molto legata a questo progetto, si sarebbero ricostruiti i fili della vicenda, si sarebbero individuati i collegamenti. Si sarebbe fatto troppo clamore sul caso. La sua opera sarebbe venuta fuori, ne avrebbero parlato i giornali e, in sostanza, ne avrebbero ricavato un danno maggiore. No, io ritengo che quello di eliminare Salvo fosse l'unico modo per bloccarla, per indurla ad abbandonare questa storia del massacro dei palestinesi, servendosi di una vicenda familiare e personale, in modo che nessuno potesse ricollegare le due storie.»

Si guardarono più volte, mentre le loro menti lavoravano a costruire il quadro completo della faccenda. Fu Mastellone a rompere per primo il silenzio: «Del resto la storia del crimine è piena di casi analoghi. Sì, piena. Così come bisogna avere il coraggio di ammettere che tutto questo probabilmente è solo una ricostruzione azzardata e ardita della nostra mente, che forse sono tutte nostre congetture, nostri lambiccamenti. Un suo fascino però ce l'hanno. Comunque, anche se fossero veri, non riusciremmo a dimostrarlo mai. Ha in mente cosa sia il Mossad, il servizio segreto israeliano, caro Ristori?»

«Certo, roba da far rizzare i capelli non solo ai nostri servizi, ma anche a quelli americani.»

Salutandolo il questore gli disse che l'indomani si sarebbero rivisti, come sempre, nello stesso appartamento, che era l'unico luogo sicuro o ritenuto tale. Ma dentro di sé, pensava già che più tardi gli avrebbe dato appuntamento in un altro luogo, ancora più sicuro di quello.

26

Il sabato sera, il commissario Ristori fu invitato a pescare, proprio quando meno se lo aspettava. Era sceso nel cortile del commissariato per prendere l'auto e tornare a casa, quando l'autista di Mastellone gli si fece incontro e gli disse che l'indomani mattina il questore voleva andare a pescare sull'Arno. Se non aveva niente di urgente da fare sarebbe stato felice di portarlo con sé. Se non prendevano i pesci, quanto meno avrebbero preso un po' d'aria buona.

«Ben volentieri!» rispose il commissario, intuendo che dietro quella richiesta c'era la necessità del questore di parlargli a quattr'occhi.

«Le va bene se domattina alle otto passiamo a prenderla?»

«Certo. Ma dica al questore che non si disturbi, posso farmi trovare dove desidera.»

«Non si preoccupi. Poi la riporterò a casa o al commissariato, quando si sarà stancato di pescare: il questore, in genere, rimane tutta la mattina.»

«Dove andiamo?»

«Non me l'ha detto: preferisce scegliere all'ultimo momento, anche in base al tempo che farà e all'umore. Cambia spesso posto.»

L'autista era seduto una ventina di metri più indietro, su un masso vicino alla riva, in una posizione comoda, e fumava tranquillamente, mentre più avanti il questore aveva finito di sistemare le sue canne e aveva rimesso a posto le scatoline che contenevano gli accessori per la pesca. Si era calato sulla testa una cappello, c'era una forte umidità e una discreta nebbia, che poi si sarebbe dissolta via via che il sole si alzava: per essere novembre, non era male e uno non si poteva aspettare più di tanto. L'odore forte della campagna e lo scorrere placido del fiume in una grande ansa conferivano un senso di pace e di tranquillità.

«Come avrà capito, caro Ristori, l'ho fatta venire qui, senza comunicarlo in anticipo nemmeno all'autista, perché volevo essere sicuro che nessuno ci potesse spiare. Ma lei l'aveva già intuito.»

Ristori abbassò la testa in segno di assenso.

«Se dunque dovessero essere stati quelli cui lei ha fatto riferimento l'altro giorno, capirà che la prudenza deve essere infinitamente maggiore che in altri casi.»

«Io ancora di questa pista, chiamiamola così "israeliana", non ho parlato con nessuno, nemmeno con Russo e Guarducci, come mi ha consigliato lei stesso di fare. So cosa vorrebbe dire.»

«È un'ipotesi grossa, forse esagerata e ingenerosa nei loro confronti, e con ogni probabilità irreale; ma dopo averci riflettuto, penso che non si possa escludere del tutto a priori. O quanto meno, dato che si indaga su due delitti, è bene non trascurare nulla. I termini nei quali lei ha impostato la questione non è che lascino molte alternative, c'è poco da fare: il progetto della vedova di Salvo rischiava di diffondere una macchia che gli israeliani preferirebbero si dimenticasse.»

Mastellone si era, nel frattempo, chinato per tendere la lenza della seconda canna, che si stava allentando. E forse, mai come ora, anche per non perdere il filo del suo pensiero, avrebbe voluto che un pesce abboccasse.

Si girò, anche per verificare che il suo autista fosse sempre distante così da non udire: «Ma c'è un'altra cosa ancora più inquietante, se quest'ipotesi dovesse risultare vera, e cioè che qualcun altro, dell'intricata e complicatissima questione mediorientale, possa inserirsi nella nostra vicenda per far ricadere su altri, in questo caso gli israeliani, la colpa di tutto. Vengono i brividi a ipotizzare uno scenario del genere».

I due si lanciarono sguardi intimoriti, sentendosi impotenti davanti a quello che si sarebbe potuto scatenare: troppo grande, complessa e assolutamente al di fuori della loro portata diventava tutta la vicenda.

«Non sarebbe la prima volta che una questione internazionale finisce per intrecciarsi alle nostre faccende interne, al punto da rendere impossibile distinguere la fine di una e l'inizio dell'altra. E lo lasci dire a me che, purtroppo, di queste cose mi sono dovuto occupare, mio malgrado. Del resto, tutti i grandi misteri della nostra storia recente, ancora irrisolti, non nascono forse dallo stesso calderone?»

Ristori non sapeva che obbiettare, se non chinare la testa angosciato dinanzi a tale scenario.

«Quindi se sono stati loro, soluzione possibile, ma ancora a livello di ipotesi, occorre la massima prudenza. Quando si ipotizzano implicazioni internazionali, la prudenza deve essere ancora maggiore. Occorre procedere con i piedi di piombo: ci sono questioni che è meglio non sollevare e pensarci due volte, prima di agire. Cosa di cui lei, da come mi ha parlato, è consapevole al cento per cento.»

«Non al cento per cento, ma al mille per mille, signor questore.»

«Non ne parli nemmeno con il mio autista. Le dica che abbiamo parlato dell'ipotesi investigativa relativa al segretario del prefetto e per questo dovevamo usare la massima cautela. È l'unica scusa plausibile che può giustificare questo nostro incontro: il mio autista, che non è certo uno sprovveduto, ha capito benissimo che se le ho voluto parlare tenendolo a distanza» e si volse a verificare che fosse sempre lì, sul masso, stavolta con un quotidiano sportivo di colore rosa in mano «la faccenda doveva essere della massima gravità e riservatezza. L'indagine sui colleghi della prefettura può giustificare tale atteggiamento.»

Rimasero un po' a guardarsi, ma si capivano benissimo, non avevano bisogno di aggiungere altro. Non erano del resto cose che il commissario già sentiva, sapeva e condivideva?

Ristori rimase lì ancora una mezzora a guardare Mastellone indaffarato con le sue canne, e a scambiare due parole su questo e quello. Poi si avviò lentamente verso l'autista, non senza un moto di compiacimento per la natura che li circondava e per quell'ansa del fiume così placida, dove tutto invitava a pensieri e sentimenti opposti a quelli che percepiva interiormente. Il sole aveva dissolto quasi del tutto le nebbie del mattino e i colori apparivano tersi, chiari, ingentiliti dalla tenue nebbiolina che era rimasta qua e là, quasi un velo delle grazie sul grande fiume. Alberi e poggi nei primi giorni di novembre sembravano una tavolozza di colori, nella quale al verde e al marrone si alternavano casualmente macchie di giallo e di rosso. Questione di giorni, forse di ore, e per alcuni mesi sarebbe calata una mano di grigio a rendere tutto più tetro. Un martin pescatore volteggiò leggermente sull'acqua, prima di scomparire dietro la macchia.

Il commissario respirò profondamente e avvertì, ancora una volta da che era lì, i profumi forti della campagna, distinti e definiti, in contrasto allo stato delle indagini confuso, difficile e inquietante.

'Ma come si fa ad ammazzare con un paesaggio simile?' si chiese fra sé. 'Che i criminali non siano mai andati a pescare in un posto come questo?'

Cercò di evitare di farsi riaccompagnare a casa dall'autista, non voleva che il questore restasse solo neanche cinque minuti. Disse che avrebbe atteso il passaggio della corriera locale. Mastellone, a sua volta, non volle assolutamente lasciarlo ad aspettare. Alla fine concordarono che l'autista lo avrebbe portato al casello dell'autostrada e lì si sarebbe fatto accompagnare in città da una pattuglia della stradale.

In macchina Ristori scambiò con l'autista solo qualche battuta di circostanza, più che altro pettegolezzi di servizio e commenti alla partita della sera precedente. Fece anche qualche piccola confidenza sui problemi del segretario di prefettura, che l'autista apprezzò senza chiedere altro. Giunto al casello autostradale, Ristori chiamò la volante della stradale più vicina e si fece portare in commissariato, mentre l'autista con una brusca sgommata invertì la marcia e si rimise velocemente in strada per tornare dal questore.

27

La città era ancora semiaddormentata, lo scarso traffico della domenica mattina scorreva sonnolento e pigro: poche auto, pochissimi autobus, poca gente in giro, nessuno stress a guidare, semafori quasi tutti verdi. Troppo presto per le settimane bianche, troppo tardi oramai per il mare. Qualche gita fuori porta nei paesini dell'Appennino per qualche sagra delle castagne, dei funghi o della bistecca non smuoveva grandi masse di persone, nonostante il sereno continuasse da qualche giorno a trionfare sul grigio triste e uggioso di novembre. Neanche al seguito della Fiorentina, che giocava in trasferta con una squadra inferiore, si sarebbero mossi in parecchi. Che la domenica mattina fosse un giorno benedetto?

L'aria frizzante lo costrinse a sollevare il bavero del soprabito. Il cielo era quasi sgombro da nuvole, ma una nebbia sottile si appoggiava ai fianchi delle colline come un fumo leggero. Nel pomeriggio sarebbe certamente diventata più spessa e avrebbe ricoperto anche la città.

In poco tempo Ristori arrivò a destinazione e salì le scale del commissariato. Finché era in servizio, esso rappresentava una barriera alla sua lieve depressione, al morbo sottile da cui sapeva di non essere immune, specialmente in questa stagione di metà autunno, e contro il quale trovava rimedio solo se c'era sempre qualcosa da fare e un luogo pronto ad accoglierlo. Un luogo e un amico. Un luogo, un amico e un'attività sempre in svolgimento, con ritmi però non assillanti, che erano poi gli stessi che gli facevano apprezzare la vita. Ma l'amico ora non c'era più, il commissariato presto sarebbe stato chiuso e l'attività investigativa stava entrando in una fase molto delicata.

Con i suoi uomini il commissario Ristori non poteva dar segno delle proprie inquietudini. Non poteva far trapelare quanto provava nel cuore. Doveva mostrarsi attivo e determinato a proseguire l'inchiesta: spettava a lui il compito di dare ritmo a tutta l'attività investigativa. Era lui il cuore di tutto e guai se si fosse bloccato.

Chiese con tono determinato all'agente in portineria se c'erano novità, anch'egli rilassato nel torpore domenicale, e si chiuse nella sua stanza. Mise le gambe sul tavolo, reclinò un po' indietro la poltrona in tessuto nero e ripensò a ciò che, da qualche giorno, assorbiva ogni sua energia. Sentì un parlottare più forte nella stanza accanto, una lite fra due turisti stava degenerando. Si intromise, anche per uscire dai suoi pensieri, ma non rimase a lungo: era ordinaria amministrazione e lasciò che se la sbrigasse l'agente.

Rientrato nel suo ufficio si rimise a pensare al caso e ai possibili scenari che queste ultime acquisizioni potevano aprire. Dopo poco però uscì dal commissariato. Quando la smania diventava eccessiva non riusciva a star fermo, aveva bisogno di muoversi e di camminare.

Fu distolto dai suoi pensieri da una telefonata di Antonio: «La disturbo commissario? Mi hanno detto che è già passato dal commissariato. Io sono arrivato da poco. Forse c'è una novità; incrociando i dati del computer qualcosa è venuto fuori. Se mi dice dove si trova, le vengo incontro e ne parliamo.»

«Prendi via de' Servi. Io sono dalle parti del giardino D'Azeglio.»

Si videro a distanza proprio in mezzo a piazza Santissima Annunziata.

«Fra i nomi che sono venuti fuori dall'incrocio dei dati» Antonio pareva soddisfatto di aver trovato qualcosa «c'è un'anomalia, che forse vale la pena approfondire.»

«Dimmi» tagliò corto Ristori, più impaziente del solito, anche perché era forse la prima pista concreta che veniva dalle indagini.

«Ho riscontrato che, fra i condomini che ha interrogato, ce n'è uno con cui Salvo parlò quando fece il sopralluogo, ma che poi lei non ha incontrato.»

«Cioè? Salvo avrebbe parlato con qualcuno che io poi non ho incontrato? Può darsi, ce ne saranno stati anche più di uno, non è che io ho interrogato tutti quelli che erano in casa quando Salvo fece il suo giro.»

«Sì, ma vede ce n'è uno che mi ha insospettito, perché è un agente di polizia in pensione.»

Ristori aggrottò la fronte: «Lei ha parlato con il figlio, che è un impiegato di banca, ma quando ci andò Salvo in quell'appartamento, di persone ce ne erano due.»

«Sì e allora?»

«Allora ho cercato di sapere, in quella famiglia, come in tutte le altre, quali fossero le persone che erano presenti: i familiari, i visitatori occasionali ecc. In quella famiglia, formata dall'impiegato di banca e dalla moglie, il giorno che andò Salvo c'era anche il padre, che è stato un agente di polizia. Quando Salvo suonò la mattina verso le 11, prima di parlare con la signora Iginia, il figlio, impiegato di banca, sarebbe dovuto essere a lavorare, ma era a casa perché malato. Gli aprì la porta e lo fece entrare in casa il padre, l'agente di polizia in pensione, che era andato a trovare il figlio.» Ristori fece un lieve suono con la gola, per far capire che seguiva e che la cosa lo interessava non poco.

«Ho cercato il suo stato di servizio e ho trovato che per un certo periodo questo collega ha lavorato per i servizi segreti, perfino all'estero, anche se nei certificati non è specificata la località. Si chiama Angelo Marras. Con lui Salvo ha parlato, ma non c'era quando poi lei ha rifatto il giro dei condomini. Cosa ovvia, logicamente: il padre abita per conto suo da un'altra parte e non è che tutti i giorni va dal figlio.»

«Quindi sarebbe il caso di approfondire.»

«Quando Salvo ha chiamato, dicendo di aver trovato qualcosa, forse si riferiva al loro colloquio. Ora si stanno calcolando meglio i tempi, ma quello con il Marras dovrebbe essere stato abbastanza lungo, perché prima dell'incontro con la signora Iginia, con cui ha parlato fino alle 12, Salvo aveva incontrato solo altri sei condomini, con cui aveva conversato brevemente: roba da dieci minuti l'uno. Poiché Salvo ha iniziato verso le 9 di mattina, si deve essere intrattenuto abbastanza a lungo con il Marras.»

«Certo che ci vado a parlare» disse Ristori, mentre provava un sottile piacere all'idea che potesse essere questa la pista da seguire: meglio avere a che fare con i servizi segreti nostri che con quelli israeliani. «Bravo Antonio!» e fece un gesto di compiacimento nei confronti del suo agente, giovane e bello, ma anche scrupoloso e affidabile, che aveva trascorso tanti giorni al computer, e non aveva trascurato alcun dettaglio.

Si erano fermati nella piazza della Santissima Annunziata. Quasi quasi si sarebbe voluto fermare alla celebre pasticceria all'inizio di via de' Servi a prendere un caffè macchiato, una sfogliatella, e farsi incartare un po' di paste da portare a casa. Era pur sempre domenica. Ma la nuova ipotesi che gli aveva prospettato Antonio lo spingeva a rimettersi subito al lavoro.

«Intanto si potrebbe ricostruire il suo stato di servizio, vedere se è uscito del tutto dai servizi segreti o se continua segretamente a collaborare con loro, come fanno molti agenti ufficialmente in pensione. Si sa che per le esperienze, i contatti e i lavori sporchi, risultano molto più utili e affidabili loro dei pivellini. Ma non sarà facile scoprirlo.» Ristori intuì che anche Antonio ci aveva pensato, perché non era rimasto sorpreso dall'osservazione.

«Poi occorrerebbe vedere se la sera del rapimento del Betti questo ex agente era in casa e se aveva un alibi per quei momenti. Il tutto ovviamente con la massima discrezione.»

Sarebbe anche stato interessante sapere se era suo il cellulare criptato, informazione difficile da ottenere a meno che il proprietario non lo ammettesse. Ma questo era impossibile.

«Nel frattempo io potrei vedere negli archivi della polizia se c'è qualche incartamento a nome suo e se si hanno informazioni di qualunque tipo su di lui.»

«Certo! E finché non si trova qualcosa non ne parliamo con nessuno. È pur sempre un collega che ha raggiunto la meritata pensione e che fino a prova contraria non ha fatto nulla di male. Si sarà solo prodigato, come facciamo tutti noi, per l'ordine pubblico. Se invece dovesse esser coinvolto in questa storia, beh!, le cose cambierebbero.»

Si avviarono con passo deciso verso il commissariato, proprio all'angolo con piazza del Duomo, a dieci metri dall'ingresso, videro un gruppetto di extracomunitari che camminava rapidamente, qualcuno quasi di corsa, nella direzione da cui provenivano. Si stavano sottraendo a una delle tante "azioni di repressione del fenomeno della vendita abusiva in centro", o come diavolo veniva definita in gergo burocratico. Ebbe quasi istintivamente voglia di collaborare anche lui all'operazione dei vigili urbani, ma lo faceva sempre malvolentieri, sapendo qual era il tipo di vita di quei poveracci e non se la sentiva di girare ancora di più il coltello nella piaga. Si guardarono con Antonio e concordarono di lasciar perdere. Il tutto poi, lo sapevano bene, si sarebbe concluso con il solo sequestro della merce: qualche orologio, qualche capo d'abbigliamento taroccato, qualche cd. Avevano ben altro in mente, ben altro da fare che rovinare per quel giorno la vita, che era già tanto rovinata di suo, a qualche extracomunitario.

28

Poco dopo Antonio arrivò con la stampata del servizio dell'agente: «Angelo Marras, nato a Oristano nel 1957, residente a Firenze in via Vittorio Emanuele, coniugato con Rosa Manzo, un figlio nato nel 1979. In servizio dal 1977 al 1979 alla questura di Cagliari, dal 1979 al 1980 in quella di Roma. Dal 1980 al 1992 in quella di Perugia, dal 1992 alla data del pensionamento, nel 2012, di nuovo a Roma».

«Ha lavorato in tre o quattro questure.»

«Sono segnalati anche alcuni periodi di punteggio doppio, in coincidenza di non meglio precisati incarichi nei servizi segreti.»

Intervenne Antonio, mostrando al commissario il secondo foglio dello stampato, nel quale erano riportati i periodi in cui l'uomo aveva lavorato nei servizi segreti: dal 1980 al 1983 e dal 1987 al 1989 a Perugia. Dal 1996 al 1999 a Roma.

«Guarda che strano, quando il nostro questore era a Perugia c'era anche lui. Dal 1980 al 1985. Chissà se si sono conosciuti. Forse il questore lo ricorda.»

Si allontanò per rispondere un attimo al telefono, pensando già che al prossimo colloquio con il questore gli avrebbe sicuramente accennato a questo agente.

Lunedì sera fu lo stesso questore ad avvertirlo che dopo poco sarebbe arrivato in commissariato.

«Come le ho già detto, Ristori,» e intanto non poteva fare a meno di assumere nella consueta poltrona dell'appartamento segreto, adiacente al commissariato, la posizione più comoda e rilassata che potesse «se ritiene di percorrere quella pista di cui abbiamo parlato l'altro ieri, io sono al suo fianco fin da ora e per sempre.»

Mastellone non era certo uomo da non farsi amare e apprezzare dai suoi collaboratori, specie per questa sua capacità di condividere e appoggiare fino in fondo l'operato dei propri uomini, senza tentennamenti, come invece capitava con altri questori che spesso, per paura delle conseguenze, li lasciavano soli, dopo averli caso mai spinti a intraprendere alcune iniziative. Questori che non prendevano mai una posizione precisa, che alludevano sempre a qualcosa di poco definito che poteva essere in un modo ma anche nel suo esatto contrario, e si lasciavano in ogni azione una via di uscita, ma sempre e solo a loro esclusivo vantaggio.

«Almeno questo non è un fifone e con lui puoi parlare apertamente e con coraggio, non ti abbandona mai, ti senti le spalle protette» si era confidato più volte Ristori con i propri uomini.

«Non lo so neanche io se dare inizio a questo filone investigativo, signor questore. L'ipotesi è molto suggestiva, forse anche reale, ma non vedo ancora che legame possa esserci con il rapimento del Betti. Se hanno fatto fuori Salvo, che indagava sulla scomparsa del Betti, vuol dire che anche il Betti è stato rapito per la stessa storia. Ma da quanto sappiamo noi, il Betti non c'entrava molto con la vicenda israeliana. Aveva scritto sì un articolo sull'argomento, certo non benevolo per Israele, ma lo avevano fatto in tanti. Ci sono stati articoli e interpellanze a livello internazionale, ho visto su Internet che è stato girato anche un film d'animazione su quella tragedia, *Valzer con Bashir*. E allora mi viene il dubbio che andare a tirare fuori per questi delitti questioni così remote e complesse come quella di Sabra e Chatila sia fuori luogo e sia tutto frutto della nostra immaginazione.»

«Poi le capita di ripensarci e vede che quella ipotesi non è tanto peregrina, vero Ristori?»

«Proprio così, signor questore. Vedo che lei è anche un fine psicologo.»

«No! I suoi sono gli stessi dubbi che attraversano la mia mente. Neanche io, glielo confesso, saprei se avviare o no le indagini in questa direzione. A volte sarei pronto a partire subito. A volte mi sembra un'ipotesi investigativa del tutto fuori tema, fuori logica e assurda.»

«E allora che facciamo?»

«A saperlo!» disse Mastellone con un'aria incerta, che ora contrastava palesemente con quel senso di rilassatezza che aveva manifestato prima.

Ristori andò verso il mobile bar a prendere qualcosa da bere. Era in quei momenti che ci voleva un cognacchino. Mentre stava offrendo il bicchiere al questore, gli accennò all'agente di Perugia: «Come ha detto che si chiama?»

«Marras, Angelo Marras. È un uomo di quasi 60 anni, in pensione da due anni.»

Mastellone si mise a riflettere per vedere se quel nome gli diceva qualcosa, mentre Ristori ne sintetizzava rapidamente i tratti fisici, quelli che aveva ricavato dalla foto, dato che ancora non l'aveva incontrato.

«Può darsi benissimo che l'abbia conosciuto. Il nome è piuttosto comune in Sardegna. Di agenti ne ho conosciuti a centinaia. Tutti non posso ricordarli. Poi sa, a una certa età, viene sempre più difficile ricordarli. Se lo vedessi, lo ricorderei senz'altro.»

Il questore continuava a tenere le ciglia un po' aggrottate, nello sforzo di farsi venire in mente qualche particolare su quell'agente. Ma un occhio attento avrebbe anche potuto cogliere qualcosa di diverso. Chissà!

«Ritiene che possa essere in qualche modo implicato nella vicenda?»

«Vede, signor questore, Salvo ci telefonò poco dopo l'incontro con lui, annunciandoci che forse aveva trovato qualcosa. Che cosa non lo abbiamo mai saputo. Ma qualcosa doveva aver trovato. Avessi potuto parlarci io!» Ebbe un lieve moto di stizza.

«Ma gli altri sono tutti gente normale, gente che lavora o che è in pensione, che non lascerebbe supporre niente di anomalo, per quello che si può giudicare. Questo agente ha lavorato anche per i servizi segreti. È l'unico che potrebbe far pensare a qualcosa di misterioso. Forse è proprio lui il possessore del telefono criptato.»

«Ancora non ci ha parlato con questo agente?»

«Non ancora, signor questore. Pensavo di farlo quanto prima.»

«Si procuri una foto, voglio vedere se lo ricordo. Più si scava e più si dilatano le ipotesi investigative in questo maledetto caso» si lasciò sfuggire Mastellone. «Ma torniamo al punto di partenza. Con gli israeliani allora che si fa?»

«Lei che farebbe?»

«Io credo che si debba trovare il legame che unisce il Betti alla storia dello sterminio di Sabra e Chatila. Se non troviamo un collegamento, un qualcosa che vada più in là di un articolo, mi pare complicato tirarli in ballo. Se si ipotizza per Salvo una pista israeliana, bisogna che questa valga anche per il giornalista. I due casi, la scomparsa del Betti e l'assassinio di Salvo, devono per forza essere collegati. Come si fa a pensare che siano separati? Ci si troverebbe dinanzi a una coincidenza poco realistica, direi quasi diabolica» si fermò un attimo il questore, quasi riflettendo sul fatto che anche questo non si poteva escludere del tutto. Nella sua lunga carriera gli era capitato di vederne di tutti i colori. «No, sarebbe troppo complicato, troppo cervellotico, troppo romanzesco ritenerli scissi i due casi. Almeno al momento attuale.»

Ristori seguiva con attenzione, ma concordava con quanto sosteneva Mastellone, che proseguì: «Certo se fossero due casi scollegati sarebbe davvero opera di una mente superiore, di un cervello raffinatissimo, roba da servizi segreti, ma da servizi segreti di un grande paese: uccidere uno, la cui moglie sta dando fastidio a qualcun altro, solo per farla smettere, e fare poi ricadere la colpa su chi ha rapito il Betti, delitto sul quale la vittima stava indagando. Oppure frutto geniale, imprevedibile e irripetibile del caso. Forse la combinazione casuale più ardita a cui abbia mai assistito. E sono sicuro che in tutta la storia del crimine ce ne sarebbero ben pochi di casi così genialmente intrecciati o casualmente accaduti.»

I loro pensieri stavano divagando, stavano allontanandosi dal punto centrale per il quale si erano riuniti. Fu la necessità del questore di andare a un incontro con il sindaco a farli tornare alla nuda e cruda realtà dei fatti.

«Sì, passate a prendermi fra cinque minuti» rispose poco dopo al cellulare.

Si guardarono un po' sconsolati, anche se questa espressione si adattava meglio al volto di Ristori che del questore, che dall'alto della sua posizione non poteva permettersi sensazioni di sconforto.

«Gli altri agenti stanno lavorando alle diverse ipotesi investigative?» si informò Mastellone.

«Certamente. Si immagini.»

«E allora continuiamo a seguire tutte le piste. Caro Ristori, lei sa meglio di me che momenti di impasse, di percezione di un fallimento sono inevitabili nella nostra professione, come in quella di tutti. Continuiamo a fare del nostro meglio giorno per giorno, come lei e i suoi uomini state già facendo egregiamente. I risultati, prima o poi, verranno. E se non verranno, avremo almeno la coscienza a posto, sapremo di aver fatto tutto quello che era nelle nostre possibilità. Io, come le ho ripetuto tante volte, sono sempre al suo fianco, e di qualunque cosa abbia bisogno lei sa che può contare fino in fondo su di me.»

Lasciando l'appartamento per dirigersi verso l'uscita del commissariato, il questore volle scambiare due parole anche con Russo e Guarducci, per far sentire anche a loro la sua vicinanza e la stima che nutriva per il loro superiore. Sapeva bene, da uomo del mestiere qual era, che proprio nei momenti più difficili doveva stare vicino ai suoi uomini, motivarli e tirarli su.

29

Francesco D'Arrigo, agente in riposo oramai da oltre cinque anni, passava di tanto in tanto in commissariato, a fare due chiacchiere con i colleghi con i quali aveva trascorso lunghi anni di servizio. Al momento si godeva, se così si può dire, la meritata pensione; solo che la sua maggiore preoccupazione era quella di come trascorrere le giornate.

«Meno male che c'è la televisione!» diceva spesso a chi lo interrogava su come passasse il tempo. «Siate contenti ora, voi che siete in servizio. Non aspettate di andare in pensione per esserlo!» E dire che lui l'aveva attesa tanto la pensione, credendo poi di fare chissà quali cose. Al che gli ribattevano i colleghi in servizio: «Ti alzi quando ti pare, fai quello che cavolo ti pare. La domenica non devi andare allo stadio a tirare randellate a quegli esagitati dei tifosi. Che vuoi di più?»

E invece lui, alle sei di mattina, era già in piedi. Poi andava al mercato a fare la spesa: al ritorno prendeva il giornale, di tanto in tanto faceva una capatina al circolo ricreativo delle forze di pubblica sicurezza o al commissariato, e il resto del tempo lo passava davanti alla tv o a gironzolare qua e là per la città. Non molto alto, i capelli radi e tendenti al bianco, ora che non se li tingeva più come quando era in servizio. Proveniva dalla provincia di Perugia, ed era stato un normale agente, non particolarmente brillante ma affidabile, così almeno lo ricordavano al commissariato di piazza del Duomo. Lì era capitato già in là con gli anni, e non aveva avuto modo di mettersi in vista. Un certo calo, poi, con l'avanzare dell'età, era stato fisiologico.

Passò a salutare i colleghi, specie quelli più anziani, come faceva un paio di volte al mese. Quando lo vide, a Ristori venne in mente di provarci. «Ciao D'Arrigo, scusa se ti disturbo, ma avrei bisogno di te» gli disse mentre questi stava conversando con un agente anche lui prossimo alla pensione.

«Di me, e che è successo?» rispose l'ex agente, schernendosi e abbozzando un sorriso, ma sotto sotto era contento di venir preso in considerazione, almeno per quel giorno.

«Potresti venire di là?»

Il buon agente in pensione non si fece attendere.

«Mi sembrava, ma forse mi sbaglio, che tu abbia prestato servizio anche a Perugia negli anni Ottanta.»

«Ricorda bene commissario.»

«Ricordi un certo Marras, che in quegli anni lavorava lì?» E gli passò la foto che aveva.

«Certo che lo ricordo. Lavorava in centrale, in questura: per un certo periodo ha fatto anche parte della scorta del questore.»

«Di quale questore?»

«Di quello che abbiamo ora qui: Mastellone.»

«Sei sicuro?» disse Ristori, messo a disagio da questa notizia.

«Certo che lo sono. Ora sta dalle parti di Piazza Dalmazia» quasi a confermare la sua risposta.

Ristori rimase scosso. Com'era possibile che il questore non lo avesse ricordato, che avesse lasciato cadere la cosa lì su due piedi quando Ristori gliene aveva parlato.

«Si diceva addirittura che fosse un uomo di fiducia del questore. Spesso se ne serviva anche per questioni delicate.» Ristori avvertì un disagio più profondo. Mastellone non poteva averlo dimenticato. Non poteva far finta di non ricordarlo, come invece gli aveva detto.

«Ma perché me lo chiede commissario?»

«Perché è venuto l'altro giorno e ci siamo messi a chiacchierare del più e del meno. Mi è venuto in mente che forse vi conoscevate.»

«No, conoscere no. Non ci siamo mai frequentati. Ma ricordo chi era.» Ristori in realtà era distratto e seguiva altri pensieri. Ebbe tuttavia la prontezza di non far trapelare nulla al D'Arrigo: non voleva mettere in allarme il proprio interlocutore, né creare sospetti sul questore. Riuscì quindi a far cadere la cosa, intrattenendo D'Arrigo su altre conoscenze comuni per non insospettirlo sulle sue riflessioni. Scambiarono così due battute sui alcuni agenti andati in pensione negli ultimi anni.

«Una di queste sere dobbiamo fare una rimpatriata con i vecchi colleghi. Una bella cena con i fiocchi. Prima o poi anch'io sarò dei vostri: bisogna cominciare già ora a organizzarci la vita per la futura pensione.» Riuscì a liquidarlo senza che si insospettisse affatto. E non fu cosa da poco stare a parlare del più e del meno, quando aveva la testa da tutt'altra parte e non vedeva l'ora di liberarsi di chi aveva davanti.

Decise di incontrare subito l'agente Marras. Mandò Antonio a fissare l'appuntamento. Voleva capire cosa ci poteva essere sotto. Possibile che Mastellone si fosse scordato che era stato il suo uomo di fiducia, oltre che il suo autista?

S'incontrarono l'indomani mattina, quando il Marras sarebbe dovuto andare alla sede della Banca d'Italia, lì vicino, a ritirare la pensione. Ristori se lo vide davanti verso le 11. Alto più o meno come lui, sul metro e ottanta, un bel portamento, il viso che non lasciava trapelare emozioni, uno sguardo duro, da tipo tosto, si capiva subito. Dopo alcuni convenevoli, Ristori gli spiegò il motivo per cui aveva voluto incontrarlo, che Marras aveva già intuito. Del resto Salvo lo aveva interrogato poco prima di essere ucciso e quindi era logico che ora fosse interrogato da chi conduceva le indagini. Marras rimase sempre sostenuto, aveva lo sguardo acuto e concentrato su quanto gli veniva detto: era sempre sul chi va là, si capiva che era sospettoso. Rispondeva alle domande e alle battute di Ristori con un atteggiamento secco e ufficiale, senza dire una parola più del necessario. Comunque non fece nessun accenno alla conoscenza del questore, né al suo ruolo di autista e di agente di scorta, nessuna parola, quindi, sull'essere stato considerato un suo uomo di fiducia.

'Strano' pensava Ristori mentre Marras rispondeva secco alle sue domande 'è lo stesso atteggiamento di diffidenza o di disagio del questore, quando gli ho accennato a questo personaggio. Entrambi danno l'impressione di non gradire che si parli dei rapporti che sono intercorsi tra loro. Quando gli accenno a qualche questione precisa, cercano entrambi di sviare il discorso e dicono di non ricordare. Eppure non può essere possibile, nemmeno da parte del questore.'

Concluso il colloquio, Ristori decise di approfondire anche questa pista. Ma non volle fare lo sgarbo di non accennare la cosa al questore, al quale riferì in maniera informale dell'incontro con Marras, come si fosse trattato di un normale adempimento investigativo. Aveva comunque già deciso di capire il perché di questa reciproca reticenza.

Alcuni dati tornavano: l'ex agente Marras era stato effettivamente a Perugia, come attestava il suo stato di servizio e come ricordava il D'Arrigo. Mastellone poteva aver dimenticato qualche particolare sulla sua scorta, è vero, del resto ne aveva avute parecchie negli anni, ed era verosimile che qualche volto, qualche figura, qualche particolare o qualche nome gli fosse sfuggito. Ma da parte del Marras fare finta di non ricordare o mostrare qualche cedimento della memoria su un fatto simile? Qualche sospetto, insomma, era più che giustificato, perciò decise di chiarire bene la cosa. E poi non poteva tollerare che fra lui e il questore restasse qualche ombra a causa sua: gli pesava, insomma, che la loro sintonia non fosse totale.

Ma cosa ci poteva essere stato di tanto importante da giustificare questa reticenza da parte di entrambi? E come avrebbe poi potuto cercare di smascherarla senza fare un torto al questore? Non poteva avviare un'inchiesta su questo filone senza seguire la trafila burocratica o informare il magistrato e Mastellone stesso: non era assolutamente possibile.

L'unico modo per fare un po' di luce su questa strana negligenza da parte di entrambi era parlarne chiaramente e apertamente al questore, ma ciò avrebbe compromesso il loro rapporto. Come avrebbe reagito il questore a questa intromissione nella sua vita e al sospetto che nasceva da una semplice amnesia?

No, non poteva accennargli la questione né aprire un'inchiesta. Indagare a Perugia poi, facendo domande in giro qua e là sarebbe stato ancora peggio: il questore sarebbe venuto certamente a saperlo. Lo stesso se avesse informato il giudice della cosa.

Decise di lasciar decantare la faccenda, in attesa di trovare la soluzione migliore e nel frattempo seguire altre piste. Sì, perché nel frattempo gli era giunto un rapporto della DIA, nel quale gli veniva comunicato che la ditta Giannò di Catania era sospettata di collusione con la mafia. Più volte era stata implicata in questioni legate alla criminalità, così come il titolare dell'agenzia immobiliare di Follonica, sul quale c'era un corposo dossier per attività non sempre lecite, cioè non ancora condannate da un tribunale a causa delle solite lentezze della nostra magistratura ma, si lasciava intendere nel dossier della DIA, con ogni probabilità anche lui risultava una figura collusa con la mafia.

Antonio, che lo stava guardando mentre leggeva l'incartamento pervenuto da pochi minuti, colse l'espressione di chi crede di avvicinarsi alla preda e di essere sul punto di afferrarla e di non mollarla più.

«Vedi che non ci eravamo andati molto lontani. Leggi, leggi quello che ci manda a dire la DIA.»

E mentre Antonio scorreva rapidamente il dossier, Ristori si mise a riepilogare le tante tracce seguite sino ad allora, che forse lo avevano distolto da quella mafiosa, che invece ora tornava a essere la privilegiata. Ma intuiva che, in realtà, le cose non erano così semplici come sembravano.

«Ebbene in fondo ci confermano quanto noi già sospettavamo. E questo lo sapevamo già prima che ce lo dicesse la DIA» esclamò Antonio dopo aver finito di leggere il rapporto. «Il problema è se questi mafiosi dei Giannò e del titolare dell'agenzia immobiliare sono o no implicati nella sparizione del Betti e nell'assassinio di Salvo.»

«Già! E questo, caro Antonio, lo dobbiamo scoprire da soli, non ce lo può dire la DIA. Però un piccolo passo in avanti l'abbiamo fatto. Sappiamo che è gente che per quelle somme di denaro, svariati milioni, fra vendita, ristrutturazione degli immobili e altro, non avrebbe esitato a uccidere.»

«Però nessun giudice condannerà i Giannò e il direttore dell'agenzia solo per questo; se non gli portiamo le prove, sono solo chiacchiere.»

«E queste prove al momento non ci sono» concluse Ristori un po' indispettito, rendendosi conto che ancora una volta le indagini non facevano importanti passi avanti, ma si accumulavano solo ipotesi da verificare che, anziché avvicinarli alla soluzione del caso, continuavano a tenerli lontani dai responsabili di quegli atroci delitti.

30

Il consueto incontro serale con il questore avvenne nell'appartamento adiacente al commissariato. Come sempre vi aleggiava un'atmosfera di quiete e di sicurezza, che ben si legava al profumo di pulito, di lindo, di ambiente tenuto sempre in ordine, pronto per ogni evenienza. Niente a che vedere con l'aria che si respira in una casa vuota, disabitata, chiusa. Merito dell'impresa di pulizie, che veniva a giorni alterni e che lasciava sempre un'impronta gradevole, che il commissario non avrebbe saputo definire, ma avvertiva come un aroma familiare.

Dalle finestre potevi toccare con una mano la cupola del Duomo, dietro la quale appariva e spariva il volto della luna coperto dalle nuvole, che conferiva all'ambiente una cupezza gotica, guastata solo dal transito dei passanti lì sotto, sempre molto intenso fino alle ore piccole della notte. Ma almeno non arrivavano più i rumori del traffico, da quando la zona era stata pedonalizzata.

«Allora caro Ristori, da dove partiamo?» Il volto del questore, appena liberatosi dal breve sbuffo di fumo della sigaretta, mostrava la stessa affabilità e schiettezza di sempre nei confronti del commissario.

«Direi che al momento le piste su cui lavorare sono le solite.» Ristori non poteva nascondere che erano sempre in una fase di stallo. In quel momento, nella stanza si avvertì l'eco di una sirena, un'ambulanza o un'auto della polizia, che sfrecciava nel perimetro intorno al Duomo, proprio sotto la finestra dell'appartamento, nella zona riservata ai pedoni. Dopo una breve pausa, Ristori riprese: «Ma a queste piste, signor questore, ne aggiungerei un'altra, se non proprio come ipotesi investigativa, quanto meno come sospetto» era questa la soluzione a cui Ristori aveva pensato a lungo, per togliersi d'impaccio da quella vicenda che gli creava un certo fastidio, più che altro di carattere psicologico. «Mi riferisco al caso dell'agente Marras, del quale non so neanch'io cosa pensare. Diciamo che fra i colloqui avuti da Salvo, questo è l'unico che possa insospettirci: gli altri sono stati con persone che, apparentemente, e sottolineo apparentemente, non sembrano aver avuto alcun ruolo nell'assassinio.» Ristori aveva notato che il questore aveva accolto la notizia senza mutare espressione, se non un lievissimo, impercettibile attenuarsi della rilassatezza di poco prima. O forse gli era solo sembrato.

«Cosa la insospettisce di questo agente?»

«La sua freddezza, quasi un distacco nelle indagini. Avverto, quando gli parlo, un senso di sfida: non lo spirito di collaborazione che mi aspetterei da un collega in pensione. In fondo sa che stiamo indagando su un vicecommissario barbaramente ucciso, col quale aveva parlato lui stesso poco prima. Un collega che stava indagando su un possibile sequestro avvenuto lì, nel condominio dove abita suo figlio. Dio mio! Tutti si sarebbero dati da fare, si sarebbero esposti e avrebbero evidenziato una maggiore comprensione e collaborazione alle indagini. Lui invece mostra un atteggiamento distaccato, sospettoso, se non addirittura ostile.»

«Può darsi sia un lato del suo carattere. Però è vero, la cosa insospettisce e fa pensare: ha fatto bene a non escluderlo dalle ipotesi investigative.»

«Che sia il caso di indagare anche su di lui?» Ristori attendeva con una certa trepidazione la risposta di Mastellone.

«Certo Ristori! Ci mancherebbe altro. Indaghiamo senz'altro.»

«In questo caso però si dovrebbe supporre che abbia agito per conto di altri, dei servizi segreti, per esempio. Non credo che, nell'ipotesi che dovesse essere implicato nella vicenda, abbia agito per conto suo. Che ragioni aveva per eliminare Salvo?»

«Beh! Certo, mi pare chiaro, almeno questo. Non è assolutamente credibile che, nell'ipotesi che quell'agente abbia svolto un ruolo nella vicenda, lo abbia fatto di sua iniziativa.»

«A questo punto, se escludiamo altre ipotesi e ci concentriamo su queste, bisognerà agire nei confronti dei sospettati con maggior determinazione, non mollarli, far loro capire che gli stiamo col fiato addosso, che vagliamo le loro posizioni, i loro alibi, che indaghiamo a fondo su di loro.»

«Le occorreranno altri uomini, non può fare tutto con due agenti. La stampa, l'opinione pubblica vogliono a questo punto dei riscontri, dei risultati. Sa che la pressione dei media su questo caso è sempre molto forte. C'era di mezzo anche uno di loro, un giornalista noto.»

«Lo so e mi dispiace che finora non siamo riusciti...»

«Via Ristori, lei sta facendo il suo dovere. Non sono questi i ritardi o le inadempienze di cui la giustizia si dovrebbe scusare. Pertanto le occorreranno alcuni uomini in più. Mi dica quanti ne vuole e dispongo subito.»

«Io preferirei continuare a servirmi degli uomini del mio commissariato. Caso mai se potesse distaccare, sino alla conclusione delle indagini, un paio di uomini per il normale servizio qui in centro: raccolta di denunce, ronde, pattugliamenti ecc.»

«Certo. Ha perfettamente ragione, caro Ristori. Sono indagini delicate, non le posso mandare degli sconosciuti dei quali non sa niente o non si fida. Questi invece possono essere impiegati per il vostro servizio di routine. Domani stesso le manderò i due uomini che le occorrono per rimpiazzare i suoi.»

Ristori si sentì sollevato, forse e soprattutto perché aveva avuto praticamente il via libera a indagare sull'agente Marras e la cosa, almeno così gli era sembrato, non aveva contrariato Mastellone più di tanto.

31

Passarono alcuni giorni grigi, senza scossoni, senza novità
nelle indagini, giorni nei quali non veniva fuori niente. Tutti
gli incroci, tutte le ipotesi investigative, tutte le piste continuavano a essere battute, ma restavano senza elementi di
supporto, senza nessun indizio, senza nessuna prova che potesse consentire di fare un passo avanti. Nemmeno i tabulati
delle intercettazioni telefoniche dei vari personaggi implicati contenevano rivelazioni tali da far progredire le indagini.
Le varie ipotesi investigative rimanevano pertanto tutte in
piedi, ed erano solo gli umori degli investigatori che sembravano far propendere ora per l'una, ora per l'altra.

La domenica mattina, svegliatosi poco dopo le sei, come
gli capitava sempre più spesso, il commissario Ristori tolse la
macchina dal garage e fece un giro della città nelle ore tranquille e silenziose del mattino. Gli piaceva percorrere i viali,
le strade del centro in tutta tranquillità, senza frenesia, senza stress, con la macchina che scivolava sull'asfalto regolare,
senza sussulti, strappi, soste. Regolava la velocità sull'onda
dei semafori, così che questi erano sempre verdi. Anche parcheggiare non era un problema, da qualunque parte si tro-
vasse e, con quel poco traffico, poteva parcheggiare anche in
doppia fila.

Si fermò a fare colazione nella sua pasticceria preferita,
una delle migliori della città. Spesso vi si fermavano anche
le auto della polizia. Una volta, vedendo che a far colazione
c'erano gli agenti di due volanti e che fra i clienti c'erano al-

cune ragazze di ritorno da una notte brava che scherzavano con i poliziotti impedendo l'accesso, aveva esclamato, suscitando una risata generale: «Giovanotti, che faccio? Devo chiamare i carabinieri per passare?»

Entrò, chiese la solita sfoglia alla crema e il solito cappuccino che la commessa, conoscendolo ormai, rivestiva in superficie con un giro di cioccolata calda, presa con un lungo cucchiaio da un pentolino che teneva sul bancone. Quando ne aveva voglia, vi disegnava anche un cuore, una palma o un'onda. Ristori comprò anche un grande vassoio di paste da portare a casa, non il solito: quel giorno avevano ospiti a pranzo. E riconciliato con la vita, per quel che poteva, risalì in macchina e girovagò ancora un po' per la città. Si fermò dal giornalaio per il solito quotidiano; stava per dirigersi verso casa, per godersi la quiete della mattina, leggendo il giornale nel tepore della propria abitazione mentre tutti ancora dormivano, quando vide l'ex agente Marras attraversare al semaforo.

'Strano' pensò subito Ristori 'che ci fa in giro a quest'ora? Oddio, avrebbe potuto chiedersi di me la stessa cosa!'.

E quasi meccanicamente rallentò, fece inversione di marcia e lentamente svoltò nella via in cui aveva visto dirigersi Marras. Lo vide entrare in una villetta a due piani, una di quelle costruite negli anni Trenta per la borghesia della città, ampie, comode, molto ricercate sul mercato, con salotto e cucina al pianoterra e tre camere al primo piano. Parcheggiò dal lato opposto a quello della casa e attese un po'. Avrebbe voluto scendere dalla macchina, attraversare la strada e leggere il cognome al campanello, ma pensò che se Marras si fosse affacciato alla finestra, avrebbe potuto vederlo. Se ne stette così buono buono in macchina, quasi rannicchiato per non farsi notare nell'eventualità che dalla finestra qualcuno si affacciasse, e con il cellulare chiamò subito il commissariato. Uno degli agenti di servizio lo riconobbe alla voce, era l'agente Picone, e Ristori gli disse di venire in borghese, con un'auto civetta, e di pedinarlo quando fosse uscito dal portone.

Appena lo vide arrivare, Ristori partì e si diresse in commissariato. Salì le scale, mentre regnava l'atmosfera rilassante propria delle mattine di festa, e si buttò sul computer; aprì varie banche dati, per trovare il nome del proprietario della villetta ed eventualmente fare subito ricerche per verificare se ci fossero notizie su di lui. L'immobile risultò fra quelli a disposizione della questura per gli usi più svariati, per lo più segreti.

'Che ci fa lì il Marras?' pensò di nuovo fra sé. Dopodiché si attaccò al telefono e tirò Antonio giù dal letto: «Vai subito in via Barbera. Poco prima de l numero 120 c'è la macchina di Picone, l'ho mandato io, perché stamani ho visto l'ex agente Marras entrare lì. Nel frattempo mi sono informato sulla casa: è una di quelle che la questura ha in incognito, per esigenze di servizio, ma di questa non so cosa facciano. La cosa comunque mi puzza e parecchio: che ci va a fare alle 7 di mattina un agente in pensione? Quando sei nei paraggi, avvertimi, e io faccio rientrare l'agente Picone dicendogli che era un falso allarme. Non voglio che altri del commissariato sappiano di questa storia. Caso mai, prendi il furgoncino, così ti metti dentro e con la telecamera riprendi chiunque esca o entri da quel portone. Aspetta che Picone sia partito prima di immetterti nella via. Voglio che la cosa rimanga fra noi e che non si accorga della tua venuta. Poi parcheggia il furgoncino, non proprio davanti al portone: non voglio che Marras si insospettisca.»

Dopodiché chiamò Guarducci, perché venisse anche lui in commissariato. Sentiva che c'era qualcosa di grosso nell'aria, forse stava maturando una svolta nelle indagini. Cosa c'entrava l'agente in pensione in un immobile della questura? L'agente del quale il questore diceva di non ricordare neanche la faccia, e che frequentava a ore antelucane un covo segreto della questura del quale nemmeno lui, commissario in servizio, sapeva nulla?

Stava lì a pensare e a ripensare quando si affacciò Guarducci, giunto in tempi da primato olimpico col suo scooter. Anche lui convenne che la cosa era strana.

«Nel frattempo» disse saggiamente «vado a tranquillizzare l'agente Picone, che è rientrato quando sono arrivato anch'io in commissariato. Gli dico che c'è stato un qui pro quo. Che a lei era parso di riconoscere, nella persona entrata nell'appartamento in via Barbera, un rumeno espulso la settimana prima, ma che si era sbagliato, perché nel frattempo aveva controllato a Bucarest e l'uomo risultava in prigione là. Ecco la ragione di tutta quella fretta. È meglio non destare sospetti finché non si ha qualcosa in mano».

Poco dopo una telefonata di Antonio, fece salire di nuovo la tensione a mille. Li informava che in quella villetta si era appena recato il questore in persona, senza scorta e senza dare nell'occhio. Era addirittura sceso da una panda, che aveva parcheggiato a pochi metri dal furgone. Una folla di pensieri invase la mente di Ristori.

«Come sarebbe a dire che Mastellone si è recato lì? Ma non ci ha detto di non ricordarlo quasi per niente questo agente Marras» aumentò la dose Guarducci. «Sotto, c'è qualcosa di grosso.»

Ma la stima e l'affetto di Ristori per il questore erano troppo grandi. «Un momento. Non precipitiamo. Può darsi che sotto ci siano altre storie, altre indagini, altri servizi, dei quali Mastellone non ha voluto mettermi al corrente. Chi sono io per sapere tutti i casi che segue il questore? Forse si tratta di indagini delicate, riservate, segrete. Forse è per questo che ha fatto finta di non conoscere il Marras!»

«Via commissario» calò un carico da novanta Guarducci «non scherziamo. Le avrebbe dovuto dire di conoscerlo, ma che era implicato in un'altra faccenda, in un'altra indagine della quale non poteva parlare. Bastava dire così. Non ci occorreva altro!»

«In tutti i casi vediamo di capirne di più, con la massima discrezione, pronti ad abbandonare tutto se vediamo che è roba che non ci riguarda» disse Ristori.

«Allora cosa facciamo ora?»

«Per prima cosa diciamo subito ad Antonio di non uscire dal furgoncino, di non farsi assolutamente scoprire, ma di riprendere con la telecamera fissa tutto quello che avviene all'ingresso della casa e di tenere gli occhi bene aperti e la pistola a portata di mano. Dovesse fare la fine di Salvo!»

«Oddio, se c'è il questore dentro non dovrebbe succedere nulla.»

«Noi nel frattempo ci rechiamo là nei paraggi; c'è un bar con una piccola sala da gioco all'angolo della strada.» Ristori ricordava di essere capitato più volte in quel bar, tanti anni fa, quando doveva fare una telefonata, e allora non esistevano i cellulari. Aveva visto quella saletta che dava sulla strada con il bandone a griglia sempre abbassato, perché vi si poteva accedere solo dal bar, e dalla quale si vedeva ciò che avveniva fuori. Lì c'erano tre o quattro tavoli dove giocavano a carte alcuni vecchietti.

«La domenica è chiuso. Tu cerca il proprietario e digli che per improrogabili esigenze di servizio venga al bar e ce lo apra. Vedrai che non si rifiuterà: avrà anche lui i suoi peccatucci da tenere nascosti. Noi ci stabiliamo lì dentro e teniamo sotto controllo la situazione.»

I comandi febbrili, le idee che si succedevano una dietro l'altra in maniera rapida e concreta, le tante cose a cui pensare e il fare concitato dimostravano l'avvio di una fase cruciale delle indagini, come altre volte era capitato: il momento topico, quello nel quale si concludevano tante storie criminose.

Non fu difficile al Guarducci risalire al proprietario del bar, spiegargli che per esigenze di servizio avevano bisogno di stabilirsi nella saletta da gioco, a bar chiuso. Gli dissero che stavano pedinando uno spacciatore arrestato più volte, che si era rifugiato in un appartamento lì vicino. Appena fosse uscito l'avrebbero arrestato e avrebbero liberato il bar della loro presenza. Che tenesse comunque la bocca chiusa con tutti.

Ma il pensiero dei due tornava sempre su quel covo della questura, su Mastellone che vi si recava e sull'agente Marras in pensione.

«Pronto Antonio» era con il cellulare silenziato che comunicavano «ci sono novità?»

«No, sono usciti o rientrati alcuni dai palazzi vicini, chi con il giornale, chi con i bambini, chi con il cane. Ma da quella villetta nulla. Dalla finestra si capisce solo che qualcuno ogni tanto sposta appena le tende, forse per dare una rapida sbirciatina. Ma niente di più.»

«Noi siamo appostati al bar all'angolo. Oggi è giorno di chiusura, ma ci siamo fatti aprire dal proprietario. C'è una sala giochi e siamo lì. Vediamo sia il furgoncino che la palazzina. Ricordati di tenere gli occhi aperti. Non vorrei che ti dovessero sorprendere come hanno fatto con Salvo. Il furgoncino poi non è blindato. Potrebbe passare una macchina e con una sventagliata di kalashnikov... Noi siamo qui, pronti a ogni evenienza, ma potrebbe mancarci il tempo di intervenire.»

«Non si preoccupi commissario.»

«Mi preoccupo eccome, invece.»

«Fra poco comunque qualcosa accadrà di sicuro. Di certo qualcuno dovrà uscire, non credo che il questore resti a pranzo lì.»

Dopo un po' il commissario richiamò Antonio: «Lascia la telecamera fissa puntata sul portone, esci dal furgoncino appena te lo diciamo noi, che aspetteremo il momento in cui in strada non c'è nessuno e nessuno guarda dalla finestra, e vieni verso il bar all'angolo cercando di non dare nell'occhio, con disinvoltura. Appena passi davanti all'ingresso, ti apriamo la porta ed entri. Dobbiamo decidere il da farsi».

Dopo cinque minuti erano tutti e tre attorno a un tavolo da gioco, che non si vedeva dalla strada, ma che permetteva di tenere gli occhi fissi sulla casa e sul "covo dei misteri".

«Se ci tenessero qualcuno rapito?»

«Il Betti?»

«Chi potrebbe escluderlo.»

«Ma allora cosa ci fa lì dentro il questore? Fosse così sarebbe davvero un caso dai risvolti inquietanti.»

Inutile nasconderlo, sia nel commissario Ristori sia nei suoi uomini trasparivano sentimenti complessi e contrastanti: un misto di euforia, come quella che ti prende quando senti di essere vicino a una svolta importante nelle indagini, unita a un senso di delusione e di disappunto, e forse di amarezza per esserti sentito, come dire, tradito. Possibile che il questore fosse in quella casa, insieme a quell'agente in pensione, sospettato di essere implicato nell'assassinio di Salvo? Il tutto poi immerso nella spessa coltre di mistero che avvolgeva l'intera vicenda?

Ristori avrebbe dato qualsiasi cosa per sapere cosa stava succedendo lì dentro. Non gli sarebbe stato difficile, bastava lasciar funzionare la telecamera nel furgoncino davanti all'ingresso, vedere chi entrava e chi usciva, ma sentiva anche forte l'esigenza di tutelare il questore. Poteva benissimo darsi che egli fosse lì insieme all'agente Marras per esigenze di servizio, o per altre storie che non c'entravano nulla con quella sulla quale stava indagando. Era possibile che Mastellone avesse dovuto negare di conoscere il Marras per altri motivi che Ristori, semplice commissario, poteva non immaginare neanche lontanamente e che non lo riguardavano affatto.

«Che facciamo?» era la domanda alla quale, anche senza esplicitarla, i tre, attorno a quel tavolo nella sala da gioco del bar, invisibili ai rari passanti della strada, con gli occhi fissi in direzione del portone, sentivano che era necessario dare una risposta.

«Se potessimo indagare liberamente» era Guarducci a intervenire, dopo essere rientrato dalla sala del bar dove aveva preso delle bottiglie di birra, che avrebbero pagato la sera «faremmo alla svelta a sapere cosa succede in quell'appartamento con una bella irruzione!».

«Il problema è che ancora non possiamo. Non sappiamo cosa sta succedendo lì dentro e potremmo rovinare un'eventuale altra operazione alla quale stessero lavorando. Vi pare possibile che il questore terrebbe mano a chi ha rapito il Betti e ucciso Salvo? Che coprirebbe dei criminali? Via, non scherziamo!»

A Ristori venne quasi voglia di interrompere l'operazione, come avrebbe dovuto fare nel momento in cui era stato informato dell'ingresso di Mastellone in quella casa.

«E se ci fosse di mezzo qualcosa di compromettente?» era Antonio stavolta a voler dire la sua e a spingere per rimanere lì a vedere come sarebbe andata a finire. «Che so, se si affacciasse dalla finestra là,» e così facendo la indicò con la mano aperta «il bel faccione tondo del Betti. Ci faremmo degli scrupoli?».

Il commissario prese in mano la sua bottiglia di birra: «No, in quel caso non avrei scrupoli. Ragazzi, ma dentro c'è il questore. Che pensiamo, che anche lui sia implicato nel rapimento del Betti? E poi nell'omicidio di Salvo? Via!»

Antonio si alzò e andò a prendere un barattolo di noccioline e dei sacchetti di snack.

«Avere qualcosa da sgranocchiare nei momenti di tensione aiuta a riflettere meglio; a me non dispiacerebbe nemmeno una bella dose di alcolici, ma in servizio...» disse rivolto
al commissario, ma questi stava pensando ad altro.

«Mastellone lo lasciamo perdere: non voglio né pedinarlo, né farlo pedinare. Ci mancherebbe altro. Ma l'agente
Marras no. Voglio sapere dove va: se va a casa o da un'altra
parte. E dove.»

«Ci penso io, se vuole.»

«Sì, Guarducci, ma stai attento che non ti riconosca. Meglio se lo segui col ciclomotore con il casco integrale con cui
sei venuto, così non ti riconosce, e lo segui da lontano.»

32

Verso mezzogiorno uscì il questore. I tre trattennero il fiato. Lo videro attraversare la strada, percorrere pochi metri e infilarsi dentro la panda blu scura e partire. Non passò molto altro tempo che venne fuori anche l'ex agente Marras.

«Noi restiamo ancora un po' qui, tu dicci dove va.»

Quando l'ex agente Marras, seguito poco dopo dal Guarducci in scooter, fu partito, Antonio e Ristori si guardarono: «E ora?».

«Io avrei una gran voglia di andare dentro, forzare la porta ed entrare.»

«Sarebbe la cosa più semplice di questo mondo.»

«Ma saremmo noi stavolta a compiere un reato. Ti immagini, senza l'autorizzazione del magistrato, fare un'irruzione? E poi mi sembrerebbe uno spregio verso Mastellone. No. Non si può. E poi con quale motivazione? Perché uno ha visto entrarci dentro il Marras, seguito poi dal questore? No! Roba da farsi arrestare!»

«A meno di trovarci dentro il Betti legato e imbavagliato da una decina di giorni e liberarlo.»

«Ma questo sappiamo che non è realistico. C'era dentro il questore!»

«Però potremmo continuare a darci una sbirciatina, nella riservatezza più assoluta, ovviamente.»

«Sì, questo sì, questo mi pare fattibile» disse Ristori «caso mai dal palazzo nella strada parallela, che dà sull'interno della villetta misteriosa. Così si potrebbe vedere se appare qualcuno nel giardino. Se si vede smuovere qualcosa, insomma se c'è ancora vita lì dentro. La finestra del bagno, per esempio, non dà sulla strada, ma sui giardini interni. Di solito è la finestrella vicino alla porta finestra della cucina, quella dalla quale poi si scende in giardino. Se qualcuno va in bagno si dovrebbe accendere la luce.» Entrambi presero le ultime noccioline dal barattolo.

«E forse si potrebbe fare senza scomodare nessun appartamento che dà sul lato interno della villetta. Quei palazzi hanno di solito un sottotetto, al quale si accede liberamente dalle scale. E nel sottotetto c'è sicuramente un piccolo abbaino, dal quale si vede il blocco di fronte. Io quasi quasi vado a farmi quattro piani di scale e m'inerpico nel sottoscala. Voglio vedere quell'appartamento dal lato interno.»

«No commissario. Vado io. Non se ne parla neanche!»

E Antonio lasciò subito la sala da gioco, passò nel vano del bar vero e proprio, attese che nessuno transitasse sul marciapiede, e uscì con tranquillità. Non senza che il commissario gli avesse detto che lui rimaneva lì. Nell'attesa andò nella sala bar accanto e prese un altro barattolo di noccioline, tenendo sempre gli occhi fissi alla porta e alle finestre della palazzina. Poco dopo sentì vibrare il cellulare. Era il Guarducci: «Commissario, l'agente Marras è andato a casa, come pensavamo. Non ha incontrato nessuno. Cosa faccio. Rimango qui o torno da lei?».

«Torna da me, tra poco sentiremo da Antonio se dal lato interno della villetta si vede qualcosa.»

Il Guarducci impiegò pochi minuti a tornare, ben prima che Antonio chiamasse al cellulare con la voce soffocata. Lo fece poco dopo.

«Commissario! Sono nell'abbaino del palazzo di fronte. Ho suonato con la scusa di mettere la pubblicità nelle cassette postali, sono salito per le scale. Non ho incrociato nessuno.

All'ultimo pianerottolo c'era una scala retrattile che porta nel sottotetto. Sono salito senza che nessuno uscisse dai due appartamenti di lato. Forse sono fuori. Adesso dall'abbaino vedo la palazzina di fronte. Sembra non ci sia nessuno. Le luci della cucina e del bagno sono spente. Così come quelle del primo piano. Non si vedono movimenti, ma non vorrebbe dire nulla. Già che non si sono accorti di me, io potrei restare fino a stasera. Così vediamo se c'è qualcuno, se col buio accendono qualche luce. Non ho fame e qui non è scomodo. C'è una sedia e sono a sedere davanti al lucernario, e nessuno nel palazzo sa che sono qui.»

«Ottima idea Antonio. Ce la fai davvero fino a stasera? Sennò vengo io a darti il cambio.»

«No, no, ce la faccio, commissario. Non si preoccupi.»

«In ogni caso chiamami al cellulare di tanto in tanto per informarmi o per altre necessità. Noi rimaniamo qui al bar.»

«Ok! Commissario. Buona domenica!»

Poi Ristori chiamò il proprietario del Bar, dicendogli che salvo imprevisti sarebbero rimasti fin verso le 18. Che venisse a quell'ora, gli avrebbero riconsegnato il bar e pagato i consumi e il disturbo.

Per il pranzo fecero man bassa di quanto c'era nel bar, più che altro sacchetti di snack e altra roba del genere. Andò meglio con il bere. Per ingannare le lunghe ore di attesa sentirono dai propri cellulari le partite di calcio. Fecero anche parecchi solitari a turno, mentre uno stava sempre con gli occhi fissi alla porta della villetta. Certo ad Antonio, al bell'Antonio, era andata peggio. Tappato lì, la domenica pomeriggio, nel lucernario polveroso di un palazzo, invece che in compagnia di qualche bella ragazza.

«Come va Antonio. Vedi niente? Vuoi che ti diamo il cambio?»

«No, commissario. Credevo peggio, sento un po' la radio con il cellulare, ma la batteria è quasi scarica. Ho paura che se continuo a sentire la radio mi si scarichi del tutto. Meglio lo tenga spento, avessi bisogno di comunicare con voi. Quanto all'appartamento c'è sicuramente vita. Ho visto più volte scostare le tende, e una volta contemporaneamente al piano terreno in cucina e al primo piano. Ci sono quindi per lo meno due persone. Ma potrebbero essere di più. In giardino non è uscito nessuno.»

«Senti Guarducci, oggi a pranzo a casa mia ci saranno Rosalba e i genitori di Salvo. Per lo meno il caffè bisogna che vada a prenderlo. E poi avevo comprato un vassoio di paste. Mi fermo il meno possibile. In caso di qualsiasi novità chiamami. Se hai bisogno di andare in bagno vai ora, altrimenti poi non ci puoi più andare finché non torno io.»

«Allora ci vado subito commissario.»

A casa trovò i due vecchi genitori seduti a tavola che stavano finendo l'arrosto con i piselli. Lui aveva già telefonato da un pezzo dicendo di mettersi pure a mangiare, che probabilmente non sarebbe potuto tornare a pranzo, e di scusarlo infinitamente con gli ospiti. Ma sapeva che sua moglie Carla avrebbe provveduto al meglio a gestire la situazione: trent'anni di vita con un commissario l'avevano esposta a ben altre situazioni.

Furono tutti felici di vederlo e la prima cosa che fece, entrando nel salotto dove pranzavano, fu di dare un abbraccio e un grande bacio alla mamma di Salvo, mentre posava sul mobile porta liquori il vassoio di paste preso in mattinata. Non li aveva ancora rivisti dal funerale del figlio. Lei non ricordava quasi niente, a malapena il nome del commissario e della compagna di Salvo: la vecchiaia aveva preso definitivamente e irrimediabilmente il sopravvento. Al padre dette un abbraccio affettuosissimo. Vedere quel pover'uomo ultra novantenne asciugarsi le lacrime col fazzoletto, lui che aveva fatto la campagna di Russia, fu uno strazio enorme. Anche con Rosalba si scambiò un grande abbraccio, che Carla interruppe solo per dirgli che si mettesse a tavola con loro.

Ristori dette un buffetto alla figlia, che stava controllando un messaggino, e disse alla moglie di ridurre la porzione di tortellini alla panna che gli serviva nel piatto. Mangiò in fretta anche il secondo, in modo da raggiungere i commensali. Dopo l'arrosto, Carla aveva preparato anche un piatto di pesce con carciofi alla giudea e stavolta volle servire lui gli invitati, partendo dalla mamma di Salvo e da Rosalba. Ristori ne mangiò solo un po', ma alle paste non seppe rinunciare. Ricordò che provenivano dalla migliore pasticceria della città e sarebbe stato un delitto non approfittarne, anche perché ai dolci non sapeva resistere. Mancava solo Salvo a rendere perfetta quella domenica uggiosa e tetra di novembre!

«Chissà, forse l'inchiesta si avvia davvero a una svolta» commentò il Guarducci quando il commissario rientrò nel bar e riprese il suo posto al tavolo. Non c'erano state novità, anche Antonio aveva chiamato solo per dire che tutto procedeva bene. Fino a che non si fosse fatto buio e non avessero acceso un po' di luci c'era poco da aspettarsi.

«Una svolta che aprirebbe uno scenario da incubo, pieno di misteri e colpi di scena. Ti immagini il questore coinvolto nel caso. E pure nel rapimento del Betti e nell'omicidio di Salvo? No. Non mi sembra possibile.»

«E allora che ci facciamo qui, commissario?»

«Hai ragione. Non lo so nemmeno io. Forse era meglio abbandonare tutto, una volta che era entrato in scena Mastellone.»

«A me pare come quando giochi a un solitario e, arrivati a un certo punto, non hai più mosse da fare e tutto è bloccato» diceva il Guarducci camminando intorno al tavolo, dopo che si erano concluse anche le partite di calcio e cominciava a farsi buio. E anche loro dovevano rimanere lì, al buio, per far credere che non ci fosse nessuno. «Poi, all'improvviso, scopri l'ultima carta possibile ed ecco che questa ne sblocca un'altra e poi un'altra ancora e riparte tutto, e non fai in tempo a stare dietro al corso del gioco, in un succedersi rapido che ti porta verso la conclusione.»

«Sì, sembra ripartire tutto e procedere rapidamente verso la conclusione. Ma col questore come la mettiamo? Il punto è proprio questo: cosa c'entra Mastellone con questa storia. Potrà anche aver mentito sull'agente Marras, ma da qui a legarlo alla scomparsa del Betti e all'omicidio di Salvo ce ne corre, eccome se ce ne corre. E poi via: su tutti potrei dubitare, ma sul questore...»

Ristori non poteva nascondere l'ansia di sapere cosa si nascondeva in quella maledetta villetta e cosa ci avevano fatto lì dentro Mastellone e l'agente Marras. La curiosità avrebbe comunque avuto breve durata; l'indomani, lunedì, si sarebbe infatti visto con il questore e ne avrebbe con ogni probabilità saputo di più.

33

La libreria antiquaria, dove avevano concordato di vedersi, avrebbe presto chiuso i battenti; Ristori vagava lì intorno aspettando il questore, che apparve poco dopo l'ora stabilita. Qualche saluto, qualche frase di circostanza, forse più freddamente del solito, e i due si incamminarono verso piazza Santissima Annunziata, da dove proseguirono verso il giardino D'Azeglio. Lì avrebbero percorso gli ampi vialetti in tutta tranquillità, parlando senza che orecchie indiscrete li potessero ascoltare. Giunti all'inizio del giardino, fu Mastellone a rompere il silenzio: «Ristori, voglio parlarle con franchezza, come ho sempre fatto».

«Certo, signor questore!»

«Sappiamo che ha individuato un nostro covo. Nostro, nel senso dei servizi segreti, dei servizi dello Stato.»

Ristori non poté esimersi dall'ammettere l'evidenza: «Per puro caso, signor questore. Andando in macchina ho incrociato l'agente Marras. Sa quello di cui le parlai l'altro giorno, quello che aveva prestato servizio a Perugia».

«Sì, so a chi si riferisce.»

Provarono entrambi un attimo di imbarazzo, mentre il questore con la mano riparava l'accendino d'oro per accendere una sigaretta. «L'ho seguito quasi involontariamente, colpito dall'ora mattutina. Erano circa le sette. E lì ho avuto la sensazione che ci fosse qualcosa su cui indagare. Sa, una di quelle sensazioni che ti prendono e non ti abbandonano più. Ho chiesto all'agente Russo di verificare chi abitasse in quell'appartamento e ho scoperto, ma solo dopo che già lo tenevamo d'occhio, che era nella disponibilità dei servizi segreti.»

Ristori stava per proseguire la narrazione della vicenda, con la massima sincerità, quando Mastellone lo fermò: «Il resto lo sappiamo, guardi qua». E con la mano tirò fuori di tasca il suo cellulare, dal cui schermo apparve un filmato in cui si vedevano alcune scene: l'arrivo di ognuno di loro, l'ingresso nel bar con il proprietario, l'uscita del proprietario, poi l'uscita di Antonio e via via tutti i momenti salienti, ultimo dei quali quello in cui i tre abbandonavano il bar.

Ristori rimase sconcertato, perplesso. Si vedeva che erano immagini prese dall'alto. Era stata una microtelecamera sul tetto della villetta. Toccava adesso al questore spiegare la cosa.

«Vede Ristori» il suo tono non era quello di sempre, traspariva una certa irritazione «quello è un covo superblindato, una base ultrasegreta, utilizzata dai servizi segreti di Stato per questioni assolutamente riservate e della massima importanza.»

L'espressione del questore non era particolarmente indispettita, però si capiva che stava parlando di un affare assai delicato, del quale avrebbe volentieri fatto a meno.

«Non volevo certo andare a ficcare il naso in affari che non mi riguardano, si figuri, con i problemi che ho già con questa indagine.»

«No, non le faccio nessun rimprovero, ci mancherebbe altro, anch'io avrei fatto quello che ha fatto lei.»

Ma si intuiva che qualcosa gli era pesato e che quello che gli stava a cuore non era ancora venuto fuori e non mancò molto a esternarlo: «Caso mai poteva avvertirmi. Indagare su di me! Nel momento in cui lei mi aveva visto entrare in quel covo, avrebbe dovuto avvertirmi e abbandonare subito le indagini.»

«Sì, anch'io ho avuto la medesima idea, ma adesso è inutile che glielo faccia presente. Il fatto è che gli eventi si sono succeduti con una tale rapidità da impedirmi di valutare con calma l'incontro casuale con l'ex agente Marras» e sottolineò l'ex o forse fu una sua impressione l'averlo fatto, dato che alla luce di quanto stava avvenendo non riusciva più a capire se Marras andava considerato in pensione o ancora in servizio «e la nostra immediata azione di sorveglianza in quella palazzina, più per curiosità, che per altro. O meglio, per il vago sospetto che potesse avere una qualche attinenza con le nostre indagini. Poi, il suo inaspettato e imprevedibile arrivo. Capisce, non ci era rimasto nemmeno il tempo per decidere con freddezza come comportarsi e cosa fare.»

«Sì, ripeto. Anche io avrei probabilmente fatto la stessa cosa, nella sua situazione, almeno all'inizio. Ma non si preoccupi.»

Il tono parve sciogliersi lentamente, farsi appena più disteso. Fu Ristori però a riportarlo al livello di poco prima, alla massima tensione.

«Vede, signor questore, ero rimasto perplesso, sorpreso dal fatto che allorché le accennai alla figura dell'ex agente Marras, lei mi disse di non ricordarlo per niente o di averne un ricordo vago e remoto. Il vederla poi entrare in una casa dove già lui era presente, mi ha lasciato un po' disorientato.»

«Sì, capisco anche questo. È vero, ci avevo già pensato. Ma sappia che l'ex agente Marras, come lo chiama lei, fa parte del cosiddetto segreto, tra virgolette, di questa vicenda. Non avrei potuto dirle altro allora, come non posso dirle niente di più adesso.»

Ristori voleva quasi chiedergli cosa fare a questo punto. Ma fu Mastellone a proseguire: «È in sostanza una questione riservata, della quale io ho il dovere di tacere con chiunque. Gliene parlerei volentieri, se mi fosse possibile. Ma non posso. Mi capisce vero? E il Marras fa parte di questa vicenda. Non mi chieda come, in che veste, a quale titolo».

«Si figuri, signor questore. Non vorrà credere che io voglia sapere. Chi sono io, un semplice commissario, per pretendere di entrare dentro affari così delicati?»

«Sapevo che lei avrebbe risposto così, che avrebbe assunto questo atteggiamento» il suo tono ora appariva più disteso. «Sappia però un'altra cosa: su questo appartamento e sui personaggi che vi gravitano interrompa subito ogni tipo di indagine, anche se questo le può sembrare ingiustificato e incomprensibile. È questione coperta da segreto, le ripeto, e della massima importanza e lei la consideri conclusa. Faccia come si fa con il computer quando si resetta un dischetto. Di questa vicenda lei deve dimenticare tutto e per sempre.»

Ristori cominciò ad avere un dubbio, ma esporlo ora gli parve che avrebbe creato ulteriore attrito: si chiedeva se poteva proseguire le indagini sulla scomparsa del Betti e sulla morte di Salvo. Sentiva in qualche modo che queste vicende potevano essere legate a quella casa e ora il questore lo ammoniva a rimuovere tutto dalla memoria. Non poteva però porre questa domanda, sarebbe stata una mancanza di rispetto nei confronti di Mastellone, addirittura una provocazione. Aspettò che fosse quest'ultimo ad avvicinarsi al nocciolo del problema, al cuore di tutta la faccenda.

«Lei ora vorrebbe sapere se e come proseguire le indagini, dato che la figura di Marras le pare l'elemento centrale, quello su cui focalizzare l'attenzione.»

Ristori annuì tacitamente, mentre giravano nel giardino D'Azeglio, in corrispondenza della piccola e vecchia fontana con la vasca, dove una volta c'era anche qualche pesciolino rosso e accanto una giostra per bambini.

«La mia risposta non dovrebbe che essere sì. Altrimenti dovrei essere io a finire sotto inchiesta, per impedire a un commissario di indagare su dei delitti così orrendi. E invece, e so di fare cosa oltre che sgradita anche apparentemente ingiusta e impossibile da capire e accettare, le consiglio di no. Non glielo ordino, non ne ho il potere, né mi sembrerebbe cosa umanamente possibile. Ma le parlo da amico, non da superiore, anche se lei al momento questo non può capirlo. Forse in seguito.»

Ristori restò di sale. Mai si sarebbe atteso un simile, come definirlo, invito?

«Io le consiglio di continuare le indagini ufficiali e nello stesso tempo di insabbiarle progressivamente. Mi dispiace di non poter essere più chiaro, più esplicito. Sì, proprio così. Io le consiglio di proseguire formalmente le indagini e poi piano piano di procedere all'archiviazione del caso, dichiarando che non si è riusciti a far chiarezza sulla vicenda.»

Ristori era sempre più sbalordito e stupefatto.

«Che dice, signor questore!»

«Proprio così, e non le dico quanto mi pesi parlarle in questo modo, cosa per la quale lei mi potrebbe denunciare e mandare in galera, come sarebbe giusto. Ma io confido sulla sua intelligenza e sensibilità. Consideri che non le parlerei in questi termini se non la ritenessi in grado di comprendere. Con nessun altro, le assicuro, pronuncerei una frase come quella che le ho appena detto: l'ho fatto con enorme pena.»

Si fermarono un po', dato che veniva verso di loro un gruppetto di giovani: avrebbero atteso che passassero, per poi riprendere la drammatica conversazione.

«Indaghi solo formalmente sul caso. Ci sono dietro dei risvolti che lei neanche lontanamente può immaginare e che anche io pagherei per non conoscerli, ma non posso.» Al commissario Ristori queste affermazioni gelavano il sangue. Era allibito.

«Questo caso» proseguì Mastellone «è confluito su qualcosa di infinitamente più grande di noi, davanti al quale noi non possiamo che chinare la testa. E prima di finire tragicamente, è meglio fare una profonda riflessione su quello che le ho appena detto».

«Ma signor questore.»

«Mi faccia finire, Ristori.» Si fermò un attimo, accostò le mani e accese un'altra sigaretta, aspirando con una certa intensità una profonda boccata di fumo. «Siamo finiti, io e lei, perché in fin dei conti a noi due soli si riferisce la questione.»

«Ma gli agenti Russo e Guarducci?» lo interruppe appena Ristori.

«Loro due, grazie a Dio, possiamo escluderli. Lei troverà sicuramente il modo di tenerli fuori da questo terribile ginepraio. Anzi, insieme troveremo il modo! E, mi creda, sarà un bene anche per loro.» Si fermò un attimo e poi riprese, mentre un cane di stazza piccola correva verso di loro, alcuni metri davanti all'anziano proprietario, che cercava di frenarlo con il guinzaglio allungabile. «Le ripeto: siamo entrati in un enorme ginepraio che sta infinitamente al di sopra della nostra possibilità di inchiesta e, chiamiamola così, di intervento.»

Ristori pendeva totalmente dalle sue labbra. Mai come in questo momento la sua attenzione e la sua partecipazione erano rivolte alle parole del questore.

«È qualcosa di cui non le posso parlare per il motivo che le accennavo prima, ma assolutamente al di sopra della nostra possibilità di intervento.» Si fermò un attimo, forse per esplicitare meglio il suo pensiero. «Almeno nel nostro Paese. Fossimo, che so, in Francia, in Germania, in Inghilterra, in un paese serio, potremmo anche tentare la battaglia. Ma nella nostra Italietta! Cosa vuole, mi viene da ridere solo a pensarci.»

«E allora non si può fare niente? Nemmeno indagare su un omicidio, e per di più di un poliziotto?»

«Non è che non si possa fare niente. Ma in un Paese come questo cosa vuole fare. Ci si troverebbe da soli a combattere contro qualcosa che ha mezzi e possibilità enormi, e che non esiterebbe a usarli contro di noi. A schiacciarci. E noi da soli cosa potremmo fare?»

«Ma cosa mi sta dicendo, signor questore, che dobbiamo abbandonare le indagini su Salvo e sul Betti?»

«Proseguirle vorrebbe dire andare contro uno dei poteri davvero forti, contro il quale siamo assolutamente impreparati. Se volessimo, potremmo anche proseguire, ma glielo anticipo subito: saremmo soli ed esposti a un rischio mortale. Non potremmo contare che su di noi e su pochi altri mezzi. Forse su un magistrato, ma non credo che questo li fermerebbe. Con ogni probabilità ci eliminerebbero con estrema facilità.»

«Ma che dice, signor questore.»

«Sì, Ristori. Ci eliminerebbero. Non creda che li spaventi o li fermi la presenza o l'azione di un magistrato. Non le ricordo i precedenti.»

«Signor questore, ma non potrebbe essere più chiaro. Così non ci capisco nulla!»

«Il discorso è questo: continuando le indagini sulla scomparsa del Betti e l'assassinio di Salvo si arriverebbe a indagare su un'entità, una compagine eccezionalmente forte, di cui non posso parlarle.»

«È dunque responsabile di questi due omicidi?»

«Non mi faccia dire di più.»

«Ma io ho il diritto di sapere. Almeno sapere chi sono, cosa c'è dietro questa maledetta storia, chi è che ha fatto fuori il mio miglior amico.»

«La prego Ristori, non mi faccia dire di più.»

«Ma io ho bisogno di sapere.»

«In questo caso più di così non potrà sapere, a meno che non voglia proseguire nelle indagini che io, lo sa bene, non potrei impedirle. Anzi, le dico di più: se decidesse, contro il mio consiglio, di proseguirle, io non potrei che restare al suo fianco. Ma, le ripeto, faremmo entrambi la fine di Salvo.»

«Perché, non possiamo combatterli questi poteri forti? E chi saranno mai: la mafia?» azzardò Ristori, nella speranza che Mastellone si lasciasse andare, che gli dicesse chiaro e tondo chi avevano di fronte e come stavano veramente le cose. «Ma anche se fosse la mafia, perché dovremmo fermarci?»

«Mafia: quanto abusiamo di questo termine! Sapesse quante volte si è tirata in ballo la mafia per coprire cose che non si potevano dire! L'intera storia d'Italia è costellata da crimini di mafia, che spesso erano solo il pretesto per interventi di altro genere che non si potevano ammettere pubblicamente. E a volte anche a ragione. Guardi un po'! Non che non ci sia la mafia. Figuriamoci! Magari non ci fosse! Paolo Borsellino dichiarò, poco prima di essere ucciso, di averla vista in faccia la mafia, ma sa dove? A Roma.» Si fermò un attimo il questore, poi riprese a parlare. «E la trattativa fra lo Stato e la mafia dopo le stragi del '93 ha visto, no, che fine ha fatto? Dovrebbero interrogare lo stesso Presidente della Repubblica per vedere fino a che punto era coinvolto lo Stato, fino a che punto si era insinuata nelle istituzioni. Coinvolto il presidente, il ministro degli Interni, e chissà quali altri vertici dello Stato. Il consigliere giuridico del presidente è morto d'infarto per queste cose, per il terrore che potessero risalire fino al vertice delle istituzioni, dimostrando quello che ormai tutti sanno, e cioè che ci fu una trattativa e un accordo fra Stato e mafia. La mafia! Noi crediamo sia solo quella che fa pagare il pizzo ai bottegai. Magari fosse solo quella!»

«Ma è la mafia allora questa potenza invincibile?»

«Non mi faccia parlare. Quello della mafia è solo un esempio.»

«Cosa si vorrebbe in sostanza da noi? Che si interrompessero le indagini su due omicidi, perché chi li ha commessi è troppo forte? Ma via! Non scherziamo!»

«So che le sembrerà assurdo tutto questo, e all'apparenza lo è. Quello che ci viene richiesto è una specie di insabbiamento delle indagini. Si vuole che si continui a indagare, o meglio a fingere di indagare e piano piano, con il passare del tempo si giunga alla conclusione che i responsabili di questi due atroci delitti non sono stati individuati, come è successo infinite volte nel nostro Paese. È il classico processo di insabbiamento, insomma, quello che ci viene richiesto.»

«Io, a caldo, direi subito di no» intervenne Ristori «e a chi mi avesse fatto questa proposta farei passare un brutto quarto d'ora.»

«Nessuno mi ha fatto questa proposta, Ristori. Le cose non sono così lineari come si vorrebbe. E poi bisogna riflettere a freddo sulle cose. Io ne ho il dovere.»

«Ma qualcuno l'avrà contattata, si sarà fatto vivo per dirle quelle cose che adesso lei sta riferendo a me.» Ristori non riusciva a uscire da questo dilemma, che è poi quello indotto dalla razionalità e dal buon senso.

«Ristori, è inutile che ci provi. Non posso dirle più di questo. Non le chiedo di aderire subito a questa mia, chiamiamola così, provocazione. Ci pensi. E nel frattempo continui pure a indagare, anche su quel covo di via Barbera, che a questo punto è già stato completamente abbandonato. È vuoto e non ci troverà più niente. Ma entro qualche giorno mi dia una risposta a quanto le ho detto.»

Ristori era sempre più sconcertato. «E mi consenta, proprio per la stima che ho per lei, di completare il mio ragionamento.» Ristori drizzò ancora di più le orecchie. «Se accetteremo di insabbiare questa storia, oltre probabilmente alle nostre misere esistenze, troveremo una sistemazione

adeguata per i due anziani genitori di Salvo. Una sistemazione nella struttura che deciderà la compagna di Salvo, ovviamente gratis, e vita natural durante. Oltre alla pensione
e a un cospicuo risarcimento per la morte di Salvo stesso.»
Ristori era ancora più sconcertato. Avevano pensato proprio
a tutto. «Sa che non essendo sposati, a lei non sarebbe spet-
tato né l'una né l'altra cosa. Io farò in modo che le abbia
entrambe. Ci sarebbe stata, in verità, anche una ricca offerta
per lei e per il sottoscritto, qualora avessimo accettato, ma
le ho rifiutate sdegnosamente. Non sono cose che si fanno
per soldi queste. E sono sicuro che anche lei avrebbe fatto lo
stesso. Per i familiari di Salvo il caso era invece diverso. Pensi
bene anche a questo.»

34

Ristori tornò verso il commissariato, stravolto dalle parole del questore. Gli sembrava che l'ordine di valori nel quale aveva sino ad allora creduto e impostato la propria esistenza, stesse crollando. Chi commetteva un crimine andava perseguito, anche a costo della vita, e lui lo sapeva bene. Ma ora doveva accettare una situazione opposta e, a chiederglielo, era addirittura il suo superiore, fra l'altro quello che stimava e ammirava di più, e proprio nelle indagini sul suo miglior amico. Abbandonare il caso sulla morte di Salvo, attraverso un progressivo insabbiamento, nessuno poteva chiederglielo, eppure stava avvenendo. Sentiva montare dentro di sé una rabbia incontenibile. Mai la sua coscienza avrebbe potuto aderire a un patto tanto scellerato. Altro che pochi giorni concessigli per prendere una decisione così importante: lui avrebbe mandato in galera Mastellone e tutti quelli che cercava di coprire, a partire dall'ex agente Marras.

Questo sentiva ruggire dentro di sé come un ossesso, mentre tornava verso il commissariato, dove entro pochi minuti avrebbe dovuto fornire ad Antonio e al Guarducci una spiegazione plausibile del colloquio con il questore, senza accennare al vero contenuto: com'era possibile non rendere giustizia al suo amico più caro? Questo volevano da lui, ma chi poi? E lasciare in giro dei criminali! E questo con la piena consapevolezza e acquiescenza del suo superiore diretto, del rappresentante dello Stato: era un mondo che si sovvertiva. Non era possibile accettare quanto gli veniva richiesto. La rabbia che covava dentro aumentava via via che si avvicinava al commissariato.

Chiamò casa con il cellulare, mentre percorreva frastornato via dei Servi, che mai come allora gli era apparsa squallida, insulsa, con quelle bottegucce da due soldi.

«Carla, stasera torno tardi, non mi lasciare la cena. Voi cenate e andate a letto alla vostra ora. Non so neanche io a che ora rientro né se rientro. Abbiamo da fare in commissariato.»

«Stasera avremmo dovuto andare a teatro. C'è Moliere!»

«Hai ragione, scusami. Ma non mi è proprio possibile. Porta la bambina al mio posto.»

«Stasera lei è al compleanno di un'amica. Ma mi arrangio lo stesso. Non ti preoccupare. Sento Giovanna. Probabilmente lei verrà.»

La moglie, pur dispiaciuta, era abituata a telefonate di questo tipo. Poi sapeva in che situazione si trovava il marito, e se le aveva detto così ci doveva essere una ragione importante.

Sistemata la famiglia, Ristori pensò in quattro e quattr'otto a cosa avrebbe potuto dire ai suoi due agenti, che attendevano con apprensione l'esito del colloquio con il questore. Non poteva raccontare loro una balla che non avrebbero creduto. E poi, al momento, non era in grado di formulare menzogne accettabili: lo avrebbero capito subito. Decise così di raccontare una mezza verità, che risultasse credibile ai loro occhi e non li esponesse ai rischi paventati da Mastellone. Che almeno, se doveva pagare, fosse solo lui a raggiungere Salvo. Indugiò per strada ancora un po', quel minimo indispensabile per presentarsi ai suoi uomini in una forma accettabile, almeno esteriormente. Chissà se c'era riuscito.

«Allora?» chiese Antonio per primo, dopo che Ristori fu entrato nella stanza delle indagini e dopo che la porta fu chiusa. «Abbiamo spiato un covo dei servizi segreti?»

«Proprio così. Mastellone mi ha detto papale papale che quello è il covo dove si sta svolgendo un'operazione ultra riservata dei servizi segreti, della quale anche lui fa parte, così come l'ex agente Marras, sulla quale si deve mantenere il segreto. Niente naturalmente che abbia a che vedere con la nostra indagine.»

«Quello che supponevamo più o meno, no?»

«Sì, quello che sospettavamo, e che era la soluzione più plausibile. Pensate che con una telecamera disposta sul tetto della palazzina hanno ripreso tutte le fasi della nostra operazione. Mi sono rivisto e ho rivisto tutti quanti sul suo cellulare, mentre entravamo nel bar, parcheggiavamo la macchina, facevamo le nostre operazioni top secret: sapevano già tutto.» Antonio e il Guarducci assunsero un'espressione scherzosa e leggera, quella tipica dei ragazzi che hanno fatto forca a scuola, ma sono stati scoperti dai professori. Ben diverso era invece lo stato d'animo di Ristori, che si meravigliava di riuscire a tenere in piedi il gioco con sufficiente credibilità.

«Quindi lasciamo perdere l'appartamento di via Barbera.»

«Sì, certo! Ho detto al questore: 'Si figuri se ho voglia di occuparmi di questioni che non mi riguardano. Ne ho già tante di beghe cui pensare!' E noi andiamo avanti con le nostre indagini.»

Concluso il colloquio con i due agenti nella stanza delle loro riunioni, prese dal cassetto la rivoltella, scese le scale, e si preparò a una lunga camminata per le vie della città. Sapeva, ormai per lunga esperienza, che quello era l'unico modo per scaricare un po' la tensione e cercare di riacquistare un minimo di equilibrio. Camminare e riflettere, soppesando tutti gli aspetti della vicenda.

Attraversò buona parte del centro, sempre intasato di passanti, turisti, giovani. Poi, fra le tante, optò per la zona dove era nato e aveva trascorso la giovinezza: imboccò via del Corso. Giunto in Borgo Santa Croce la percorse tutta fino in piazza Beccaria. Passò davanti a una friggitoria, dove da piccino sua madre gli comprava le fettine di polenta fritta quando tornava dal mercato di Sant'Ambrogio, e dove da fidanzato si fermava a mangiare qualcosa con Carla, quando erano soli e non avevano voglia di rincasare troppo presto. Ma adesso la friggitoria non c'era più. Al suo posto c'era una pellicceria. Ci fosse stata ancora avrebbe preso qualcosa da mangiare lì, più che per la fame, per riassaporare qualche momento del passato, quando la vita era semplice e gioiosa.

Oltrepassata piazza Beccaria, invece di imboccare via Gioberti ed entrare nel reticolo di strade dove aveva vissuto da giovane, deviò a destra e si diresse verso l'Arno, e da là verso Bellariva. Via via che diminuivano le vetrine, le insegne luminose e i passanti, i suoi pensieri cominciavano a farsi più chiari. Sembrava che procedessero fluidi come il suo passo, senza intralci e distrazioni.

Dunque doveva esserci andato vicino alla verità, altrimenti non si sarebbero fatti vivi questi poteri forti di cui gli aveva parlato Mastellone. E dato che di nuovo c'era solo la scoperta di quel covo segreto, la soluzione doveva provenire da lì, da chi c'era dentro e da quello che vi avveniva.

'E chissà,' pensò fra sé 'che anche l'arrivo del questore nel covo verso le 10, a tre ore da quando era entrato l'ex agente Marras, fosse dovuto al fatto che noi avevamo scoperto quel covo segreto. Forse gli avevano mostrato le immagini riprese dalle telecamere sui tetti; gli avevano fatto capire che andavamo fermati, che ci eravamo avvicinati troppo alla soluzione del caso'. Ma questa era solo una delle possibilità, ce ne potevano anche essere delle altre. In ogni caso avrebbe dovuto smettere di indagare, altrimenti si sarebbe trovato da solo a reggere l'attacco di nemici troppo forti.

Sentiva che quello del questore non era un bluff, che davvero lui, e forse anche Mastellone stesso, correvano il rischio di rimetterci la pelle in un modo o nell'altro, uccisi platealmente come Salvo o in chissà quale altro modo, senza pensare a quello che poteva succedere ai suoi familiari, alla bambina o a Carla.

A queste considerazioni gli si gelava il sangue. Da un pezzo sapeva che dallo Stato e dalle istituzioni pubbliche non c'era da aspettarsi altro che uno splendido funerale, con tutti gli onori e un bel discorso contraddistinto dalle parole forti di qualche autorità. Uno di quei discorsi pieni di retorica che ti possono anche commuovere. Ma non poteva sperare che questo Stato riuscisse a proteggere un suo servitore in lotta contro nemici ben agguerriti e determinati. Quando mai lo Stato aveva saputo proteggere fino in fondo i propri uomini? Ci voleva ben altra autorevolezza e fermezza.

A volte si mettevano a scherzare, lì in commissariato, discutendo delle tante magagne del nostro incredibile paese e sostenendo che l'unica soluzione possibile per i giovani era quella di espatriare. Ma dove? In Francia, in Inghilterra, in Germania, forse addirittura in Australia? Ma anche in questi paesi, quante volte erano stati colpiti gli uomini ai più alti gradi delle istituzioni! E poi, in fin dei conti, loro erano in Italia e con questo Stato avevano a che fare.

La rabbia però non sbolliva e la tensione restava alta. Decise allora di andare alla piscina di Bellariva.

Sui lungarni gli parve che qualcuno lo seguisse. Sentiva, da un bel po', dietro di sé un individuo camminare con la sua stessa andatura e nella sua stessa direzione. Voltò l'angolo e si appostò dietro un'auto, all'altezza di un finestrino, fingendo di legarsi una scarpa, per vedere che reazione avrebbe avuto il suo inseguitore. Ma questi, voltato l'angolo, parve non accorgersi neanche della sua scomparsa e poco dopo aprì la portiera di una macchina e partì.

'Forse è questo il clima che mi attende in futuro, se non accetto la proposta del questore' pensò fra sé.

Riprese a camminare, mentre una marea di pensieri gli affollavano la mente. Ma, più che pensieri razionali e lucidi, erano sensazioni, spezzoni di immagini, per lo più tragiche, previsioni orrende, situazioni senza via d'uscita, che ogni tanto provava a cancellare per tornare al nocciolo della questione in tutta la sua spietatezza. Che fare?

Se dunque Mastellone gli aveva consigliato di abbandonare l'inchiesta, o di insabbiarla, come diceva lui, pur facendo finta di indagare in ogni direzione, significava che Ristori e i suoi uomini erano andati vicini alla soluzione. E le promesse di sistemare i vecchi genitori di Salvo e far avere la pensione di reversibilità a Rosalba, senza che al commissario venisse dato alcunché, era la maniera migliore, anzi l'unica, per indurlo ad accettare. Mai e poi mai Ristori avrebbe accettato qualcosa per sé: dei soldi o dei vantaggi per non indagare sulla morte di Salvo. Ma via!

E il questore, o chi aveva avanzato tramite lui questa proposta, lo sapeva bene. Come dovevano sapere bene che un'altra morte, quella sua ed eventualmente quella del questore, avrebbe alimentato un'ulteriore inchiesta. Non era accettabile, né da parte dell'opinione pubblica né delle istituzioni, registrare un altro delitto o altri due, senza che si indagasse a fondo e si scoprisse un responsabile. Che poi a essere accusato e inquisito fosse il vero autore del delitto era un altro paio di maniche. Più volte era stato condannato qualcuno solo per placare l'opinione pubblica; ma fare vera giustizia, lo sapevano tutti, era un'altra cosa.

La scomparsa del Betti e la morte di Salvo potevano forse reggere; sarebbe stato il limite massimo di delitti accettabile, specie se su di loro avesse continuato a indagare il commissario Ristori, che notoriamente era un fratello per Salvo, e quindi si era sicuri che non avrebbe omesso niente per scovare i responsabili del duplice omicidio, e che non si sarebbe piegato mai a compromessi.

Pertanto, se fosse stato proprio il commissario Ristori a insabbiare l'inchiesta, lasciandola morire lentamente, sarebbe stata la soluzione migliore per venirne fuori, anche agli occhi del magistrato. Di questo Ristori era ben consapevole, così come del fatto che, se avessero voluto in un modo o nell'altro togliergli l'inchiesta o eliminarlo fisicamente, avrebbero potuto farlo. Non si dimentichi che in Italia, anche per Falcone e Borsellino, avevano agito nello stesso modo. Ma c'erano poi modi meno eclatanti di colpire, sebbene ancora più devastanti, come appunto quello di colpire i familiari, come velatamente gli aveva fatto intendere il questore.

La tensione rimaneva forte e la testa sembrava scoppiargli: aumentò l'andatura verso la piscina. Sentiva che una bella nuotata l'avrebbe aiutato a smaltire il veleno che si portava dentro.

Vide che stavano uscendo gli ultimi nuotatori e che nella vasca olimpionica avevano abbassato le luci. Entrò e riconobbe subito l'allenatore che stava riordinando gli attrezzi e passava sul fondo la lunga asta dell'aspirapolvere acquatico.

«Ciao Roberto!»

«Ristori! Che piacere! Quanto tempo è che non ci vediamo! Cosa fai di bello qui?»

«Di bello niente. Volevo fare qualche vasca. È possibile?» chiese in tono dimesso e un po' supplicante, quasi con la coda fra le gambe.

«E me lo chiedi? Fai tutte le vasche che vuoi. La piscina è a tua completa disposizione. Oggi e sempre.»

«Ma non disturbo?»

«Ma che disturbo. È un piacere! Lo sai che vederti è sempre una gioia per me. Mi ricordi la stagione della pallanuoto, le tante partite giocate insieme: tu ala destra, io sinistra!»

«Bei tempi, caro Roberto.»

«Poi tu entrasti nella polizia e smettesti con la pallanuoto. Io ci sono rimasto e sono ancora qui a fare l'allenatore. Sai che stavo organizzando un incontro con i compagni di quei tempi. Una bella cena prima di Natale. Mi mancava di avvertire solo te e Renzino. Poi è successo quello che è successo e ho lasciato perdere.» Ristori abbassò la testa pensieroso. Roberto, come tutti in città, sapevano quello che era accaduto. L'abbracciò con affetto.

«Fai pure tutte le vasche che vuoi. Io sto qui a riordinare. Ma hai il costume?»

«No.»

Si avvicinò al bancone e da un cassetto prese una cuffia e un costume. Da un altro, un bel telo bianco pulito e profumato di fresco e lo mise su un fan coil a scaldarsi.

«Posso fare qualcos'altro per te?»

«Mi dovresti fare un altro piacere, Roberto. Ho addosso documenti, cellulare e arma di servizio. Me li potresti tenere mentre nuoto? Se mi chiamassero...»

«Perbacco. Ma scherzi?»

Prese una sacca che teneva lì e ci depose gli oggetti. Se la mise a tracolla e aggiunse: «Tu nuota quanto vuoi. Anche tutta la notte. Io sto qui accanto a te. Appena ho finito di sistemare mi metto a camminare al tuo fianco, di nuovo accanto al vecchio e caro compagno di tante battaglie.»

Ristori si mise a nuotare, bracciata dopo bracciata, e vedeva dal pelo dell'acqua il vecchio compagno di squadra indaffarato a sistemare il tubo aspiratore, mentre teneva a tracolla la borsa con i suoi oggetti. Dopo un po' Roberto si mise a camminare sul bordo vasca, mentre il commissario sembrava non stancarsi mai. Quante vasche fece? Venti, trenta. All'amico sembrava impossibile che fosse ancora in grado di nuotare con quel ritmo. Gli stava sempre a fianco, un po' più avanti, così che dal pelo dell'acqua lo potesse vedere e nuotasse tranquillo. Lo osservava arrivare e ripartire, senza mai fermarsi, e avvertiva che il vecchio compagno di tante partite, ora era debole, indifeso, fragile, preda di qualcosa troppo grande per lui. In questo momento avrebbe avuto bisogno di qualcuno accanto. Lui, proprio lui, quello che non lasciava mai nessun compagno solo, che non si tirava mai indietro. Neanche quando incontrarono la fortissima squadra russa composta di "colossi", professionisti tirati su a forza di ormoni, con spalle che parevano armadi e che non potevano che sopraffarli: mai, Ristori rinunciò a uno scontro, neanche sott'acqua, dove a pallanuoto ne avvengono di tutti i colori. Furono massacrati dallo strapotere dei russi, ma Ristori resse fino in fondo e, sebbene non fosse il capitano, tutta la squadra guardava a lui come alla vera bandiera di quell'incontro.

Ora nuotava, cercando come poteva di reggere un urto ben più duro del colosso russo che lo aveva marcato tanto violentemente. A Roberto faceva pena vederlo così indifeso e gli ricordava il momento più esaltante della sua carriera di giocatore: trent'anni fa. Erano sul 4 pari contro la Pro Recco. Erano all'ultimo minuto della partita, non ce la facevano più a reggere il loro attacco, forse li avrebbero sopraffatti proprio sul finale e avrebbero perso il campionato: in classifica erano alla pari. All'improvviso Ristori intercettò una palla, vide Roberto alla sinistra e gli fece un assist perfetto. Lui scattò a sinistra con tutta la forza che aveva e Ristori a destra. I difensori cercarono per un attimo di bloccarli, ma videro che a quella velocità non ce l'avrebbero mai fatta. E si fermarono. Partirono a razzo. Tutto il pubblico della piscina si alzò in piedi a incitarli con le braccia verso il cielo. Loro avvertirono quel coro mentre volavano verso la porta nemica, fianco a fianco. In pochi secondi furono in prossimità della rete avversaria. Erano soli: gli avversari non ce l'avevano fatta a stargli dietro. Il portiere si spostò verso Roberto, sapendo che avrebbe potuto passare la palla a Ristori e a quel punto sarebbe stato uno scherzo buttarla dentro. E infatti, quando Roberto fece il gesto di passargliela, il portiere si spostò verso la parte opposta e lasciò libero uno spiraglio in cui Roberto insaccò il pallone.

Tutta la piscina esplose in un urlo pazzesco. Subito dopo finì la partita che decretava la loro vittoria dello scudetto. Appena fuori dall'acqua, i tifosi li presero e li trascinarono in trionfo, mentre buttarono l'allenatore, il presidente e il vicepresidente in acqua. C'era il sindaco e buttarono in acqua anche lui, mentre Ristori e Roberto furono portati in trionfo sulle spalle dei tifosi. Furono i momenti più esaltanti di tutta la sua carriera. Si trovava spesso a ricordarli.

Avesse potuto fare qualcosa per lui, ora. Per un attimo pensò di buttarsi in acqua e nuotare di nuovo al suo fianco come in tante partite, ma aveva promesso di tenergli il cellulare e la rivoltella e non poteva proprio mancare alla sua parola. E poi capì che in quel momento nessuno poteva essere d'aiuto a Ristori. Il massimo che poteva fare era continuare a stargli a fianco finché avesse nuotato.

Quando risalì la scaletta, Roberto gli si fece incontro col telo riscaldato. Per quanto tempo aveva nuotato? Quante vasche aveva fatto? Chi lo sa. Roberto, dopo le prime, aveva perso il conto. Vide però che gli aveva fatto bene, il suo volto gli parve più disteso, anche se per sfogare la rabbia che aveva dentro gli sarebbe occorso ben altro che la piscina di Bellariva: ci sarebbe voluto tutto il mare, tutto l'oceano. Ristori ringraziò il vecchio compagno della sua premura, e nell'affetto con cui cercava di tranquillizzarlo gli sembrò di cogliere un frammento del regno dei cieli, quello nel quale avrebbe dominato l'amore fra gli uomini.

Roberto poi l'accompagnò in auto fino al commissariato e Ristori, lasciandolo, gli promise che sarebbe presto tornato a fare qualche vasca, così, per rimanere un po' in esercizio.

Salito in commissariato, chiese se c'erano novità, sperando che non ci fossero. E così fu. Prese, quindi, la sua auto e si diresse verso casa.

Durante il tragitto pensò che avrebbe potuto parlare con un magistrato e raccontargli quanto aveva scoperto, riferendogli la proposta del questore. Avrebbero forse potuto stringere il cerchio attorno alla casa di via Barbera, anche se Mastellone gli aveva detto che non vi avrebbero trovato più nessuno. Sentiva che sarebbe rimasto solo a combattere: contro chi e contro che cosa, poi?

Però accettare la proposta del questore gli pareva vile, come abbandonare un amico per paura, anche se in quella proposta c'era qualcosa che la rendeva meno disgustosa: il beneficio sarebbe andato esclusivamente alla famiglia di Salvo, e Ristori non si sarebbe mai dovuto sentire un corrotto che per, denaro o altro, rinunciava a indagare su un omicidio. Però non ci sarebbe stato neanche da vantarsi di questa decisione. Vantarsi poi, ma con chi? Non avrebbe mai dovuto parlare con nessuno, né accennare alla cosa. Forse solo con la sua coscienza?

Arrivò a casa che erano le due. Si spogliò senza fare il minimo rumore ed entrò a letto, sentendo accanto a sé la presenza tiepida e rassicurante della moglie. Le si avvicinò. Lei dormiva su un fianco rivolta dall'altra parte. Aderì a lei e in pochi istanti si addormentò, aiutato dal respiro caldo e regolare di lei che, sentendolo accanto, pur nel sonno, si adattò pronta e flessibile alla sua posizione.

Ecco il porto sicuro dove era approdato dopo la traversata a nuoto dell'oceano!

35

Poco prima dell'ora fissata con il questore, Ristori gironzolava per i vialetti del giardino D'Azeglio. Ricordava di averli percorsi un'infinità di volte nel corso della sua vita, fin da bambino, quando li attraversava ogni giorno per andare a scuola. Ma quella sera sarebbe stata un'occasione tutta particolare.

Che gli avrebbe detto poi a Mastellone? Mah! Dopo averci pensato tanto non lo sapeva nemmeno lui. Una risposta netta in un senso o nell'altro gli creava problemi enormi, che lui non sapeva come gestire: accettare di insabbiare le indagini sulla morte del suo miglior amico risolveva tutto, ma più ci pensava più gli pareva un gesto di viltà, anche se era compensata dalla tutela dei suoi anziani genitori, che però, per ironia della sorte, sarebbe avvenuta proprio ad opera di chi ne aveva ucciso il figlio.

Rifiutare la proposta del questore significava esporre se stesso, la sua famiglia e forse lo stesso Mastellone a un rischio mortale. Ma questo lo angosciava meno: chi si era messo a trattare con quella gente e non l'aveva subito braccata e assicurata alla giustizia?

Pensò di far parlare ancora il questore. Vedere se gli cavava fuori qualche altra notizia, qualche altro particolare o qualche opzione che rendesse meno traumatica la faccenda, e poi se riusciva a capire finalmente cosa c'era dietro a tutta questa storia. Ci sarebbe stato, alla fine, un magistrato a cui rivolgersi e a cui affidare questo spinosissimo caso.

In altri momenti pensava che talvolta era saggio lasciare che le cose seguissero il loro corso, non prendendo nessun impegno preciso, procrastinando ancora un po' la decisione, in attesa di qualcosa che sbloccasse o aggiustasse la situazione. Anche se questo indugiare finiva per andare nella direzione proposta dal questore, cioè allungare i tempi, turarsi il naso e poi accettare l'insabbiamento del caso. Ma continuava a ripetersi che non si poteva accettare una proposta del genere, anche se la mancanza di vantaggi personali la rendeva meno inammissibile, almeno agli occhi della sua coscienza.

E poi, era vera anche quest'ultima considerazione? Anche aver salva la vita, e non esporre i suoi familiari a pericoli, era un vantaggio per Ristori: quindi, anche lui avrebbe ricevuto qualcosa in cambio. In ogni caso, messo di fronte a un'alternativa secca, se accettare o no, cosa avrebbe deciso? Mah! Che almeno Mastellone gli rivelasse chiaramente i risvolti della vicenda. E se doveva vendersi l'anima, che gli venissero rivelati tutti i retroscena. E se la cosa, alla fine, prendeva dei risvolti inquietanti e per lui inaccettabili ne avrebbe parlato con il magistrato, con cui aveva più volte collaborato.

Erano questi i pensieri che affollavano la sua mente, mentre girovagava intorno allo slargo principale del giardino, al cui centro si trovava la piccola vasca con i pesciolini rossi e, accanto, la giostra per i bimbi.

«Buona sera commissario, come sta?» Il questore aveva il tono cordiale e affabile di sempre, e non mostrò fretta di iniziare la complessa conversazione per la quale gli aveva dato appuntamento. Quando fu il momento giusto gli chiese se aveva riflettuto sulla sua proposta.

«Non faccio altro da ieri.»

«Difficile, eh, prendere una decisione di questo tipo!?»

«Non so proprio cosa dirle. Più ci penso, più rifletto, e meno giungo a una conclusione definitiva. Decido una cosa e dopo 5 minuti ho già cambiato idea!»

«Succede sempre così quando si deve prendere una decisione terribile come questa: ci si convince di una soluzione, poi si passa all'altra, poi si torna alla prima, e così via. È tutto un riflettere, un pensare, un valutare, un soppesare i rischi.»

«Proprio così, signor questore. Qui in ballo ci sono cose troppo grandi per me. Talvolta penso che non dovrei essere io a prendere una decisione. Io sono un semplice commissario, un esecutore di ordini altrui.»

«Ma in questo caso è lei a dover decidere se proseguire o no le indagini. A volte nessuno può sostituirci in una scelta difficile.»

«Potessi almeno sapere qualcosa di più. Cosa c'è dietro. Conoscere la verità insomma: sarebbe una decisione sempre difficile da prendere, ma più facile da accettare.» Ristori cercava di sondare il terreno, di aprire quanto meno lo spiraglio per una trattativa.

«Capisco cosa intende, Ristori. Ma mi creda non è assolutamente possibile.»

«È proprio questo che non riesco ad accettare.»

«Di dover abbandonare un'inchiesta proprio quando credeva di essere prossimo alla soluzione?»

«No, non è solo questo. È il fatto che sono stato minacciato e, insieme, vorrei aggiungere, siamo stati minacciati io e lei di morte, se fossimo andati avanti con le nostre indagini. Questo non mi era mai capitato e stento ancora a credere che mi possa essere successo. E pensavo che avrei sempre risposto a questa situazione, facendo fino in fondo il mio dovere di poliziotto.»

«Non escluderà che ci siano stati casi analoghi.»

«Certo che ci sono stati. Ma ci sono stati anche uomini come Falcone e Borsellino o l'avvocato Ambrosoli, solo per fare i primi nomi che mi vengono in mente, ma ce ne saranno sicuramente tanti altri, che non si sono piegati, che sono andati avanti.»

«E come sono finiti?»

«Però il loro esempio ha giovato moltissimo al Paese. Sono un emblema, un simbolo di speranza per tutti. Non vorrei che noi divenissimo l'opposto. Il simbolo dei vili, dei codardi, di coloro che si piegano al ricatto e accettano le imposizioni dei forti, venendo meno al loro dovere.»

«Lei ha pienamente ragione,» intervenne Mastellone «ma non dimentichi che anche le massime istituzioni hanno piegato la schiena quando si sono trovate in una situazione difficile. Si fa alla svelta a lanciare proclami di forza e di coraggio nella posizione blindata e super sicura in cui si trovano. Ma vediamo come uno si comporta quando gli capita l'occasione di dare una prova di coraggio!»

«A cosa si riferisce, signor questore?»

Procedevano per i vialetti del giardino come due vecchi amici che conversavano del più e del meno, anche se il commissario Ristori non aveva mancato di notare l'autista di Mastellone appostato in un angolo della piazza e altri due agenti, che facevano parte della scorta, dislocati discretamente nei punti strategici del giardino. Bastava questo a dimostrare che la minaccia rivolta a loro non era certo campata in aria.

«Per esempio, alla trattativa dello Stato con la mafia. Quando cominciarono a saltare in aria qui gli Uffizi, e altri edifici in altre città, cosa fece lo Stato se non intavolare una trattativa con la mafia? Adesso tutti la smentiscono, ma chi è al potere sa che le cose non andarono così. Allora si trattava di sconfiggere la mafia, di far rispettare la legge, di mostrare, appunto, la schiena dritta e di andare avanti, costasse quello che costasse. E perché non si fece? Perché i nostri vertici non se la sentirono di ristabilire la legalità con le forze dell'ordine? Come mai oggi la procura di Palermo si è messa a indagare su questa trattativa? La risposta è semplice: perché la trattativa ci fu, e probabilmente alla fine i vertici cedettero alle richieste della mafia e solo allora le stragi finirono. Qualcosa si promise, qualcos'altro si fece capire che si sarebbe potuto ottenere, si ammorbidì un po' la questione, si evitò di giungere allo scontro e la cosa finì lì. Si fece un po' come il conte zio, "troncare, sopire". O come il cosiddetto "uomo di circostanza", quello che si piega pur di non arrivare a uno scontro, perché non ha il coraggio o la forza di sostenerlo fino in fondo o perché ritiene più saggio evitarlo. E, in altri casi, quanti uomini delle istituzioni hanno sempre preferito sottrarsi alla prova di forza e trovare un compromesso, raggiungere un accordo, far svuotare la situazione della sua carica dirompente, in modo che si spegnesse lentamente, fino a insabbiarla: insabbiarla, proprio così. Come le consiglio di fare io, con la nostra indagine. È una forma di saggezza anche questa.»

Si fermò per un attimo Mastellone, per accendersi una sigaretta col suo solito accendino d'oro.

Il commissario era pronto a ribadire al questore che l'unico concetto, che riteneva attinente a questa situazione, era che di fronte a un delitto si va avanti, costi quel che costi. Ma rimaneva stupito dal tono e dagli argomenti che usava il questore e dal suo modo di porgerli. Sarebbe stato un grande avvocato, un grande oratore.

«E guardi che la cosa poi non è priva di una sua saggezza remota. Quando non sei in grado di controllare la situazione, o temi che possa scatenarsi una reazione incontrollabile, dalle conseguenze dirompenti e traumatiche, è meglio giungere a un tacito accordo, a un qualche compromesso ragionevole, anche se ciò avviene a scapito della legalità.»

Era già un bel po' che i due percorrevano in lungo e in largo i vialetti del giardino D'Azeglio, quasi tutto vuoto, come spesso a quell'ora, se si esclude qualche raro passante, un pensionato a passeggio con il cane o una giovane di poco più di trent'anni, con l'espressione dimessa, che rifletteva forse su un qualche fallimento affettivo o esistenziale.

«Non so nemmeno io cosa fare» confessò candidamente il commissario a Mastellone. «Cosa vuole che le dica. Seguirò i suoi consigli!»

«Vede, qui noi siamo in una situazione nettamente perdente, destinata a soccombere. Andando avanti rischieremmo entrambi la vita, e forse chissà quanti altri ancora, senza poter ragionevolmente giungere a una conclusione positiva della vicenda. Un atteggiamento di cauta retromarcia, senza alcun vantaggio personale per noi, ma solo per le vere vittime della vicenda, il vice commissario Di Salvo e la sua famiglia, mi pare la migliore soluzione possibile. Il gesto di maggior buon senso e realismo.»

«Non ne dubito, signor questore, ma anche se salvassimo tutte le apparenze e nessuno venisse mai a sapere nulla di questa vicenda, come mi potrei guardare allo specchio, sapendo a cosa mi sono ridotto?»

«Le ripeto,» e nel questore si notava quasi un senso di affetto paterno, oltre che di stima nei confronti del suo funzionario «se dobbiamo lottare contro i mulini a vento, con le conseguenze che sappiamo, è più logico rinunciare.»

«È proprio questo il dramma, signor questore.»

«Non creda che anche a me la cosa non pesi. Non creda che mi piaccia questa, chiamiamola così, "sistemazione". Forse a mio vantaggio giova il fatto di averne viste e di continuare a vederne tante di situazioni di questo tipo. Per me è prassi abituale vedere politici o alti funzionari proclamare a parole la massima fermezza su questo o quell'aspetto, e poi cedere di continuo a compromessi, ricatti, vigliaccherie, furbizie meschine. Fare un'affermazione un giorno con la massima convinzione, e il giorno dopo sostenere l'esatto contrario, con la stessa fermezza. Mentire sapendo di mentire. Utilizzare la stessa faccia di bronzo con cui fai un proclama oggi e il giorno dopo uno di segno opposto.»

«Certo, da questo punto di vista non si può obbiettare niente.»

«Capisco che sia una decisione sofferta, caro Ristori. Come è stata sofferta per me. Una di quelle che ti inducono, qualora uno non ne avesse avuto ancora voglia, a chiudere con questo lavoro.» Ristori guardava per terra, carico di una rabbia, che cercava di tenere a freno e di non far esplodere almeno lì, davanti al questore.

«E infatti tra un paio d'anni, io chiudo: per questo caso e non solo. Ormai la mia stagione è finita. Certo che avrei desiderato chiudere in bellezza, non con un fallimento morale come questo, con una sconfitta plateale della giustizia.»

Camminarono ancora un po' in silenzio.

«Vorrà dire che non proverò rimpianto per quello che ho lasciato.»

Il commissario si lasciò sfuggire una breve, leggera, impercettibile smorfia: «A chi lo dice».

«A lei mancano ancora un bel po' di anni alla pensione.»

Ristori non aveva voglia di parlare, per lo meno di questo. Erano altre le cose di cui avrebbe voluto parlare. Erano altri gli argomenti e i sentimenti che premevano dentro di lui.

«Vedo che la ferita per la decisione presa sanguina molto. Vero?»

«Sì» quella proposta che lui aveva appena accettato, continuava a sentirla vile, infame, ma come avrebbe fatto a dire di no? «Mai avrei immaginato di dover fare una cosa simile. Potessi andarmene, me ne andrei oggi stesso, ma ancora mi mancano una decina d'anni. E non so se riuscirò a reggere così tanto.»

«Non si deprima troppo Ristori. Lei ha fatto tutto quello che poteva fare. Di più non le sarebbe stato possibile, né consentito. Se voleva sopravvivere questa era l'unica decisione da prendere. E non per viltà. Direi per saggezza, per senso pratico. Morire? Perché a questa soluzione sarebbe andato incontro, senza una minima possibilità di successo. Sarebbe stato come suicidarsi senza riuscire a dipanare questa maledetta vicenda.» E Ristori avvertì un tono di amarezza nelle parole di Mastellone, rivolte forse più a se stesso che al commissario.

Toccava adesso a Ristori dire qualcosa, rendere meno squallida questa triste conversazione, quasi un monologo del questore: «Sì, l'amarezza è tanta. La voglia di andarmene sbattendo la porta lo stesso. Non avrei mai immaginato di dover accettare un ricatto simile. E poi proprio per il mio miglior amico: un fratello». Il questore lo prese a braccetto.

Un gruppetto di giovani si era messo a tirare due calci al pallone nel spiazzo sterrato, delimitato da un'alta rete. La trentenne depressa si era seduta su una panchina nello slargo della fontanella centrale. Chissà, forse stava lì perché si sentiva rassicurata dalla presenza dei due signori che passeggiavano per il giardino: da sola, a quell'ora, forse non ci sarebbe rimasta. Anche lei doveva avere dei grossi crucci nel suo cuore. Un dalmata annusava i piedi delle altre panchine, tenuto a distanza dal guinzaglio allungabile dell'anziano padrone.

Come pareva gelida, triste e squallida l'atmosfera. A Ristori tornavano in mente le passeggiate solitarie che faceva da giovane nei momenti di dolore, nelle crisi affettive di quegli anni. Dolori intensi, da tagliare con il coltello. Gli sembrava che, con il passare degli anni e con una normale vita familiare, lavorativa e sociale, i sentimenti si fossero come annacquati, stemperati. Anche i momenti duri, difficili e dolorosi, non avevano più avuto quell'intensità che ora gli pareva di provare di nuovo, accresciuta, moltiplicata e unita a una rabbia incontenibile.

«Non so come presentarmi in commissariato domani. Con che faccia riprendere il lavoro. Raccogliere denunce, fare indagini, dirigere un commissariato, ricominciare a fare tutto quello che ho fatto per trent'anni. Non lo so proprio.»

«Capisco che questo è uno dei momenti più difficili da superare. Ma lei pensi che la decisione presa era probabilmente quella che avrebbe voluto anche Salvo. Che i suoi vecchi non avessero problemi. Che la compagna ricevesse una pensione e una liquidazione come fosse una vedova. Ricordi il caso della convivente del maresciallo ucciso a Nassiria che, non essendo sposata, non ha ricevuto né pensione né altro. Pensi insomma ai piccoli benefici, tutti a vantaggio dei familiari di Salvo, che non avrebbero avuto, rifiutando la proposta.»

«E con la mia coscienza?»

«Lei è un galantuomo, Ristori, una persona di rara sensibilità, serietà, senso dello Stato e della giustizia. Saprà sicuramente trovare dentro di sé le forze e gli stimoli per reagire a questi che sono gli stessi interrogativi, morali prima di tutto, ma anche investigativi, che mi pongo su questa maledetta vicenda.»

Ripassarono davanti alla fontanella: la ragazza triste non c'era più. I giovani continuavano invece a giocare rumorosamente. Una coppia di lavoratori, forse immigrati, con una borsa a tracolla dove avevano ancora il pentolino per il pasto e qualche attrezzo, percorreva di buon passo il giardino, in quell'ora notturna, e i lampioni con le loro palle illuminate, anche se sporche, conferivano al giardino una suggestiva atmosfera di fine Ottocento.

36

'Sì, sarà anche vero quello che dice il questore' pensava Ristori mentre si avviava verso il parcheggio dove aveva lasciato la macchina 'ma qui c'è un assassino in circolazione. C'è qualcuno che ha rapito un uomo e assassinato un fedele servitore dello Stato. E io non dovrei perseguirlo!'.

Era stata una scelta molto sofferta e carica di rimpianti, la sua. Pesava e non poco il timore per le conseguenze su se stesso e sulla sua famiglia. Si rendeva conto, e Mastellone glielo aveva fatto capire più volte e con insistenza, che quella era gente che non scherzava. Che probabilmente si sarebbe trovato solo contro tutti e da solo avrebbe dovuto gestire una situazione che avrebbe potuto distruggerlo.

'Io qui sono un povero bischero. Solo con due agenti, con un questore che ora cerca di farmi ragionare e che forse domani si tirerà indietro, chissà! Solo, esposto con la mia famiglia alla vendetta di qualcuno troppo potente per essere affrontato.'

Fu questa l'ultima considerazione di Ristori prima di entrare in macchina e dirigersi verso casa. Pensò che forse avrebbe dovuto parlarne con la moglie, ma abbandonò subito l'idea. Avrebbe significato mettere anche lei in apprensione, toglierle per sempre la serenità. Loro due e la loro bambina contro tutto il mondo. No: non poteva parlarne con Carla, doveva assumersi da solo la responsabilità della scelta. E poi se in famiglia voleva un clima di serenità doveva tenerle fuori entrambe dalle questioni del lavoro.

A casa mantenne la conversazione sui soliti temi familiari e si rendeva conto di quanta grazia e quanta dolcezza avessero le piccole cose di ogni giorno, ora che rischiavano di essere messe in discussione o addirittura cancellate per sempre e sostituite da una vita di paura, di solitudine, di precarietà, forse blindata: questa sarebbe diventata la sua esistenza, se avesse scelto di proseguire le indagini. Senza contare che ogni giorno sarebbe potuto essere l'ultimo, per sé e per i suoi. Era giusto esporsi in questo modo?

Sì, la sua coscienza gli diceva che era giusto esporsi, il suo lavoro era quello, anche se era da stupidi farsi ammazzare per un principio di giustizia, che poi tutti violavano e torcevano a loro comodo e a loro favore, a cominciare da tanti politici. Ma andare avanti sarebbe stato suo dovere.

Dall'altro lato sentiva però che la soluzione prospettata dal questore era la più logica, in queste condizioni. L'indagine sarebbe rimasta in sospeso, pur sembrando sempre attiva ed effettuata in tutte le direzioni, come si diceva sempre. Poi, in mancanza di risultati, sarebbe progressivamente scivolata dall'attenzione dei media, dei giornali, dei lettori, e sarebbe stata archiviata, come molti dei delitti commessi a Firenze e in tutta Italia.

I vecchi genitori di Salvo avrebbero avuto l'assistenza che forse nemmeno il figlio avrebbe potuto garantire loro, la compagna vedova un bel risarcimento che le avrebbe assicurato la tranquillità finanziaria. E tutto si sarebbe aggiustato.

Ma la sua coscienza si ribellava violentemente a questa semplice soluzione, in quanto si scontrava con i valori su cui aveva impostato la sua vita.

A volte provava a pensare quello che avrebbe voluto Salvo al suo posto. E la conclusione era in perfetta linea con la soluzione suggerita da Mastellone, se non altro per garantire una vecchiaia serena agli amatissimi genitori, tanto lui in vita non ci sarebbe mai tornato.

'Che non provino almeno a offrire una sola lira a me' pensava nei momenti in cui ipotizzava la conclusione della vicenda più facile 'perché sarebbe la volta che mi decido a indagare davvero. Ma indagare poi su che cosa?' si chiedeva subito dopo.

'Credi che i loro sporchi affari siano ancora lì, custoditi in quel covo dei servizi segreti? Anche se ci fosse stato qualcosa di misterioso, e sicuramente c'era chissà cosa, a quest'ora dove sarà? Posso rimettermi a indagare quanto voglio, ma a quest'ora sarà stato tutto sistemato, bonificato, ripulito.' A volte immaginava di parlare con Salvo di queste cose e anche lui continuava a spingerlo nella stessa direzione. E su questa decisione si addormentò la sera.

37

Durante la notte Ristori si ripassò più volte nella mente il colloquio col questore, cercando di metabolizzare quanto gli era stato detto. Ma gli era impossibile. Oltre ai soliti problemi di coscienza gli cominciava a pesare anche il fatto che i genitori e Rosalba dovessero ricevere i benefici economici dalla stessa mano che aveva assassinato Salvo. Gli sembrava inaudito, inaccettabile, fuori da ogni logica e criterio. Almeno quelli cui lui si era sempre attenuto.

L'indomani mattina in commissariato c'era il solito tran tran di sempre: qualche persona a sporgere denuncia per le questioni più varie, qualche agente che entrava, qualche altro che usciva, una pattuglia che stava per iniziare il servizio di ronda. Quella monotonia, che costituiva anche il fascino di una professione, il sottofondo di una vita lavorativa che aveva i suoi risvolti positivi e i suoi momenti interessanti, e che apprezzavi specialmente ora che tutto rischiava di essere messo in discussione.

Appena giunto si mise a sistemare le pratiche che gli erano rimaste indietro, dato che da vari giorni si dedicava pressoché esclusivamente all'indagine su Salvo. Poi incontrò Antonio e il Guarducci che attendevano ordini. Lui era pur sempre il loro capo. Doveva decidere cosa fare e comunicarlo ai suoi uomini. Mostrare che aveva sempre in mano la situazione. Mai come ora avrebbe desiderato avere qualcuno al di sopra che gli dicesse cosa fare.

«Si riprende dal punto in cui eravamo quando ho incrociato casualmente l'ex agente Marras. E cioè da domenica scorsa. Quell'incontro e quell'episodio dobbiamo considerarlo come una parentesi: si è aperta domenica e si è chiusa stanotte: ripartiamo da dove eravamo. E cioè dall'analisi dei condomini e delle intercettazioni telefoniche.» Quanta ipocrisia sentiva nelle sue parole, e quanta tristezza. Si stupì di saper fingere così bene. «Poi riprendiamo la pista della sorella e dei nipoti del Betti, con la storia dell'immobile in Maremma e della cooperativa sociale. Sono questi gli elementi che abbiamo. Ci sarebbe anche il discorso sugli articoli di Hugo Ratio, ma, come ci siamo detti più volte, con quegli articoli si dovrebbe indagare sull'universo mondo.» Antonio e il Guarducci assentirono in silenzio scrollando leggermente la testa.

Uscì dall'ufficio e si recò da un sacerdote che conosceva da decenni e col quale aveva una confidenza particolare. Sapeva che diceva la Messa la mattina alle sette e poi si recava in un liceo fiorentino a insegnare religione. Ma non tutti i giorni. Sperava che fosse uno di quelli in cui non andava a scuola.

Suonò alla canonica dove il sacerdote abitava, adiacente alla chiesa. Don Vasco si affacciò alla finestra del primo piano, lo riconobbe e scese ad aprirgli la porta, gli si fece incontro e gli strinse affettuosamente le mani. Aveva saputo, come tutti, della tragedia; aveva conosciuto anche lui Salvo, anche se meno bene del commissario. Dopo sincere parole di circostanza da parte di entrambi, Ristori gli chiese se era possibile aiutare i genitori di Salvo.

«Ben volentieri, se posso.»

«Come sa, Salvo conviveva con Rosalba. Erano praticamente marito e moglie, ma non all'anagrafe. Ora, nonostante tutti si prodighino in promesse, la vedova rischia di non ricevere nulla, né pensione di reversibilità, né indennizzo per la morte di Salvo: è già successo.»

«Ebbene, cosa posso fare io?»

«Se la sentirebbe di dichiarare di aver celebrato il matrimonio fra loro due, 15 giorni fa? Così Rosalba riceverebbe i benefici che spettano alle vedove e potrebbe concretamente assistere i due vecchi genitori di Salvo. Ma senza quei benefici potrebbe fare ben poco, poveretta. Adesso tutti sono pronti ad aiutare, a dare una mano, a farsi in quattro, a promettere. Ma svanita l'emozione del momento Rosalba resterebbe sola col suo magro stipendio di insegnante a mandare avanti la baracca. Sulla tomba di Salvo ha giurato che si sarebbe presa cura dei suoi vecchi genitori. Senza i benefici che danno alle vedove, però, non ce la può fare.»

«Comincio a capire. Far risultare che si siano sposati poco prima di morire, così Rosalba avrebbe i benefici.»

«Proprio così. E sa che non sarebbe uno sproposito, una truffa, come ne avvengono tante fra badanti, assistiti, vecchi e così via. La loro convivenza era proprio come un matrimonio a tutti gli effetti.»

«Ah! Certo, non sarebbe poi il primo che celebro per sistemare una situazione del genere. Fra l'altro l'ultimo matrimonio che ho officiato è stato a fine settembre, oltre un mese fa, dopo non ce ne sono più stati, quindi nel registro potrei aggiungere questo: non ci sarebbe nessun pasticcio, tranne la data. L'unico impiccio sarebbe la mancata denuncia all'Anagrafe del Comune, ma quella sarebbe una mia manchevolezza, una distrazione, di pochi giorni poi. A quello potrei rimediare facilmente.»

«Sarebbe il più bel regalo che potremmo fare a Salvo. So io quanto si preoccupava di loro, entrambi sui novant'anni. Hanno promesso tutti mari e monti, ma fanno alla svelta a rimangiarsi tutto. E se poi mantengono le loro promesse, uno finisce per sentirsi in obbligo perenne, finisce per non essere più libero.»

Don Vasco sorrise leggermente, sapeva che spesso le cose finivano così.

«Piuttosto mi occorrono due testimoni.»

«Io e mia moglie.»

«Per le firme ci pensate voi?»

«Tutte quelle che vuole. Quando avrà preparato i fogli, verrò con mia moglie e Rosalba e firmeremo tutti gli atti. La firma di Salvo, poi, la imito io: la conosco a memoria, ne avrò viste migliaia nei documenti in tanti anni insieme.»

«Prima si fa e meglio è. Venite stasera dopo la messa delle 18, io nel frattempo preparo i fogli, voi firmate tutto e domattina dò la comunicazione all'ufficio dell'Anagrafe. Che data mettiamo: la domenica prima dell'assassinio va bene?»

«Don Vasco!» Ristori l'abbracciò con sincera e profonda commozione. Il buon sacerdote ricambiò con uguale affetto.

«Vieni a trovarmi più spesso, porta anche tua moglie e la bambina.»

«Sapesse i problemi che ho. Ma almeno so che Rosalba potrà sopravvivere dignitosamente e curare, con l'affetto che meritano, i genitori di Salvo, senza dover ringraziare nessuno.»

Avrebbe voluto aggiungere "tanto meno la mano assassina", ma sarebbe stato troppo lungo e complicato spiegarlo al bravo sacerdote.

Ripartì e si recò alla sua agenzia assicurativa: «Ma la tua polizza RCA scade fra due mesi. Vuoi pagare così in anticipo? Hai vinto al lotto?»

Gli disse in tono semischerzoso il titolare.

«Giovanni, non son venuto per quella.»

«E per cosa allora?»

«Per l'altra, quella sulla vita.»

«Quella scade ancora più tardi, mi pare» e digitò sul computer il nome del commissario.

«Sì, lo so. Volevo sapere se si può estendere anche al suicidio.»

«Perché ti vuoi suicidare?» Lo guardò un po' sorpreso il suo agente.

«No! Ma qualcuno potrebbe uccidermi e non vorrei che mia moglie e mia figlia dovessero restare scoperte, senza protezione.»

«I suicidi non sono coperti dall'assicurazione. Ma se ti ammazzano è omicidio, non suicidio.»

«Sì. Lo so. Ma sai quanti ce ne sono stati? Non ci mettono molto a far passare un omicidio per suicidio. Ti buttano giù dall'ultimo piano e dicono che ti sei ammazzato. E io voglio stare tranquillo, dopo morto.»

L'agente assicurativo capiva dal tono che Ristori non aveva voglia né di scherzare, né di perdere troppo tempo. «Fammi capire. Tu hai paura che qualcuno possa ammazzarti e farlo passare per suicidio. In quel caso l'assicurazione non pagherebbe nulla. Mi chiedi se sia possibile estendere l'assicurazione anche al suicidio.»

«Sì, Giovanni, proprio così.»

«Questa formula non esiste nelle assicurazioni che gestisco io, ma non credo nemmeno nelle altre» disse un po' sconsolato l'agente con cui da 30 anni Ristori stipulava le polizze sull'auto, sul motorino e sulla vita.

«E allora come si fa?» chiese Ristori, ansioso di togliersi di dosso anche questa preoccupazione, dopo quella della pensione a Rosalba.

«Dunque! Fammi pensare! Una volta, alcuni anni fa, si fece una cosa del genere. Sì. Un nostro cliente chiese una copertura per il suicidio. Lui aveva quella per la vita come te. Ma non ricordo come andò a finire. Aspetta un attimo. Maria!» chiamò la segretaria a voce alta. Questa apparve alla porta con una pratica in mano dalla quale sbucava un contratto standard con il modulo verde. «Come si chiamava quel tale al quale concessero un'estensione della polizza vita per suicidio?»

«Mi sembra Vecchietti. Aspetti che controllo.» E tornò di là.

«Sì: Vecchietti Olindo. Dovrebbe avere la pratica nel computer. È tutto on line.»

Giovanni digitò il nome, consultò rapidamente la pratica e alzò gli occhi su Ristori: «Sì, è stato fatto così. Aveva un'assicurazione sulla vita come la tua, di 200 mila euro. E chiese quello che mi chiedi tu. Fra l'altro non è stata riscossa e l'interessato continua a godere di ottima salute e a versare ancora la sua quota, segno che gli ha portato bene. La direzione generale gli concesse questa estensione al suicidio, riducendogli però del 25% il premio che avrebbero incassato gli eredi in caso di morte. In pratica lui continua a pagare la stessa cifra, però se muore, per suicidio o per altro, gli versano 150 mila euro invece di 200 mila. È un rischio che si assume in proprio l'assicurazione. Lo fanno rarissimamente e solo dietro invito pressante dell'agente, per i clienti più fedeli e migliori».

Ristori alzò un po' le spalle, come dire "e allora lo facciano anche a me questo stesso trattamento".

«So cosa intendi dire. Io posso chiedere di farti lo stesso trattamento, ma in caso di morte gli eredi ci rimetterebbero 50 mila euro.»

Ristori allargò un po' le braccia, quasi a dire: "Pazienza. Si arrangeranno. È sempre una bella somma."

Giovanni, compreso il problema, aggiunse: «Si potrebbe fare così. Maria, quando scade l'offerta promozionale dell'Helvetus, lunedì?»

«Non questo, il prossimo.»

«Ecco. C'è una nuova compagnia, l'Helvetus, che vuole entrare nel nostro mercato, e ha lanciato un'offerta davvero vantaggiosa, che scade fra pochi giorni: una polizza vita dai costi molto bassi. Tu potresti farti questa polizza vita di 50 mila euro, con la quale recuperi la somma che ti toglierebbero gli altri. Questa coprirebbe solo la morte, non il suicidio. Con questa però, se ti ammazzano, gli eredi prenderebbero sempre 200 mila euro. Se ti suicidano solo i 150 mila dell'altra.»

«Sì, va bene» disse un Ristori più rasserenato, tirando un po' indietro la testa. Stava risolvendo in una mattinata sola due problemini niente male. «Quanto mi viene a costare questa seconda assicurazione?»

«Ecco qui il depliant: 100 euro al mese per una copertura vita di 50 mila euro.»

«Va bene sì. Falle entrambe.»

«Un momento. Devo prima sentire se nell'altra ti concedono l'estensione per il suicidio.»

«Tu raccomandati. Fai in modo che me la facciano: ne ho davvero bisogno e la voglio in fretta. Ce la fai per stasera per tutt'e due?»

«Per quella da 50 mila euro non ci sono problemi. Se ti fermi dieci minuti Maria te la fa anche subito, per l'altra devo prima sentire. Se vuoi mi metto subito in contatto e ti faccio sapere.»

«Ottimo Giovanni. Sei sempre il migliore! Chiamami appena hai pronti i fogli. Non dire nulla a mia moglie di questa cosa. Voglio che stiano tranquille.»

Giovanni capì che Ristori aveva fretta e non lo trattenne più a lungo. Si salutarono e lui chiamò subito la sede centrale a Milano.

38

L'aver sistemato la situazione dei familiari di Salvo e, in seconda battuta, anche di sua moglie e sua figlia, lo fece sentire infinitamente più sereno. Quello che avrebbe ottenuto Rosalba non le era più concesso dalla mano assassina che aveva eliminato Salvo, ma era un atto obbligato, previsto dalla legge. Anche la sua famiglia poteva stare tranquilla, in ogni caso sarebbe stata finanziariamente coperta e lui avrebbe potuto decidere liberamente cosa fare dell'inchiesta senza condizionamenti di sorta.

Aveva detto sì alla proposta del questore, ma la cosa lo opprimeva sempre di più, sentiva che era stato un compromesso insostenibile, che non ce l'avrebbe mai fatta a chiudere così la partita e a far finta di indagare con i suoi uomini, per poi seppellire definitivamente la caccia agli assassini. E pertanto decise di riprenderla.

Quello che gli sembrava il perno di tutto era l'agente Marras. Le altre piste perdevano progressivamente d'importanza: quella per esempio dei costruttori siciliani e del titolare dell'agenzia immobiliare, era tutta gente collusa con la mafia, ma non tale da mettere paura a un questore tanto da indurlo a far abbandonare le indagini a un suo commissario. E ancora di più perdeva consistenza la pista dei nipoti del Betti, i figli della sorella, quei due buoni a nulla come diceva la loro madre, che dalla vendita degli immobili del giornalista avrebbero tratto dei bei milioni. Che paura vuoi che mettessero a lui e al questore?

Diverso era il caso di qualche potere davvero forte, di quelli a cui si era riferito il questore, invitandolo ad allentare la morsa sulle indagini. E qui era spuntato l'agente Marras. Ristori avvertiva che era lui al centro di tutto, era su lui che bisognava indagare. Certo, ora che aveva promesso a Mastellone di abbandonare le indagini, non poteva rimangiarsi la parola. Ma con quel sardo duro e coriaceo come una quercia secolare, il conto non era chiuso.

Era questa la convinzione che si faceva sempre più strada in Ristori. O forse era l'inevitabile compensazione che la sua mente richiedeva per aver accettato di abbandonare le indagini. Il suo Io più profondo si era ribellato a quella promessa al questore, tutta la sua coscienza era in subbuglio per quel patto scellerato. E ora, pensare che il conto non era chiuso e che la partita era ancora aperta, gli dava maggior equilibrio psichico e gli tranquillizzava la coscienza.

Lo squillo del cellulare lo riportò con i piedi per terra. Era l'assicuratore: «Ho risolto la tua questione con l'assicurazione negli stessi termini dell'altro caso. Vogliono un 25% di sconto sul premio da corrisponderti in caso di morte, qualunque essa sia».

«Oh! Perfetto, Giovanni. Sapevo che da un amico come te non c'era da aspettarsi di meno. Quando passo a firmare?»

«Quando vuoi, l'ufficio rimane aperto fino alle 19,30.»

«Allora passo fra poco. Così non ci pensiamo più.»

Poco dopo, alle 18, passò a prendere la moglie e poi Rosalba per andare da don Vasco a firmare i fogli del matrimonio. Rosalba si mostrò subito riconoscente al commissario per aver pensato e realizzato questo escamotage, che le avrebbe consentito di tener fede dignitosamente al giuramento fatto alla salma di Salvo. Lo avrebbe fatto in ogni caso, ma con la garanzia di essere la vedova sarebbe stata tutta un'altra cosa.

Don Vasco fu come sempre paterno, amichevole, rassicurante: «D'ora in poi» disse a Rosalba «metti pure il cognome di Di Salvo accanto al tuo. Rosalba Dini in Di Salvo. E i suoi genitori ora sono tuoi suoceri a tutti gli effetti».

La moglie di Ristori, come testimone, sapendo che il marito non aveva la testa per pensarci, tirò fuori un astuccio e mostrò a Rosalba due fedi d'oro.

«Ho fatto appena in tempo ad andare in un'oreficeria, e ho preso questi due anelli. Che testimone sarei stata sennò. Ho calcolato a occhio la stessa misura, penso che li porterai entrambi, se non andassero bene vai a farteli allargare o restringere.»

Ristori non sapeva se fosse il caso di metterle lui stesso quello di Salvo, e provò a fare la proposta. Al che Rosalba rispose con entusiasmo: «E chi sennò!».

Non parlarono molto, si limitarono a firmare dove don Vasco diceva di farlo.

Dopo la firma dei fogli, la moglie di Ristori volle che tutti, compreso don Vasco, fossero suoi ospiti in un ristorante nei paraggi: «Non possiamo concludere un matrimonio così, come se niente fosse!».

Tutti avrebbero voluto ovviamente che le circostanze fossero state diverse e, quando aveva prenotato, Carla aveva chiesto al ristoratore di allestire un tavolo con cinque coperti, nonostante loro fossero solo in quattro, e di mettere al centrotavola un mazzolino di fiori sobrio. Aveva poi ordinato un menù semplice, a tono con le circostanze, e con del pesce come sarebbe tanto piaciuto a Salvo. Quando si sedettero attorno al tavolo disse a Rosalba, indicando i fiori: «Questi domattina li portiamo a Salvo».

Fu come se Salvo fosse stato lì in mezzo a loro, e più volte tutti, tranne don Vasco, dovettero far finta di soffiarsi il naso.

39

L'indomani Ristori iniziò la giornata più sereno. Aver sistemato la situazione di Rosalba e la propria, per quanto riguardava l'assicurazione, gli aveva tolto dal cuore un bel peso. Ora il conto andava chiuso con qualcun altro.

In ufficio si mise a controllare le innumerevoli pratiche che si erano accumulate negli ultimi giorni. Appena poté liberarsi dalle scartoffie, il suo pensiero tornò immediatamente alla solita questione. Assodato che tutta la vicenda ruotava intorno all'agente Marras, avrebbe pagato chissà quanto per poterlo interrogare, ma, avendo accettato la proposta del questore, ora non poteva fare marcia indietro. A volte lo coglieva l'idea di prendere la macchina e andare di persona a interrogare il Marras, che avvertiva essere un tipo ambiguo, losco e a conoscenza di tutti i retroscena di questa vicenda. Ma poi si fermava e provava a ricomporre il puzzle di questa storia, ma mancava sempre qualche pezzo e l'immagine definitiva non veniva fuori.

Quella domenica mattina in cui, alle 7, aveva casualmente incrociato il Marras e lo aveva seguito fino al covo segreto, quanto tempo era passato finché arrivasse Mastellone? Tre ore. Era un appuntamento già stabilito in precedenza o il questore era arrivato perché Marras l'aveva chiamato, dicendogli che aveva scoperto Ristori a tenere d'occhio la villetta?

A rigor di logica, se il questore sapeva che Ristori era lì a controllare la casa, non sarebbe dovuto comparire. Se invece si fossero dati appuntamento per quel giorno e quell'ora, sapendo che il commissario era appostato lì, Mastellone avrebbe dovuto rimandare l'appuntamento per non farsi vedere e anche Marras sarebbe dovuto andare via. Che c'era andato a fare il questore se sapeva che Ristori l'avrebbe sorpreso lì?

Evidentemente il questore andava a un appuntamento preso in precedenza, ignaro che un suo commissario lo avrebbe visto arrivare.

Pensa e ripensa, Ristori non riusciva a trovare una spiegazione logica a questi comportamenti. Mettiamo che il questore sapesse che Ristori era appostato lì, come mai c'era andato ugualmente? Un motivo ci doveva essere. Ma quale? Qualcosa gli sfuggiva.

Le immagini del filmato che Mastellone gli aveva fatto vedere erano precedenti all'arrivo del questore stesso, indice che qualcuno si era già accorto che Ristori stazionava nei pressi del covo. Il Marras, probabilmente, o qualcuno che era all'interno del covo e che lo conosceva. Forse qualcuno della questura? Chissà! Cominciò a ipotizzare un altro scenario, che il questore non potesse fare a meno di recarsi a quell'appuntamento, anche sapendo che sarebbe stato visto dal Ristori. Ma come mai e perché? E che legame c'era con la storia del Betti e con l'assassinio di Salvo?

I suoi pensieri sembravano prigionieri di un labirinto, del quale non trovavano la via d'uscita e tornavano sempre al punto di partenza, come in un maledetto gioco dell'oca. Decise, a questo punto, di indagare segretamente sul passato dell'ex agente Marras; che tutta la vicenda ruotasse intorno a quel personaggio enigmatico e inquietante, erano ormai più elementi a provarlo: innanzitutto la telefonata di Salvo al commissariato, nella quale dichiarava di aver probabilmente trovato una pista buona. Cosa che, decifrando il linguaggio di Salvo, per niente facile all'ottimismo e portato piuttosto a minimizzare, voleva dire che aveva trovato qualcosa di grosso. La telefonata l'aveva fatta poco dopo aver parlato con l'ex agente di polizia in casa del figlio, nel primo blocco di condomini. Tutte le altre persone del caseggiato non parevano, almeno da quello che si poteva dedurre, implicate nel caso. Poi, stranamente, Salvo non aveva lasciato quasi niente di scritto su quel colloquio, mentre nel taccuino che teneva in tasca aveva raccolto un gran numero di particolari sui colloqui avuti con tutti gli altri inquilini, dai quali però non era emerso niente. Segno, a pensarci bene, che quel colloquio doveva essere stato proficuo. Capitava spesso che, per non rallentare la foga dei discorsi, si evitava di verbalizzare e di prendere appunti, riservandosi poi di stendere un regolare rapporto più dettagliato o di comunicare a voce quanto era emerso. Prendere qualche appunto, lo aveva ormai sperimentato più volte anche lui, costituisce una remora per chi parla: induce l'interlocutore a riflettere su quello che dice, lo fa stare sull'attenti, gli fa misurare le parole, perché sa che ne rimane una traccia scritta, ne limita la velocità del parlare, ne accentua l'autocontrollo. Meglio far parlare l'interrogato a ruota libera. Probabilmente Salvo aveva fatto così: lo aveva lasciato parlare senza prendere appunti, e da quello che l'ex agente Marras aveva detto, forse inavvertitamente, Salvo aveva capito che c'era qualcosa di molto interessante per le indagini, tanto da indurlo a telefonare in commissariato, informando che aveva trovato qualcosa e che lo avrebbe riferito di persona. Dei colloqui con gli altri condomini aveva invece trascritto dettagliatamente i nomi degli interlocutori e altri particolari, che poi non erano che scarse annotazioni che rischiava di dimenticare, dato che erano poco utili se non insignificanti per l'indagine. La testimonianza con l'ex agente Marras, invece, non l'aveva trascritta: non c'era pericolo che se la dimenticasse.

E con ogni probabilità l'ex agente Marras si era reso conto in seguito di aver parlato troppo con Salvo, suo ex collega: forse, inavvertitamente, si era lasciato sfuggire qualcosa che lo aveva poi spinto, prima che rientrasse in commissariato, a tappare la bocca a Salvo, o a fargliela tappare da qualcun altro, sicuramente implicato nella scomparsa del Betti. Gli avevano fatto terminare gli interrogatori dei vari condomini, sia per aumentare il numero dei possibili sospettati, sia per organizzare l'omicidio, chissà, forse proprio rivolgendosi a qualcuno del covo di via Barbera, che non distava che pochi minuti a piedi dal condominio dove abitava il Betti. Ma cosa poteva aver detto il Marras di tanto compromettente da indurlo a far fuori Salvo?

«Commissario scende con noi a prendere qualcosa da Vitaliano?» Antonio e Guarducci lo distrassero dalle sue riflessioni.

Si sedettero al loro solito tavolo, un po' in ombra rispetto a quelli più esposti e apprezzati dai turisti. Ristori non sapeva di preciso cosa prendere, non aveva voglia di niente, poi ripiegò su una semplice caprese e lo stesso fece il Guarducci, mentre Antonio, che era più giovane, si fece preparare una bella porzione di antipasti toscani: salumi, pecorino e crostini di fegatini.

Dalla cucina provenivano un po' smorzate le note di una canzone di Neil Sedaka degli anni Sessanta:

La notte è fatta per amare,
Me lo dicevi proprio tu...

E Marilete ci cantava sopra con la sua voce squillante. Era Radio Nostalgia, l'emittente preferita di Vitaliano, che tenevano accesa quando non c'era il lavoro di punta. Si aprì la porta della cucina e Marilete canticchiando e dimenando i fianchi venne a posare i piatti con tutta la sua grazia. Prima la caprese per il commissario e il Guarducci e per ultimo il doppio antipasto toscano per Antonio, cui dispensò il consueto inchino che valorizzava il suo splendido decolté. Gli altri due commensali la guardarono un po' stupiti, mentre Antonio stava zitto e faceva finta di niente.

«Quando siamo su se ne riparla.»

«E di che, commissario?»

«Lo so io di che.»

Ma Ristori era troppo preso dalle sue riflessioni e, appena risaliti, tornò al punto in cui era rimasto quando erano scesi a mangiare. Dunque, cosa poteva essersi lasciato scappare di tanto grave l'ex agente Marras? Non era verosimile che, interrogato da Salvo, si fosse messo subito a spifferargli qualche segreto così importante da indurlo poi a far uccidere o a uccidere lui stesso Salvo. Ci doveva essere stato qualcosa che aveva indotto il Marras a parlare, a fare delle confidenze e a lasciarsi sfuggire qualcosa.

All'improvviso gli balenò l'idea che forse potevano essersi conosciuti prima, da qualche parte, in qualche luogo, in qualche circostanza! E questo doveva aver indotto due vecchi colleghi a chiacchierare, a chiedersi: «Cosa fai, dove sei stato dopo che ci siamo lasciati, in quale città hai prestato servizio ecc».

Ristori quasi vedeva la scena davanti ai suoi occhi: non poteva che essere andata così, come si fa tra colleghi che si rivedono per caso dopo tanti anni: «Ma tu sei il Marras, abbiamo lavorato insieme alla questura di... Ti ricordi il questore tal dei tali, quello che faceva la tal cosa, e quell'altro che rimase coinvolto in quella vicenda...».

«Ah! Sì. Il Di Salvo: come no. Tu guidavi l'auto quando ci fu quella sparatoria a... E ora sei qui?»

«E tu, ancora in servizio?»

«No, io sono in pensione. Ti trovo bene. Sei un po' ingrassato. Ti stavi per sposare allora, se non erro, si fece la colletta per il tuo regalo. Poi dove sei andato? Io sono stato trasferito a... dove sono rimasto cinque anni, poi ho fatto dieci anni a... E poi sono andato in pensione. E tu sei subito venuto qui a Firenze?»

«No, prima ho fatto quattro anni a Roma, poi sono rimasto vedovo, ma ho incontrato una ragazza fiorentina con cui sto ancora adesso.»

«Oh! Mi dispiace. E ora sei qui con il questore Mastellone. Sì, una brava persona. L'ho conosciuto a... E stai indagando sulla scomparsa del giornalista.»

«Ma a proposito non sai nulla, non hai visto nulla di questa scomparsa? Viveva proprio in questo caseggiato.»

Di questo tenore doveva essere stato più o meno il colloquio che si era svolto fra i due, e durante la conversazione il Marras si doveva essere lasciato sfuggire quel qualcosa che poi si è reso conto essere molto pericoloso.

Ristori non vedeva scenario diverso. Senza volere, Marras doveva aver detto qualcosa che Salvo aveva subito capito. Forse Salvo ci è tornato sopra, ha fatto qualche domanda, e Marras ha capito che Salvo aveva intuito qualcosa. E questo spiega il terribile omicidio.

'Sì! È andata così! Non può che essere andata così' pensò Ristori. 'Salvo ha subito afferrato al volo quel qualcosa che Marras si è lasciato sfuggire. E poco dopo ci ha chiamato, senza probabilmente intuire il pericolo che stava correndo. E forse è stato proprio il Marras a venirgli alle spalle, Salvo non avrà dato peso alla cosa, e questi l'ha fulminato all'istante.'

Ristori provò un tormento ulteriore, ma non volle cedere all'emozione e riprese il filo del suo ragionamento. Sì, tornava, così tornava il ragionamento. Ma ora occorreva verificare se i due si erano davvero conosciuti prima, e dove, ma questo non poteva certo chiederlo al Marras.

Sapeva bene dove Salvo aveva prestato servizio, prima di arrivare a Firenze, per cui dal computer aprì il file del servizio dell'ex agente Marras per vedere se avessero lavorato insieme da qualche parte. Controllò le varie tappe della sua carriera in polizia: Cagliari, Roma, Perugia, poi di nuovo Roma, ma non gli parve che nessuna di esse coincidesse con quelle di Salvo. Le ripassò più volte, ma niente gli fece scattare quella molla che credeva di aver individuato. Nervoso e amareggiato chiuse il computer e si affacciò alla finestra. L'aria era ancora abbastanza tiepida, nonostante fosse metà novembre. Le nuvole lasciavano filtrare ampi spazi di sereno e fra questi si notava una bella luna: decise di uscire a fare due passi.

Si avviò verso la stazione, pensando di salire poi al roof dell'hotel Baglioni, dove c'era la miglior vista di Firenze. Il campanile di Giotto, la cupola del Brunelleschi, Palazzo Vecchio, Santa Maria Novella, Santa Croce, Santo Spirito: il cuore della città era tutto lì, si poteva toccare con un dito.

Il portiere, che come tutti i portieri degli alberghi a cinque stelle della città lo conoscevano bene, scrollò leggermente la testa, quasi a chiedere se c'erano novità. E Ristori rispose scuotendo leggermente la sua in segno di diniego. Mentre entrava, volle cercargli la mano e stringergliela in segno di partecipazione. Ristori ricambiò la premura. Manteneva sempre un buon rapporto con i portieri. Alcuni erano suoi confidenti, e molti casi li aveva risolti proprio grazie alla loro collaborazione. Si avviò per l'elegante corridoio, attese l'ascensore, si fece portare in cima e lì, poggiati i gomiti sulla ringhiera, stette alcuni minuti a bearsi dello straordinario fascino notturno che emanava la sua città. Cosa c'era di più bello? Ma l'arte non doveva suscitare pensieri di pace e di armonia? Evidentemente i killer non erano mai saliti quassù e non avevano mai osservato le tante bellezze della città!

La luna appariva e spariva coperta da qualche nuvola che attraversava veloce il cielo e rendeva il paesaggio sottostante quanto di più vicino ci fosse alla perfezione eterna su questa terra. Gli venne in mente l'incipit di una poesia del Leopardi studiata a scuola:

Dolce e chiara è la notte e senza vento,
E queta sovra i tetti e in mezzo agli orti
Posa la luna, e di lontan rivela
Serena ogni montagna...

Restò qualche attimo, ancora in silenzio, a godersi lo spettacolo. Poi un cameriere del ristorante gli chiese se voleva qualcosa. L'avrebbero servito in due minuti: il portiere doveva averlo avvisato che il commissario era lì, e che gli offrissero qualcosa di buono, ma Ristori ringraziò e rinviò alla prossima volta.

La luna era sempre lì, che troneggiava in mezzo al cielo, con intorno una corona di nubi che non riuscivano a ricoprirla che per pochi istanti. E la sua pallida luce illuminava quanto di più splendido l'ingegno umano era riuscito a realizzare nei secoli.

Concluse la sua breve pausa con sincero disappunto: la sera era troppo bella e la sensazione di pienezza troppo intensa. Ridiscese e si immerse di nuovo nel purgatorio, o nell'inferno, degli uomini vivi.

40

Fu durante la notte, in una pausa del sonno che gli capitava sempre più frequentemente, che si mise a riflettere. Salvo e l'agente Marras non avevano prestato servizio nella medesima città, ma questo non escludeva del tutto che non si fossero conosciuti e frequentati in altra circostanza, in un altro periodo, per esempio nella fanciullezza. Salvo infatti era nato e cresciuto a Pescara, poi a 15 anni si era trasferito a Firenze dove Ristori l'aveva incontrato e da allora si erano sempre frequentati, tranne qualche periodo in cui Salvo era stato in servizio altrove. Ma dove aveva abitato Marras nei primi 15 anni? Sapevano che era sardo, certo, ma non poteva essersi trasferito da ragazzo al seguito della famiglia in qualche altra località?

Occorreva fare delle ricerche sul suo conto. Ma queste non poteva farle dal commissariato; quella parola che aveva dato al questore, e che gli pesava sempre più, gli impediva di indagare al di là di quelle "indagini ufficiali", che avevano lo scopo di giungere all'archiviazione del caso. Bisognava che portasse avanti le indagini qualcun altro al di fuori del "giro" della polizia.

Decise così di servirsi di un ricercatore privato, a cui ricorreva di tanto in tanto quando dalle normali fonti non riusciva a ottenere ciò che cercava. E gli era sempre stato di grande aiuto, anche per qualche lavoretto che lui, come commissario, non poteva fare. Sembrava più vecchio di quello che era, un po' ingobbito e trasandato nell'aspetto. Aveva trascorso la sua vita fra archivi e redazioni di giornali, ma non era mai riuscito a farsi assumere stabilmente da nessuna parte: una figura marginale come se ne trovano in tanti uffici. Viveva di ricerche, tanto che nell'ambiente avevano tutti finito per chiamarlo "il ricercatore", e di commissioni sporadiche qua e là, fatte per conto dei personaggi più vari, anche di investigatori privati e di servizi di Stato. Ma sapeva portare avanti molto bene le ricerche: conosceva i segreti di archivi, banche dati e quant'altro come pochi, e sapeva sempre dove e da chi procurarsi le informazioni che gli venivano richieste, anche grazie alla tessera di giornalista pubblicista che possedeva da decenni e che gli consentiva di infiltrarsi ovunque e di ricevere notizie e confidenze di ogni tipo.

Lo chiamò al cellulare e gli diede appuntamento nella Chiesa dei Santi Michele e Gaetano, molto vicina al Duomo, ampia, quasi sempre vuota, salvo qualche raro turista, che capitava lì dentro più per sedersi nelle panche e riprendere fiato che per pregare o ammirare le bellezze della più importante chiesa barocca di Firenze. Gli disse di trovarsi alle 17 nella nicchia a sinistra, a fianco dell'entrata, dove avrebbero potuto parlare liberamente senza essere visti da nessuno, mentre tenevano bene d'occhio chi era all'interno.

«Cosa le occorre commissario?»

«Ho bisogno che tu mi faccia una verifica a Pescara.»

«Così lontano?»

«E non puoi nemmeno aiutarti col computer, perché riguarda un periodo in cui i dati non finivano on line. Mi devi controllare se un certo Gavino Marras, di Carlo, abbia mai abitato in quella città e se per qualche combinazione possa essere entrato in contatto con Tommaso Di Salvo.»

«Il poliziotto ucciso!»

«Certo, e perché credi che ti abbia chiamato?»

«Ma non può fare questa ricerca tramite la questura? Lì hanno un archivio e una ricerca così gliela fanno in quattro e quattr'otto, e tutto gratis.»

«Volevo spendere un po' di soldi. E poi questi sono cazzi che non ti riguardano.»

«Non sarà semplice. Oltre agli archivi della questura occorrerà guardare in quelli del Comune, della Sip e anche in quelli della Curia e del Provveditorato agli Studi.»

«Mi occorre tutto appena possibile. La parcella solita te la raddoppio.»

«Questo è un dettaglio importante, nell'accuratezza delle indagini!»

«E nel prezzo è compreso anche il silenzio assoluto con tutti.»

«Eh, commissario!» esclamò, quasi a far intendere che in questo ambiente, se non sai tenere la bocca chiusa, nemmeno ti ci fanno entrare. Figurarsi lui che ci sguazzava da 30 anni.

«Quanto tempo pensi ti occorra?»

«Dipende molto anche dalla fortuna. Se parto stasera, fra un paio di giorni penso di concludere: sempre, salvo imprevisti.»

«Ok! Ti occorre un anticipo?»

«Da lei no, commissario.» Ristori gli allungò comunque un paio di biglietti da 100 euro.

«Solo per benzina e autostrada. Fammi un buon lavoro!»

L'informatore rispose con la stessa espressione di sufficienza di prima.

«Appena hai finito, mandami un messaggino, e ci rivediamo qui.»

L'informatore abbassò leggermente la testa.

«Aspetta qualche minuto a uscire. Buona fortuna.»

«Anche a lei commissario.»

Dopo due giorni, Ristori ricevette un messaggio nel cellulare: «Va bene giocare a bingo, anzi a tombola, alle 16?».

Rispose con un semplice: «Ok!».

Nella stessa nicchia dell'altra volta, Ristori attendeva che arrivasse il suo uomo. In chiesa c'era qualche turista con la macchina fotografica in mano o a tracolla, o con il cellulare puntato verso l'alto. Cinque minuti al massimo e uscivano, dopo aver fatto un rapido giro fino all'altare.

'Strano, è sempre puntuale. Anzi, sempre in anticipo, come tutti gli ansiosi' pensò Ristori, vedendo che i minuti passavano e lui non arrivava. 'Non gli sarà mica successo qualcosa?' E prese in mano il cellulare per vedere se nel frattempo gli fosse arrivato un messaggino. E infatti ce n'era uno: «Non si preoccupi, arrivo!».

Dopo un buon quarto d'ora, il ricercatore arrivò un po' trafelato e abbondantemente sudato.

«Che è successo?»

«Niente, niente, commissario. Sciocchezze. Piuttosto abbiamo fatto bingo, o tombola come si diceva una volta che non c'erano tutte 'ste americanate del cazzo.»

«Beh! Ricordati che siamo in chiesa.» Disse in tono scherzoso Ristori, curioso di sapere cosa avesse trovato.

«Dunque dal 1966 al 1972 Gavino Marras ha abitato a Pescara, al seguito del padre che lavorava alle poste. Ottimo intuito, commissario!»

Si fermarono un attimo vedendo uscire ed entrare quasi contemporaneamente alcuni turisti.

«E sa dove ha abitato? Proprio nella strada parallela a quella dove abitava il povero Tommaso Di Salvo. Ma non finisce qui: hanno frequentato le medie non solo nella stessa scuola, ma nella stessa classe. E sono passati a comunione entrambi nel 1967. Ovviamente nella stessa parrocchia. E quindi hanno frequentato lo stesso corso di catechismo.»

Ristori sentiva che si stavano spalancando delle praterie, ma il senso di soddisfazione venne subito gelato dal pensiero che poi, con ogni probabilità, era stato il sardo a far eliminare, se non addirittura a farlo direttamente, un vecchio compagno di classe.

«Ottimo lavoro, ricercatore» e gli mise in mano una busta con 500 euro. «Può darsi che presto abbia di nuovo bisogno di te.»

«Commissario. Sempre a disposizione» rispose il ricercatore, salutando e facendo capire che lui sarebbe rimasto ancora un po' lì. Forse a recitare qualche preghiera o a riprendere un po' fiato, mentre decideva quale bolletta saldare per prima con quei soldi.

'Ecco il legame che cercavo! Avevano frequentato la stessa classe alle medie e lo stesso corso di catechismo. Probabilmente avevano giocato a nascondino per strada o a calcio ai giardini come si faceva allora. E forse non saranno mancate altre occasioni d'incontro. Forse la mamma di Salvo avrà invitato il compagno del figlio a fare merenda a casa sua. Così dolce e ospitale come è sempre stata. E chissà quali altre occasioni avranno avuto di stare insieme. E questo pezzo di merda lo ha fatto fuori. Ma perché? Cosa c'è sotto ancora? E che c'entra il questore? E il giornalista, il Betti, che c'entra con questa storia?'

Dunque il legame era stato trovato. Si erano conosciuti e frequentati per alcuni anni, poi Salvo si era trasferito a Firenze e non si erano più visti. Ma un ragazzo con cui hai fatto le medie lo ricordi e lo riconosci anche a distanza di decenni. Se poi te lo trovi davanti, verifichi il nome, Marras, come doveva aver fatto Salvo, non puoi dimenticarlo. E sicuramente si saranno messi a parlare di cosa avevano fatto dopo le medie. Guarda strano, entrambi nella polizia, senza che uno sapesse nulla dell'altro. E si saranno raccontati le tappe principali della loro vita, le sedi, qualcosa di notevole fatto in quei decenni, qualche personalità avuta come capo, quel qualcosa che Marras si deve essere lasciato sfuggire e che Salvo ha subito afferrato.

Non poteva che essere andata così. Del resto, come mai l'ex agente Marras non gli disse di aver conosciuto Salvo? Come mai, quando lo interrogò di persona, non gli accennò a questa vicenda così importante? Chi avrebbe taciuto un particolare del genere?

«Sa, lo avevo conosciuto da ragazzo, quel suo collega ucciso: abbiamo fatto le medie insieme. Fu Di Salvo a riconoscermi quando venne a fare quel sopralluogo.» Oppure: «Fui io, lo riconobbi subito, molto più grasso ora, con quel suo pancione un po' prominente che allora non aveva. Povero Di Salvo!»

Chi avrebbe taciuto queste cose in un frangente simile? Evidentemente Marras non voleva si sapesse. Così come qualcun altro non voleva si sapesse che si era conosciuto con l'ex agente Marras: il questore. Sissignore. Anche lui gli aveva mentito allorché gli aveva parlato dell'ex agente Marras. Non si ricordava di lui. Via! Era stato il suo autista per anni, a Perugia. E poi, la domenica dopo, aveva scoperto che Marras entrava nel famoso covo segreto dove più tardi si sarebbe recato lo stesso Mastellone.

Ecco la prova che cercava, un elemento reale, oggettivo, indiscutibile. Il punto centrale era questo personaggio, e insieme a lui anche il questore stesso. Dio solo sa in che modo e in quale veste, ma quello che il Marras si era lasciato sfuggire, Salvo invece l'aveva subito capito.

'Ah! Eri bravo caro Salvo. Avevi subito intuito quello che Marras, forse trascinato dall'onda dei ricordi, dalla sorpresa di trovarsi davanti un vecchio compagno di scuola che per l'appunto faceva il suo stesso lavoro, si era lasciato sfuggire.'

Di questo tono erano le riflessioni di Ristori, mentre percorreva tra la folla la breve distanza che separava la chiesa barocca dal commissariato. La piacevole sensazione di aver finalmente scoperto qualcosa, di essere sulle tracce giuste, gli stava dando sferzate di adrenalina. Si sentiva insomma di nuovo il commissario dei momenti migliori. Forse era nato davvero per fare questo lavoro e, quando riusciva a individuare la pista giusta, si sentiva al meglio delle sue facoltà.

'Già, ma cosa poteva essersi lasciato sfuggire il Marras da indurlo a far eliminare Salvo? Un tipo come lui poi, così controllato e riservato. Doveva essersi fatto scappare qualcosa di innocuo, di banale come si dice in una conversazione fra conoscenti, che però ti può far risalire a qualcosa di molto grave: questo sì.»

La mente di Ristori, ora che aveva individuato la pista giusta, non smetteva di lavorare, come un segugio che annusata la preda non la molla fino in fondo.

'La cosa che si è lasciato sfuggire deve essere stato il nome di una località o di una persona. Qualcosa che ha detto senza pensarci, ma che poi ha capito che avrebbe permesso al suo interlocutore di fare due più due, e di collegarla al caso nel quale era implicato, sia lui che l'altro personaggio.'

E Ristori non poteva togliersi dalla testa che questo altro personaggio non poteva che essere Mastellone. Sì, il suo stimato questore. Chi altri sennò? Il suo questore, implicato in una vicenda indicibile e complessa, ma della quale era assolutamente necessario non trapelasse niente. Talmente necessario da dover eliminare qualcuno. Il Betti prima e Salvo poi.

Non poteva che essere questa la pista da seguire, mentre gli investigatori ufficiali in commissariato, guidati sempre da un Ristori nella doppia veste, si rompevano la testa a continuare con gli infiniti incroci che venivano fuori dai dati, senza ricavare mai nulla. Era solo il copione concordato col questore, quello che avrebbe poi portato l'inchiesta sul binario morto della sua archiviazione.

Con quelle indagini "ufficiali" avrebbero potuto al massimo evidenziare qualche altro reato, commesso da chi non c'entrava nulla con questa indagine. Roba che dovunque peschi ne trovi a bizzeffe. Ma su Salvo e sul Betti non si sarebbe mai fatta giustizia.

Ristori invece puntava a quello, stando bene attento a non far trapelare niente al di fuori. Si trovava da solo contro un'ombra che non riusciva ancora a focalizzare con chiarezza né a delineare nei suoi contorni, né in tutti i suoi aspetti, fossero pure i più infami e spregevoli. Perché non potevano che essere tali, se avevano portato a due delitti. Di quest'ombra intuiva al momento solo la cornice, i suoi contorni sfumati e magmatici, più che l'esatta conformazione. Ma sapeva che c'era.

'Un'ombra ancora sfuggente e imprecisa, che non si può vedere con chiarezza, che si nasconde dietro la realtà, ma io sento che esiste. Ora si confonde, si camuffa, si appiattisce. Ma c'è, è lì presente. Un'ombra più bianca del pallido.'

Pensò che era strano, ma quello era anche il titolo originale della canzone in inglese che aveva udito dall'auto, la sera in cui aspettava il Betti davanti a casa sua: *A whiter shade of pale*, proprio così.

Un'ombra più bianca del pallido: come definirla meglio. E quell'ombra ormai voleva tirarla fuori, come fosse un dente marcio da strappare, voleva portarla alla luce dal buio in cui si era annidata chissà da quanto tempo. E voleva vedere bene in faccia cos'era. Cosa c'era dietro a tutto questo e quale mistero custodiva gelosamente.

41

Ristori si sentiva come sdoppiato: da una parte a indagare ufficialmente sul nulla; dall'altra ad accanirsi dietro a fantasmi che non volevano più uscire dalle proprie tenebre. A volte gli pareva che Salvo lo dissuadesse dall'andare avanti, che gli raccomandasse di mollare le indagini e di lasciar perdere. Ma a lui questo non bastava. Oramai era una sfida con se stesso, con la sua coscienza e col suo orgoglio. Ma voleva andare avanti, costasse quello che costasse.

Ripartì dal punto in cui era rimasto, cioè dal fatto che Marras e il questore si erano conosciuti a Perugia, dove lui aveva fatto parte della sua scorta: niente di illecito in questo, ma evidentemente, nel tempo, dovevano essere intercorsi tra loro dei rapporti legati a circostanze inconfessabili. Si sapeva che Marras aveva collaborato, e con ogni probabilità collaborava tuttora, con i servizi segreti. E lo stesso aveva fatto, o faceva ancora, il questore. E del resto questo gli aveva fatto capire tra le righe, quando lo aveva convinto ad accettare la sua proposta. Ma per quanto si scervellasse, Ristori non riusciva a progredire di un passo. Era giunto al punto in cui si sarebbe dovuto fermare: senza ulteriori elementi, la sua corsa sarebbe finita lì.

Occorreva indagare a un livello più alto, entrare nel mondo misterioso e inaccessibile dei servizi segreti e lui, per quella promessa fatta a Mastellone, non poteva farlo. E poi da solo dove poteva arrivare?

Richiamò allora il ricercatore e gli dette il solito appuntamento nella chiesa dell'altra volta.

«L'appetito vien mangiando!» scherzò il ricercatore nascosto nel semibuio della nicchia, a breve distanza dal commissario.

«Proprio così, caro ricercatore. Ora ho bisogno di un altro lavoretto, stavolta più complesso, difficile e rischioso del precedente.»

«E cosa vuol sapere ora, se il capo del governo ha un'amante? Glielo dico subito: no!»

«Vai a fare in culo, ricercatore.»

«Ah! Ero io che dovevo ricordarmi di essere in chiesa.»

«Vuoi che ti ci mandi un'altra volta?»

«No! Una mi basta e avanza. Mi dica commissario.»

«Stavolta devi lavorare sui servizi segreti. Devi trovarmi in quali operazioni è stato implicato il Marras, e se fra queste è stato coinvolto anche il questore. Dove hanno lavorato insieme e in quali casi.»

«Il lavoro qui è grosso. Non è che queste cose le raccontino al primo venuto.»

«Lo so. Per questo ti pago bene.»

«E lo vuole sapere per domattina, giusto?»

«Per domattina?! Lo voglio sapere oggi stesso: fra una mezz'oretta» scherzò il commissario.

«Ora chi dovrebbe essere a mandare qualcuno a quel Paese? E diciamo così perché siamo in chiesa!»

«Torniamo a noi!» disse Ristori. «Pensi di potercela fare?»

«Non lo so commissario. Il settore è estremamente riservato e non lasciano trapelare niente. A quei livelli poi... Di primo acchito, dovrei dirle di no. Però posso fare un tentativo, a Roma. Ho un aggancio, un ex funzionario dei servizi segreti, diventato cocainomane e, si dice, di grandi quantità, che per un bel po' di polverina bianca riesce a scovare le informazioni più segrete. Mi sono già servito di lui una volta, ma era roba di livello più basso. Qui siamo a livelli più alti.

E poi ci sono già in ballo un paio di delitti. Non è un lavoro facile né, forse, possibile.»

Videro una coppia di turisti che si avvicinava all'uscita e interruppero la loro conversazione, poi ripresero: «Vedi un po' se riesci a scovare qualcosa, se il nostro uomo è in grado di procurarsi le informazioni che mi servono. Piuttosto, dimmi come vuole essere pagato.»

«Gliel'ho detto, commissario, sniffa cocaina a bizzeffe. Per l'altro caso ne volle 20 grammi. Qui temo che ne pretenda almeno 50.»

«Accipicchia e dove la prendo. Vuoi che vada a comprarla dagli spacciatori?»

«No! Che dice, commissario! Dove si riforniscono tanti suoi colleghi, che la usano poi per i propri traffici, più o meno di servizio.»

«Cioè? Fammi capire!»

«Quella che viene sequestrata nei vari blitz, e che poi dovrebbe essere distrutta. Non mi dica che non sa che una parte, invece di bruciare finisce in un fondo al quale attingono i suoi colleghi per operazioni varie. A volte autorizzate dal magistrato, a volte no. Lo sanno tutti. Via!»

«Sì, ne ho sentito parlare, anche se direttamente non me ne sono mai servito. E poi questa non è un'operazione di servizio: è una indagine coperta e riservata. L'hai capito, no?!»

«Mica sono scemo, certo che l'ho capito. Non vedo però alternative, commissario. Se a lui non ti presenti con una bella dose di polverina, nemmeno si scomoda a sentire cosa vuoi.»

«Fammici pensare» rispose un Ristori un po' irritato per quest'ulteriore complicazione, quasi non ne avesse già poche di suo. «Ti richiamo se mi sembra il caso di andare avanti.»

E uscì, mentre il suo ricercatore si sedeva in una panca della chiesa e faceva finta di ammirare i piccoli capolavori del barocco cittadino, lì custoditi.

Ristori quella sera era di turno fino a tardi in commissariato. Avrebbe mangiato da Vitaliano, come infinite altre volte: scese con Antonio e il Guarducci verso le 21.

Non c'era molta gente, anzi la sala era quasi vuota; il mercoledì era spesso così, forse per via della partita che davano in televisione.

Per questo Marilete, che li aveva visti entrare nel locale un po' pensierosi, uscì dalla cucina ballonzolando. Con un movimento sincopato delle gambe, che si avvicinavano e si allontanavano, con le braccia che oscillavano a destra e a sinistra, girando perfino su se stessa, andò incontro al commissario e ai suoi agenti, in particolare ad Antonio, il bell'Antonio, il cui fascino evidentemente lei riteneva irresistibile. "Vai a capire poi perché", si erano più volte detti scherzando Ristori e il Guarducci, forse sotto sotto gelosi che a loro, ben più in là con gli anni, non riservasse le stesse attenzioni. Il commissario notò anche il movimento dei fianchi che dietro al ritmo deciso delle gambe fendevano l'aria.

«Zumba!» esclamò Antonio dietro il commissario.

«Zumba? E che vuol dire?» chiese Ristori con meraviglia.

«Zumba! Un ballo applicato al fitness, che oggi si fa in tutte le palestre» rispose il bell'Antonio con una certa competenza.

I tre uomini guardarono Marilete e subito dietro di lei apparve Vitaliano con un sorriso strano: storceva la bocca ambiguamente da un lato e sembrava mostrare compiacenza per l'esibizione della moglie, ma dall'altro lato della bocca, più stretto, rivelava la solita gelosia repressa.

Marilete si intromise di nuovo: «Lui non lo sa fare questo ballo. È vecchio!».

Vitaliano trasformò il sorriso in ghigno: «Questo non è un ballo! È uno starnazzamento senza ordine per quelli che

vanno a dimagrire in palestra. Quelli che amano il ballo, bal-
lano altra roba come...» ma non gli venne nessun nome.

«Come la samba!» cercò di aiutarlo Ristori. Fu come
stappare una bottiglia di birra.

«Sì, la samba, ma c'è anche di meglio: tango, valzer,
polka, o i caraibici, balli veloci. Ma anche quelli di gruppo, il
surf, l'hully gully, la colita, Gioca jouer» continuò Marilete.

Poi Vitaliano si bloccò di nuovo come se avessero rimesso
il tappo nella bottiglia. E poterono prendere tutti una pizza,
che Marilete con i suoi ancheggiamenti rischiò di far cadere.

42

La stampa cittadina continuava frattanto a far pressione, a chiedere una svolta nelle indagini e a reclamare chiarezza: oramai erano trascorsi più di 15 giorni dalla scomparsa del Betti. Come darle torto, era sparita una delle sue firme più prestigiose e niente era ancora emerso.

Meno male che di questo si occupava il questore in persona che, pazientemente, continuava a ripetere che si indagava in tutte le direzioni, che bisognava lasciare tranquilli gli investigatori, che niente sarebbe stato trascurato.

«Vi pare poi» rispondeva ai cronisti «che tralasciamo qualcosa nelle indagini sull'omicidio del nostro vicecommissario Tommaso Di Salvo? Vi pare che non stiano dando tutto il possibile i suoi amici, i suoi colleghi del commissariato di piazza del Duomo? E tutta la polizia di Firenze, i carabinieri, i vari reparti operativi, la finanza?».

Era stata mobilitata tutta la rete di informatori di cui la polizia disponeva. Anche la normale criminalità si sapeva che stava contribuendo alle indagini per allentare la morsa delle forze dell'ordine, che impedivano, quando addirittura non bloccavano del tutto, i soliti traffici illeciti dei quali viveva la malavita. Ma niente sembrava emergere.

Solo questo fatto dimostrava che chi aveva agito nei due delitti, perché ormai c'era la certezza assoluta che anche Betti era stato eliminato, era gente che ci sapeva fare.

Ristori aveva continuato a vedersi col questore esclusivamente per dimostrare ai suoi uomini che le indagini andavano avanti e che si collaborava strettamente, come dal primo giorno. Ma i colloqui fra i due si limitavano a fugaci incontri: oramai non avevano quasi più niente da dirsi. L'unica cosa che premeva a Ristori era riaprire il colloquio sui reali movventi dei due omicidi, ma sapeva che era inutile insistere. Anche il loro rapporto personale ne stava risentendo e Ristori non dimostrava più di considerare il suo diretto superiore come la persona stimata e apprezzata di un tempo. E di ciò, Mastellone era perfettamente consapevole.

Durante un rapido spuntino da Vitaliano, Ristori aveva detto al Guarducci che voleva verificare l'attività dell'Immobiliare che trattava i ruderi del Betti e di sua sorella: «Vorrei andare a Roma, vedere che attività ha svolto questa agenzia, parlare con un dipendente che ha lavorato con loro e poi li ha lasciati e si è messo in proprio.» Guarducci ascoltava con il solito interesse. «Ora, data la crisi del settore immobiliare, pare sia sull'orlo del fallimento e si fa di cocaina in dosi massicce. Ma potrebbe sapere qualcosa di interessante. Che ne dici?»

«Ma certo commissario. Mettiamoci senz'altro a seguire anche questa pista. A questo punto ormai...» l'agente sembrava voler dire: una in più, una in meno che differenza fa? «Se crede, l'accompagno io.»

«Perfetto Guarducci. Però c'è un problema. Se non gli si porta una bella dose di cocaina quello non parla. Ho già contattato quel mio informatore, il ricercatore sai, e mi ha dato questa notizia. Ormai non vive che per la dose, e pochi grammi a lui non farebbero né caldo, né freddo. Per meno di 50 grammi non parla.»

«Trovare 50 grammi? Commissario, non è un problema. Io so dove procurarmela.»

«E come si fa?»

«Lo so io. Conosco un addetto alla distruzione dei corpi di reato. E so che riguardo alla cocaina, una certa percentuale, verbalizzata come distrutta, viene poi recuperata all'ultimo momento e utilizzata per operazioni di servizio, a volte con l'autorizzazione del magistrato, a volte no. Ma a me la danno.»

'Proprio quello che mi diceva il ricercatore' pensò Ristori.

«Corre voce che dietro ci sia anche un certo giro, per cui una parte verrebbe reimmessa nel mercato. Insomma ci sarebbe anche chi ci specula. Ma queste sono voci. Se le occorre, però, a me la danno. Io so come fare.»

«Dovrai allora venire con me a Roma, e soprattutto tenere la bocca chiusa con tutti in commissariato. Non parlarne neanche con Antonio: lui è giovane e rischia di lasciarsi sfuggire qualcosa. Poi, con i suoi giri di donne non vorrei che cadesse in qualche trappola, mi capisci? È un'operazione illegale e ad alto rischio, della quale non deve trapelare niente con nessuno.»

«Commissario, scherza? Poi in due ci difendiamo meglio. Pensi se dovessero fermarci a un controllo con tutta quella polverina. Magari alla stazione con i cani antidroga. Lasci fare a me, nel pomeriggio le so dire qualcosa di più preciso.»

«Mi raccomando il massimo silenzio su tutto.» Ristori sapeva che poteva fidarsi di lui.

Nel pomeriggio Guarducci lo informò che aveva parlato col suo amico addetto alla distruzione dei corpi di reato e che poteva andare anche in serata a ritirare i 50 grammi occorrenti.

Ristori chiamò il ricercatore. Si dettero appuntamento in chiesa un'ora dopo. La zona semibuia della nicchia stava diventando un luogo abituale per loro.

«Bisogna dire che come chiesa non è male. Anzi, più ci vengo e più mi piace. Che ne dici?» disse Ristori al ricercatore, che da giovane aveva studiato un po' arte.

«Diciamo che è uno dei tesori meno noti e frequentati della nostra città, commissario. Il fatto è che ce ne sono così tanti che non è possibile valorizzarli tutti. In altre zone, specie all'estero, con un decimo di quello che noi teniamo imballato nelle cantine degli Uffizi, allestirebbero delle mostre internazionali.»

«Si potrebbero vendere per ridurre un po' il nostro debito» intervenne Ristori in tono scherzoso.

«Sss! Non si faccia sentire, commissario, che non lo facciano per davvero e vendano il Duomo intero, compreso il suo commissariato. Così le fanno fare la guida turistica, invece di dare la caccia ai delinquenti.»

«Lo sai che a questo punto quasi quasi lo preferirei! Veniamo a noi: hai contattato quel tuo informatore cocainomane?»

«Ah, si è deciso commissario!»

«Lasciamo perdere. È in grado di fornirmi le informazioni che cerco?»

«Lui è pronto, quando vuole lei, commissario. Gli ho accennato al caso, dice di sapere qualcosa.»

«Ti va bene se ci vediamo domani a Roma col tuo amico cocainomane?»

«Ma ce l'ha la polverina?»

«Ce l'ho, ce l'ho, non ti preoccupare.»

«E come se l'è procurata, se non sono indiscreto?»

«Sei indiscreto: non sono affari tuoi.»

«Come preferisce commissario.»

«Va bene allora se ci vediamo verso le 15 all'ingresso del Colosseo? Guarda che devi esserci anche tu, io non lo conosco questo ex funzionario. Non posso presentarmi a uno con un sacchettino in mano e chiedergli se è lui il funzionario corrotto dei servizi segreti.»

«Tranquillo commissario: ci sarò anch'io, non si preoccupi. Organizzo tutto io. Ci vediamo domani alle 15 davanti al Colosseo, lì dove di giorno ci sono i soldati romani. Lei viene solo?»

«No, ci sarà con me un agente. Ma non vi preoccupate. Stabilito il contatto ci parlo solo io con il tuo informatore. Voi rimanete a distanza. L'agente con me crede addirittura che si parli di un'altra storia che non c'entra niente con questa. Tu reggi la parte: finito il colloquio e saldato il conto, ognuno va per la sua strada.»

«Bene commissario.»

«Per il tuo disturbo prendi questa» e gli mise in mano una busta. «E rimani a recitare un rosario intero prima di uscire.»

«A domani commissario!»

«Mi raccomando, niente scherzi e acqua in bocca con tutti e per sempre.»

Il ricercatore allargò un po' le mani a garantire pieno assenso su tutto.

In commissariato Ristori confermò al Guarducci che la trasferta era per il giorno dopo e che sarebbero rientrati in serata. E che, nel frattempo, si procurasse i biglietti del treno.

43

La giornata era uggiosa a Roma. Le nubi coprivano quasi tutto il cielo e solo a sprazzi appariva il sole. Ma era un sole malato e si sudava a fare qualsiasi cosa. I suoni e i rumori del traffico aumentavano il senso di disagio di Ristori che, con il Guarducci a fianco, si dirigeva a piedi verso il Colosseo, percorrendo via Cavour. Giunsero davanti al luogo dell'appuntamento. Qualche antico soldato romano si faceva fotografare con i turisti dagli occhi a mandorla, e qualche bancarella vendeva i suoi gadget e le sue cartoline, mentre gruppi di persone andavano dietro a una guida che teneva in alto un ombrellino o un altro segno di riconoscimento.

All'ora fissata videro venire loro incontro il ricercatore con un'altra persona, un settantenne un po' appesantito, capelli bianchi, sguardo indurito e incupito, ma occhio sveglio e sospettoso. Non dava affatto l'idea di essere un consumatore abituale di cocaina.

Il ricercatore li presentò, senza dire i loro nomi, dopo di che i due si allontanarono un po', in modo da poter parlare senza essere uditi.

«Ha con sé la roba?»

«Certo, ma mi sto convincendo di non dargliela.»

«Allora che è venuto a fare fin qui?»

«Non lo so neanch'io. Ha le informazioni che le ha richiesto il ricercatore?»

«Certo. E non è stato facile. Ma io riesco ancora a procurarmi quello che voglio sapere: ho degli amici che non mi abbandonano.»

«Begli amici! E sanno della contropartita che chiede?»

L'ex funzionario in pensione guardò in terra, sospirò penosamente, poi rialzò lo sguardo verso Ristori, che era rimasto immobile, per niente impietosito.

«Commissario. Aspetti a giudicare.»

«Cosa dovrei aspettare, che un cocainomane mi faccia pena? Questo sì, senz'altro: ma uno della sua posizione, della sua esperienza, del suo grado.... Via!»

«Le ripeto: aspetti a giudicare. Mi sono informato, so che lei è una brava persona e gode della stima di tutti. E per non lasciare ombre tra noi le dirò che neanche un grammo di quella merda è per me.»

Ristori lo fissò con aria interrogativa. Non capiva, ma senza neanche bisogno di chiedere spiegazioni, il suo interlocutore proseguì. «Sa cosa vuol dire essere affetti dalla distrofia muscolare di Duchenne?»

«No. So solo che è una malattia terribile. Ma questo che c'entra?»

«C'entra, c'entra. Sa quanto mi danno di pensione dopo 42 anni di onorato servizio? Basterebbe a malapena per me. Ma io ho l'obbligo di aiutare mio figlio che assiste mio nipote, affetto da questa terribile patologia. Che costa migliaia e migliaia di euro al mese. E lui con il suo stipendio non ce la può fare neanche lontanamente. Neanche se io gli dessi tutta la mia pensione ci si potrebbe fare. E allora io contribuisco come posso.»

«E cosa fa, si mette a spacciare cocaina?»

«Non così spudoratamente, la vendo a chi la comprerebbe ugualmente da altri: gente del mondo dello spettacolo, della politica, della finanza: la Roma bene, insomma.»

Ristori lo guardò con occhi diversi. Ora in quel volto coglieva soprattutto la sofferenza, il dramma di una persona con un nipote afflitto da una delle patologie più terribili e senza rimedio, costretto a fare quello che per 40 anni aveva dovuto combattere.

«Lei ha una figlia vero? Se capitasse anche a sua figlia una tragedia come quella capitata a mio figlio, credo che anche lei avrebbe poche alternative.»

Ristori sospirò. Ma vendere la cocaina no. Questo non poteva accettarlo. Il funzionario in pensione lo intuì. E in nome di un codice d'onore dal quale anche lui non si sentiva escluso, nonostante tutto, aggiunse: «Va bene. Lasci perdere la cocaina. Le dirò ugualmente quanto vuole sapere.»

Ristori era doppiamente spiazzato.

«Dal 1976 al giugno 1980 il questore Mastellone ha prestato servizio a Perugia, dove c'era anche il Marras, del quale si è servito come agente di scorta e autista. Poi, sono spariti entrambi. Dal luglio al dicembre 1980 furono inviati dai servizi segreti prima a Parigi, poi a New York e infine a Tripoli. Il questore era ufficialmente un addetto culturale all'ambasciata, ma questa era solo la copertura. In realtà il suo compito era molto, ma molto più importante. Il sardo si occupava di questioni più spicce, era un po' l'attendente segreto del questore. E tale è rimasto anche in seguito.»

L'ex funzionario si fermò un po' e si accese una sigaretta. Guarducci e il ricercatore stazionavano a qualche decina di metri di distanza, senza perderli di vista, ma non potevano sentire.

«Sì, ma che ce li hanno mandati a fare in queste capitali? Qual era il loro compito?»

«Se guarda le date può farsi una prima idea!»

«Cioè?» chiese Ristori un po' disorientato.

«L'estate del 1980 non le dice niente?»

«Cosa mi dovrebbe dire?»

«Si vede che non si è mai occupato di roba del genere» trasse una forte boccata di fumo. «È la data di alcuni dei grandi misteri, per chiamarli così, italiani.»

«I grandi misteri italiani?» disse Ristori cercando di mettere a fuoco la cosa. «Cosa c'entrano?»

«Come cosa c'entrano: Ustica non le dice nulla? Quello che è successo potrebbe essere legato a quella vicenda» e qui si fermò quasi a saggiare la reazione di Ristori a quanto stava dicendo «sulla quale i nostri vertici seppero subito che erano coinvolte alcune potenze straniere.»

Ristori era completamente allibito, ancora non era in grado di metabolizzare quanto gli stava dicendo l'ex funzionario, che comprese il suo disorientamento e decise di non usare più ironia nei confronti del pivellino che si stava accostando a cose più grandi di lui.

«Subito dopo quella tragedia, seguita a un mese di distanza dalla strage alla stazione di Bologna, Mastellone fu inviato in alcune capitali a tenere i rapporti con le massime autorità, per vedere come si poteva ricomporre e gestire la cosa. Oramai il disastro era compiuto e non restava che limitarne i danni.»

«E perché, se tutti sapevano, non si è fatto nulla?»

«Mi meraviglio della domanda, commissario. Un uomo come lei! Ma perché l'Italia non poteva sostenere una verità di quel tipo e non poteva accettare che si fosse svolta una battaglia aerea nel proprio territorio e fossero coinvolte potenze straniere, verosimilmente la Francia, alla quale anche il presidente Cossiga attribuì la responsabilità della tragedia, altrimenti avrebbe dovuto reagire in maniera adeguata. Ma l'Italia non era in grado di farlo. Eravamo un paese debole, allora. Oggi lo siamo infinitamente di più» e lo disse sottolineando polemicamente la cosa. «Poi, c'erano da considerare tutti i retroscena della questione, con le implicazioni che avrebbero comportato, anche per i rifornimenti energetici. Una matassa molto difficile da sbrogliare. E allora le massime istituzioni del Paese decisero di ignorare quanto sapevano e quanto in molti avevano già intuito. Lo fecero per i superiori interessi del Paese, che andavano ben al di là e al di sopra dei semplici dati di fatto. Una sorta di amor di patria, sempre se vogliamo definirlo così.»

Davanti a lui Ristori sembrava un ragazzino che ascolta la lezione del professore senza battere ciglio: «E sempre per quello stesso malinteso amor di patria, sono stati via via eliminati coloro che stavano portando a galla una verità che l'Italia non era in grado di affrontare. Coloro che si battevano contro un muro di gomma. Sa quanti morti ci sono stati per quelle vicende? Non dico le vittime di quella stagione, poverette, ma quelli che fin da subito avevano capito chi c'era dietro e che si dannavano perché si sapesse la verità? Molti più di quanti immagina».

Ristori cominciava appena a intravedere a grandi linee lo scenario in cui si era imbattuto con Salvo. Proprio come un iceberg, sotto la cui punta si nasconde una massa infinitamente più ampia.

«Crede che se non ci fosse stata una ragione di Stato di tale portata, i vertici militari e politici avrebbero negato fino all'evidenza quanto stava venendo fuori? Probabilmente erano convinti che per il bene del Paese non si potesse fare altrimenti.»

Ristori ora cominciava a capire anche l'atteggiamento del questore: inducendolo ad abbandonare quella pista, che lui aveva scoperto casualmente, stava cercando di proteggerlo. Lui che conosceva meglio e più a fondo di tutti i retroscena di quella stagione, che aveva gestito per conto del suo Paese.

«E avrebbero fatto fuori Di Salvo per questo?»

«Oh! Lo avrebbero fatto anche per meno. Ma in quel caso Di Salvo, incontrato il sardo e messosi a parlare con lui, doveva aver capito che lui e il questore erano legati da un lungo rapporto di collaborazione. E il sardo si era reso conto che si stava avvicinando alla verità, o quantomeno che sapeva in che direzione indagare, e forse avrebbe potuto svelare i retroscena di alcune delle vicende più misteriose e sconcertanti di questi ultimi decenni.»

Ristori sembrava ipnotizzato dalle parole dell'ex agente: «Ma il sardo aveva ordini precisi che nessuno si avvicinasse troppo alla verità. E la stessa unità che aveva rapito il giornalista ha dovuto eliminarlo.»

Il quadro si faceva sempre più chiaro, tante domande adesso trovavano una risposta.

«Ma allora perché eliminare prima di tutti il giornalista?»

«Vedrà che se va a scandagliare su cosa stava lavorando il giornalista, ci troverà qualcosa legato a queste vicende.»

«Lui si occupava di tutto. Può darsi benissimo che stesse raccogliendo materiale anche per una bella inchiesta su quella stagione.»

«Stia tranquillo che se lo hanno fatto fuori, si stava occupando di questo. Avrà cercato dati, notizie, informazioni, avrà richiesto la collaborazione di qualcuno che conosceva questo caso. E si sarà avvicinato troppo alla verità, ma ancora non è il momento che questa si conosca. Mi pare di capire che sia stato deciso di arrivarci un po' per volta. Ogni tanto appare una notizia, le associazioni delle vittime chiedono di fare pienamente luce, qualche ministro dichiarerà per l'ennesima volta la volontà di andare avanti, di giungere all'accertamento completo della verità, di aprire gli archivi segreti e così via. La tecnica del carciofo insomma. Poi, quando il Paese sarà pronto ad accettare la verità, quando molti dei protagonisti saranno scomparsi e qualche reato prescritto, verrà fuori tutta la verità. Non escluderei anche che un suo peso lo debba avere perfino la vicenda dei risarcimenti. Ha idea di cosa voglia dire risarcire tutte le vittime dirette e indirette di quella stagione? Di questi tempi ci vorrebbe una finanziaria. Se adottano gli stessi parametri usati per risarcire l'incidente della seggiovia. Ricorda?»

«Come no: la seggiovia del Cermis, tranciata dagli aerei americani che si divertivano a giocare con la vita degli altri.»

«Esatto! Lì furono 4 miliardi di lire a testa, quando a un agente ucciso in servizio davano 100 milioni o poco più. E poi ci sarebbero i danni indiretti, quelli alla compagnia dell'Itavia, fallita in seguito a quell'esplosione, gli interessi e quant'altro. Non è poco, mettendo tutto insieme. Una somma che giustificava sicuramente qualche assassinio. Ma non fu solo per quello, ovviamente.»

La verità ora stava emergendo in tutta la sua drammaticità.

«E per mascherare questa verità sarebbe stato necessario eliminare un giornalista di grande valore e un ottimo funzionario di polizia?»

L'ex agente fece una smorfia.

«Avrebbero fatto questo e altro. Ma capisce le conseguenze di tutto ciò? Chiedere a delle potenze estere il perché di quelle azioni: si rende conto? Occorreva una forza, una credibilità, un'autorevolezza di cui il nostro Paese non disponeva. E si correva il rischio di fare a livello internazionale un'altra figura meschina. I massimi vertici del Paese agirono quasi come fosse nel superiore interesse italiano insabbiare la cosa, evitare che si giungesse alla verità. E questa, guardi bene, è solo l'ipotesi migliore. Perché si potrebbero azzardare anche altri scenari ancora più inquietanti, come una specie di patto segreto, un accordo inconfessabile autorizzato dai massimi vertici, o una guerra di bande dentro gli stessi servizi segreti. Questo poteva provocare anche una crisi dagli esiti imprevisti, ne sono scoppiate anche per molto meno. E questa è costata molte vite.»

Ristori si sentiva completamente disorientato. Il giornalista Betti e Salvo eliminati perché a un passo dalla verità sui casi più misteriosi della nostra storia recente. Altro che indagine sulle scorte, altro che sorella e nipoti del Betti o agenzia immobiliare e ditta di costruzioni in odore di mafia. I due erano stati fatti fuori da quell'ombra più bianca del pallido, che si annida misteriosa e invisibile dentro alla storia del Paese, talvolta confondendosi completamente con essa, pronta a ingoiare tutti coloro che avessero tentato di stanarla e di portarla alla luce. Proprio come fanno quegli orribili pesci siluro dalla bocca spropositata che ingoiano tutto quello con cui entrano in contatto, e poi tornano a rimpiattarsi nella melma dell'Arno, pronti a ricomparire con la stessa ferocia appena si sentano braccati.

L'ex funzionario ora gli appariva quasi un gigante rispetto a poco fa, quando gli sembrava un disperato cocainomane che si vendeva per qualche dose di polvere bianca. Altro che il drogato in crisi di astinenza!

«Lei non accetta che il suo amico sia rimasto ucciso e non venga vendicato. Né che il suo assassino non venga perseguito. È vero?» Di nuovo era Ristori a sentirsi come un ragazzino impreparato o come un pulcino negli artigli del falco. «Sapesse quante volte ho fatto la sua terribile esperienza. Roba da sentirsi impotenti, da prendere la rivoltella e far fuori quello che si crede il colpevole. Ma creda a me! In questo caso un colpevole non c'è: è tutto un sistema di debolezza di un Paese coinvolto in un drammatico concatenarsi di fatti, sui quali la cosa più saggia è chinare il capo e capire che di fronte a quello non si può reagire. Saranno gli storici, più avanti, a darci una visione d'insieme di quello che è successo. Al momento si può cercare al massimo di limitarne i danni. Proprio quello che era andato a fare il suo questore nelle varie capitali. E lo stesso, ci giurerei, avrà cercato di fare con lei che indagava sulla morte del suo amico.»

Ristori abbassò impercettibilmente la testa, quasi in segno di assenso: «Crede che l'omicidio del Di Salvo sia stato deciso anche dal questore?».

«Questo lo escluderei senz'altro. Mastellone non è uomo da prendere queste decisioni, anzi lui cerca di evitarle al massimo.»

Ristori si sentì un po' sollevato. Almeno sapeva che il questore non aveva deciso l'eliminazione del Betti e di Salvo, ma era stato coinvolto nella vicenda solo per limitare i danni, una volta che questi erano stati compiuti. Era quello il senso della proposta che gli aveva fatto e probabilmente il suo intervento nel covo segreto era stato deciso per metterlo al corrente di cosa era successo a Salvo e al Betti, forse con il cadavere di quest'ultimo ancora caldo, lì custodito, e vedere se poteva rimediare, evitando ulteriori spargimenti di sangue.

Il colloquio si avviava alla conclusione.

«Non so proprio che dire, né che pensare. Ci sono davvero cose che vanno al di là della possibilità di comprensione di un semplice commissario come sono io, che cercavo solo di catturare gli assassini di due persone, una delle quali l'amico fraterno. Mi ci vorrà un po' di tempo per accettare quanto mi ha detto.»

Ristori si trovava davvero in una situazione che non sapeva come affrontare. Cosa avrebbe dovuto fare lui in un contesto simile?

«Quanto a lei mi consenta di stringerle la mano, cosa che non avrei mai fatto prima di parlarle, e di esprimerle di cuore tutta la mia vicinanza, per quello che può valere, per la terribile malattia di suo nipote. Se posso fare qualcosa concretamente, raccogliere dei fondi, mi faccia la cortesia di segnalarmelo. Mi farei promotore io stesso del caso presso il mio commissariato e presso tutta la questura di Firenze.»

«Apprezzo più di quanto immagina la sua disponibilità. Ma nessuno può fare niente per il mio caso. Le ripeto, mi arrangio io, da solo, come posso. Non c'è altro da fare.»

Ristori si sentiva quasi disposto a dargli quel sacchettino di polvere bianca che aveva nella tasca della giacca, e forse la sua mano si stava già muovendo in quella direzione, quando l'ex funzionario gliela fece levare.

«Forse avremmo diritto a uno Stato migliore di quello che ci ritroviamo. Chissà! O forse abbiamo lo Stato che ci meritiamo.» Fu il congedo di Ristori al suo interlocutore. Si strinsero la mano e si lasciarono.

Appena furono soli, Guarducci gli chiese come fosse andato il colloquio. Ristori scosse leggermente la testa: «Quello non sapeva un tubo. Di quella immobiliare di mafiosi mi ha detto cose banali, roba che già sapevamo. Quello credeva che fossimo scemi. Viaggio inutile! Figurati se gli do mezz'etto di cocaina per quattro panzane. A che ora abbiamo il treno?»

«Alle 17,50.»

«Io allora vado al Verano. Ho un cugino carissimo sepolto lì. Ci vediamo in stazione più tardi.»

«Commissario, preferirei accompagnarla. Starei più tranquillo.»

«Non ti preoccupare Guarducci. Piuttosto compra a una bancarella una borsa da 10 euro con la chiave. Mettici dentro questo sacchettino,» e glielo mise in mano «lascialo in deposito alla stazione e vai a fare due passi. Lo ritiri poco prima di riprendere il treno, e a Firenze lo riconsegni a chi te l'ha dato. Non vorrei ci fermassero con questa roba in tasca. Vagli poi a spiegare che era per esigenze di servizio».

«Ma davvero vuole andare da solo?»

«Stai tranquillo Guarducci. Grazie comunque per la premura.»

«Ma è armato almeno?»

«Beh! Certo. Figurati!»

«Allora ci vediamo fra un paio d'ore.»

44

Ristori decise di andare a piedi, avrebbe preso il taxi al ritorno. Adesso aveva bisogno di camminare un po', di riflettere su quello che era venuto a sapere. Imboccò via Labicana, proseguì nel viale Manzoni, da dove avrebbe poi raggiunto il cimitero di Roma. Camminava con passo regolare lungo il marciapiede, mentre il flusso delle macchine e dei mezzi pubblici accompagnava i suoi pensieri cupi e tenebrosi.

Via via che si avvicinava al cimitero ripensava al cugino defunto, e gli apparivano davanti in maniera confusa e disordinata immagini, ricordi, spezzoni della giovinezza trascorsi insieme.

Ma erano solo pause fugaci, prima di ripiombare a razzo su quanto gli aveva appena detto l'ex funzionario dei servizi segreti. Adesso ne ricostruiva le fasi e vedeva che finalmente tutto, o quasi, combaciava. Anche l'ultimo tassello del puzzle si era finalmente incastrato nel groviglio degli altri tasselli, e dava una leggibilità completa al quadro d'insieme.

La storia del commissariato da salvare dai tagli del direttore del ministero e tutta la manfrina ideata dal questore e portata avanti anche da lui, con il contributo del giornalista, dunque non c'entrava niente con i delitti avvenuti contemporaneamente.

Il Betti stava raccogliendo materiale per una sua inchiesta sulla stagione delle stragi del 1980, doveva aver avuto una soffiata da qualche fonte, e probabilmente quella sua ricerca non era passata inosservata ai servizi segreti, inducendoli a farlo rapire e forse interrogare, per vedere fino a che punto era arrivato, prima di tappargli la bocca per sempre.

'E questo avveniva' pensava Ristori 'proprio mentre si stava progettando la nostra piccola commediola per salvare il commissariato dai tagli'.

Un passante si fermò davanti a lui chiedendogli un'informazione. Ristori, che non era pratico di Roma, si scusò dicendo che non poteva essergli utile.

'Ma che tipo strano' pensò 'non poteva chiederla a quei due vigili là che stanno facendo delle contravvenzioni alle auto in doppia fila? Effettuato il rapimento del giornalista era logico che noi indagassimo e Salvo si è casualmente imbattuto nel Marras. Il resto lo conosciamo. L'individuazione del covo segreto rischiava però di far scoprire tutto il retroscena, con il cadavere del Betti ancora da far sparire. Ecco allora l'arrivo del questore qualche ora dopo che il sardo era stato visto entrare nel covo. Venne informato degli sviluppi. Si sarà incazzato, eccome, se si sarà incazzato di quei morti, ma poi avrà cercato di arginare la cosa, di limitarne i danni, visto che la frittata oramai era stata fatta. Del resto non era questa la sua "specialità"? Non aveva fatto lo stesso altre volte? E per questo cercava di farmi abbandonare le indagini, dopo che avevamo intercettato il loro covo. Era forse anche un modo per proteggermi, per farmi capire che più in là non ci avrebbero consentito di andare. Quanti altri delitti, per così dire di Stato, sono rimasti impuniti, senza che si sia mai giunti a individuarne i responsabili?'

Banca dell'agricoltura, strage di Brescia, strage dell'Italicus, rapimento Moro e poi Ustica e stazione di Bologna furono i primi che gli vennero in mente, ma a pensarci bene ne avrebbe potuti aggiungere altri ancora. Erano le tappe in cui si era rivelata quell'ombra più bianca del pallido, che agiva accanto allo Stato, forse proprio al suo interno, e di tanto in tanto emergeva, compiva la sua strage per fini inaccessibili e misteriosi ai più e poi scompariva per rintanarsi di nuovo nel fondo limaccioso, impermeabile a qualunque indagine, nonostante gli innumerevoli processi e le commissioni parlamentari d'inchiesta che si succedevano da decenni senza venire mai a capo di nulla.

Ristori si sentiva un po' sgravato, via via che procedeva spedito verso il Verano o forse lo rasserenava l'idea che presto sarebbe stato davanti alla tomba del cugino e lì non ci sarebbe stato spazio altro che per lui. E poi, nel luogo del nulla eterno, era inutile stare tanto a dannarsi l'anima per le assurdità di questo mondo.

Entrato nel piazzale del cimitero cercò l'ufficio dove davano informazioni sulla dislocazione delle sepolture. Dovette munirsi di pazienza infinita, ma alla fine si trovò di fronte alla tomba del cugino morto da alcuni mesi. Vide con piacere che i fiori comprati all'ingresso erano assolutamente superflui. I familiari mostravano un attaccamento alla memoria del loro congiunto davvero encomiabile. Riuscì ugualmente a sistemarli senza dover togliere gli altri e non fu cosa facile. Era la seconda volta in pochi giorni che si ritrovava a compiere un gesto analogo.

Dopodiché rimase a lungo assorto davanti alla sua immagine in miniatura. E qui la sua mente e il suo cuore percorsero un cammino di mezzo secolo, punteggiato da infiniti flash e da innumerevoli ricordi, da sensazioni dolorose e dolci nello stesso tempo.

Si vedeva bambino, correre e giocare sulla spiaggia con l'amato cugino o fare il bagno che durava ore, scherzando e saltando sul materassino gonfiabile rosso e blu, o dare la caccia alle lucertole con le fionde fatte da loro stessi nel grande giardino della sua casa. Poi, nel corso degli anni, erano state altrettanto frequenti le occasioni di ritrovarsi; le più piacevoli trascorse a gustare qualche bella bistecca nelle trattorie di Firenze, discutendo del più e del meno.

Chissà quando sarebbe arrivato il momento di incontrarlo di nuovo, insieme ai genitori, ai parenti, agli amici che non c'erano più. E insieme a Salvo, l'amico di una vita.

«A che binario ci dobbiamo trovare Guarducci?»

«Al 12 commissario. Dove si trova ora?»

«Sono appena sceso dal taxi.»

L'agente Guarducci se lo vide arrivare poco dopo di buon passo, e notò che la prima cosa che fece quando gli fu vicino fu di lanciare un'occhiata alla dozzinale cartella di sintetico che stringeva in mano e che aveva comprato un paio d'ore prima.

«Tutto bene commissario?»

«Beh! Diciamo che ho preso confidenza con la prossima abitazione, quella definitiva, quella dalla quale non mi sposterò più.»

«E come è: comoda, confortevole?»

«Sì, perfetta per le mie esigenze: due metri per 0,80.»

«Ha voglia di scherzare, commissario, dopo un viaggio a vuoto come questo?»

«Voglia di scherzare proprio no. Ti dirò che la cosa migliore di oggi è stata proprio la visita al condominio dove abita mio cugino. Piuttosto dimmi tu se hai avuto problemi con la tua nuova cartella.»

«Tutto bene, commissario. Stasera stessa riporto il contenuto a chi me l'ha dato.»

«Bravo Guarducci. Se andassimo a prenderci un caffè?»

«Meno si gira con questa roba, meglio è, commissario.»

«Andiamo in questa baracchina di fronte.»

Il caffè non era male, più o meno come quello che si piglia dappertutto.

«Sicché ci ha fatto venire a vuoto, quello stronzo.»

«Non mi ci far pensare, che mi incazzo ancora di più!»

Il paesaggio scorreva velocissimo e buio, non potevi vedere quasi niente, solo dove c'erano zone illuminate e distanti dai binari, notavi qualcosa. Quelle vicine davano solo fastidio agli occhi, meglio stare a guardare all'interno del vagone i passeggeri, quasi tutti concentrati sui loro computer e sui telefonini.

«Ogni volta che vengo a Roma, mi torna in mente quando, da ragazzo, venivo con tutta la famiglia a Fregene, nella casa dei genitori del cugino, che sono appena andato a trovare. Allora ci volevano quattro ore precise. E ogni volta che si passava da Orte, mia madre ci diceva: «Ci manca un'ora per arrivare a Roma.»

«Altri tempi, commissario, se più belli o no, non lo saprei dire.»

«Mah! Io li ricordo con piacere quegli anni Sessanta: eravamo tutti più poveri, e forse ci stiamo tornando rapidamente, però c'era una voglia di fare, di crescere, di guardare al futuro con gioia e speranza, che ora non c'è più da un pezzo. Oggi il Paese sembra in balìa di un pessimismo strutturale, impossibile da eliminare. I problemi sono talmente grandi che paiono insormontabili e irrisolvibili. Quando qualche politico lancia messaggi di ottimismo e parla di possibilità di cambiamento, di fiducia nel futuro e cose varie non so se menta sapendo di mentire o ci creda davvero. Ma quando penso a quello che potrebbe essere il futuro di mia figlia, come di tutti i giovani, mi viene il panico.»

«Io ho due maschi, come sa. Lavorano entrambi, uno alla Coop, l'altro in Comune: e ringrazio Dio. Quando mi raccontano le storie dei loro amici meno fortunati, che devono ancora farsi mantenere dai genitori, mi prende una grande tristezza. Meglio parlare d'altro.»

«Bravo Guarducci. Io intanto quasi quasi mi faccio un bel pisolino.»

Assunse una posizione più comoda e chiuse gli occhi, mentre l'impercettibile rollio del treno faceva compagnia ai pensieri che lentamente lo stavano abbandonando. Quando si risvegliò, dopo pochi minuti, preferì tenere gli occhi chiusi: aveva bisogno di riflettere ancora su quello che avrebbe fatto, ora che era venuto a conoscenza dei retroscena della questione, almeno per quello che si poteva conoscere.

Era meglio rivelare a un magistrato tutto quello che aveva scoperto, e lasciare che fosse lui a decidere se proseguire o no le indagini? Oppure lasciare che la cosa andasse avanti per conto suo, forse per inerzia, com'era andata avanti fino a ora, secondo i tempi e il ritmo che il Paese era abituato a tenere? Era convinto che il questore e probabilmente anche il magistrato avrebbero preferito quest'ultima possibilità, consapevoli che al massimo potevano dirottare un fascicolo con le ultime acquisizioni "fiorentine" alla procura romana che si occupava del caso. E la pratica sarebbe rimasta lì, sommersa dagli incartamenti, insieme agli altri casi irrisolti o archiviati, forse per sempre. O fino a quando, per qualche caso al momento assolutamente non prevedibile, qualcuno non l'avesse ripresa in mano.

Ma a lui questa soluzione non piaceva, preferiva rivelare comunque a un magistrato quel poco o quel tanto che credeva di aver scoperto. Ma che prove aveva poi per ricorrere a un magistrato? E il funzionario dei servizi segreti avrebbe confermato quanto gli aveva detto in via del tutto confidenziale e dietro la richiesta iniziale di 50 grammi di cocaina, poi rifiutati?

Mentre il treno entrava nella stazione di Santa Maria Novella si sentì stranamente sereno, forse per la prima volta da alcune settimane. Aveva in un giorno solo reso omaggio alla memoria del cugino e chiuso, almeno per il momento, una questione dolorosissima e funesta nell'unico modo che gli era consentito. Non era certo cosa da vantarsene né da esserne fiero. Anzi! E si chiudeva in completa perdita, soprattutto per la morte di due galantuomini come il Betti e Salvo, una perdita dalla quale lui non si sarebbe mai più ripreso.

'Ma cosa poteva fare di più un semplice commissario, sia pure del centro storico più bello del mondo?' si chiese mentre, con le spalle rivolte alla stazione, si avviava a prendere l'autobus che l'avrebbe riportato a casa.

Al semaforo verde, che gli avrebbe acconsentito di attraversare la strada e di salire sull'autobus, sentì partire un tappo di spumante e lentamente si affievolirono i rumori intorno, fin quasi a spegnersi del tutto. Il clima grigio della giornata uggiosa si fece progressivamente sempre più chiaro, luminoso, solare, splendente e vide davanti a sé tanti personaggi che aveva conosciuto: il babbo, la mamma, gli zii, il cugino, gli amici che credeva di non rivedere più, che credeva morti per sempre. E fra questi una persona cara, che scuoteva la testa, come faceva sempre quando era davvero incazzato. E allora era meglio stargli lontano.

Quando se lo trovò davanti il suo cruccio sparì, il viso si sciolse in un sorriso radioso e Salvo lo strinse in un abbraccio caldo, tenero, interminabile.

Intorno si creò prima un'atmosfera di incertezza e di sospetto, se non addirittura di paura, poi di guardinga curiosità. I più vicini indugiavano sorpresi e stupiti, incerti se restare a vedere cos'era accaduto, o allontanarsi per evitare il rischio di essere coinvolti.

Poi, alcuni cominciarono a telefonare e fu subito un bailamme di suoni, rumori, fischi, urla, imprecazioni, ordini secchi. Un accorrere da ogni parte di persone in divisa e di curiosi, sirene che si sovrapponevano al traffico continuo, macchine di servizio che arrivavano sgommando. E a questo punto, la folla cominciava ad assieparsi, sempre più numerosa, intorno a quell'uomo in terra.

La prima ambulanza arrivò poco dopo. Il personale scese rapidamente con la frenesia di chi sa che anche i secondi sono importanti in queste circostanze. Un medico si chinò sul commissario per verificarne le condizioni e prestare, se possibile, le prime cure. I barellieri si erano prontamente radunati intorno, attendendo l'ordine del medico, che non tardò a giungere: «Presto, fate presto! Respira ancora».

Il commissario fu rapidamente steso sulla lettiga, furono chiusi i portelloni e l'ambulanza sfrecciò via, lanciando nell'aria il suo suono lugubre.

Nel buio della sera le nuvole stavano coprendo tutto il cielo. All'improvviso si aprì un piccolo squarcio che lasciò intravedere uno spicchio di luna. Ma fu solo un attimo, poi le nuvole si richiusero come le tende di un palcoscenico a fine spettacolo.

Indice

www.ingramcontent.com/pod-product-compliance
Lightning Source LLC
Chambersburg PA
CBHW032154190626
46814CB00005BA/1983